LES CADAVRES EXQUIS

DU MÊME AUTEUR

chez le même éditeur

L'INCONNU DU NORD-EXPRESS
MR. RIPLEY
(Plein Soleil)
EAUX PROFONDES
LE MEURTRIER
JEU POUR LES VIVANTS
LE CRI DU HIBOU
CE MAL ÉTRANGE
(Dites-lui que je l'aime)
CEUX QUI PRENNENT LE LARGE
L'EMPREINTE DU FAUX
RIPLEY ET LES OMBRES
LA RANÇON DU CHIEN
RIPLEY S'AMUSE
(L'Ami américain)
L'AMATEUR D'ESCARGOTS
LE RAT DE VENISE
ET AUTRES HISTOIRES DE CRIMINALITÉ
ANIMALE À L'INTENTION DES AMIS DES BÊTES
LE JOURNAL D'EDITH
L'ÉPOUVANTAIL
SUR LES PAS DE RIPLEY
LES DEUX VISAGES DE JANVIER
LA PROIE DU CHAT
LE JARDIN DES DISPARUS
L'HOMME QUI RACONTAIT DES HISTOIRES
CES GENS QUI FRAPPENT À LA PORTE
LA CELLULE DE VERRE
LES SIRÈNES DU GOLF
UNE CRÉATURE DE RÊVE
L'ART DU SUSPENSE. MODE D'EMPLOI
CATASTROPHES

PATRICIA HIGHSMITH

LES CADAVRES EXQUIS

nouvelles

AVEC UN AVANT-PROPOS DE L'AUTEUR

CALMANN-LÉVY

ISBN 2-7021-1849-6

Imprimé en France

AVANT-PROPOS

Ces douze nouvelles, qui ont été sélectionnées pour la télévision, proviennent de six recueils différents. Le choix du producteur français m'a soufflé ce commentaire : « Apparemment, vous avez une prédilection pour l'humour noir. » Toutefois, après avoir regardé l'ensemble des récits dans les différents volumes, j'ai dû me rendre à l'évidence : ces histoires-ci ne sont probablement pas plus noires que les autres, à quelques exceptions près.

A mon sens, les nouvelles sont, en plus bref, des divertissements au même titre que les romans ; elles peuvent comme eux absorber profondément l'esprit. Tchekov et Maupassant ont écrit de courts récits qui laissent un souvenir inoubliable, et qui donnent sur la condition humaine des aperçus sagaces et pénétrants. Mes nouvelles sont souvent tragiques, mais j'espère qu'elles apportent à l'occasion des éclairages instructifs. J'essaie d'entraîner le lecteur dès la première phrase. A la façon dont on dit à un cercle d'amis : « Je connais une histoire amusante. Voulez-vous que je vous la raconte ? » Bien sûr ! C'est un moyen infaillible de capter l'attention. Qui n'aime pas les anecdotes savoureuses ? Le rire remet les idées à leur juste place.

Ma nouvelle préférée, c'est peut-être « Slowly, Slowly in the wind » (« L'épouvantail »), dont le titre m'a été fourni par un proche du président Nixon. Il avait déclaré qu'il aimerait voir un de ses ennemis se tordre doucement, doucement dans le vent — au bout d'une corde, bien entendu. Je montre dans cette nouvelle un père de famille travailleur qui fait ou croit faire tout son possible pour sa fille. Croyant avoir échoué, il prend une résolution désespérée qu'il aurait pu éviter.

Dans « Sincères Condoléances », je décris les difficultés d'un brave homme, en l'occurrence un célibataire à la tête d'une petite entreprise située à des centaines de kilomètres d'où habite sa vieille mère. Il peine, il se prive pour payer les frais de la maison de repos. C'est chose courante en Amérique, où les établissements spécialisés pour les retraités ne sont pas aussi bien organisés qu'en Europe.

J'ai une certaine indulgence pour « Le jardin des disparus », où j'évoque la manie d'une femme qui, afin de conserver ses chiens et ses chats défunts, les soumet à l'art du taxidermiste, et peuple son jardin de leurs vivantes silhouettes. Un jour, son avocat de mari en retraite en a assez.

On me demande quelquefois d'où vient mon inspiration. J'ai tendance à répondre : « De nulle part. Comme ça. » Il y a du vrai là-dedans, car ce ne sont presque jamais les histoires vécues qui me donnent des idées. L'art et la réalité ne font pas très bon ménage. Bien que j'aime lire les faits divers, ils ne me fournissent pratiquement jamais la matière d'une nouvelle. J'ai compris tardivement à quel point j'avais été influencée par un livre de Karl Menninger, The Human Mind, *que mes parents avaient acheté quand j'avais huit ou neuf ans. C'est un ouvrage sur les anomalies et les maladies mentales, composé de résumés de cas, avec l'histoire et les symptômes du patient en caractères gras — kleptomanie, pyromanie, pédophilie, psychose paranoïaque, par exemple — suivis, en caractères ordinaires, des commentaires du psychiatre spécifiant si le sujet est ou non guérissable ou si son cas est désespéré. Enfant, j'étais fascinée par ce livre épais, mais c'est bien des années plus tard que j'ai compris combien il m'avait impressionnée. Cependant, le fait que j'aie commencé à écrire à quinze ou seize ans des nouvelles d'un genre étrange, ou voisin de la psychopathologie, est en lui-même assez éloquent ; je lisais cet ouvrage comme un livre de contes, mais de contes qui seraient vrais. J'ai dû sentir à l'époque, sans en avoir conscience, que l'homme, la femme ou l'enfant d'à côté (j'habitais alors à New York) pouvait ou pourrait être quelqu'un de très bizarre. Je ne connais pas d'idée, de fait plus stimulant pour l'imagination, plus propice à la dérive créatrice que celui-ci : le quidam qu'on croise au hasard dans la rue est peut-être un sadique, un voleur invétéré, voire un assassin. Toutes ces pulsions qui couvent chez l'individu, ne peuvent être extirpées parce qu'elles font partie de la condition humaine ; tragiques, tristes, curables ou incurables, parfois mortelles, et quelquefois comiques.*

J'ai écrit « La proie du chat » sur la demande du Detection Club de Londres ; il s'agissait de mettre en scène un groupe quelconque, écoliers ou auto-stoppeurs en rade, qui devaient aboutir à un verdict sans qu'ils fassent partie d'un tribunal. En fin de compte, après avoir examiné les données du problème, j'ai opté pour une famille anglaise bourgeoise, vivant à la campagne ; j'y ai ajouté un zeste d'Amérique (sous la forme d'invités pour le week-end), un chat, et un meurtre.

Les nouvelles rassemblées dans ce recueil ont été écrites sur une longue période. J'avais une vingtaine d'années lorsque j'ai composé « Les oiseaux prêts à l'envol » et j'étais à coup sûr malheureuse parce que j'avais attendu une lettre en vain. Mon chagrin n'en a toutefois pas été adouci. L'histoire la plus récente est « L'épouvantail ».

Je crois que les nouvelles ont quelque chose en commun avec les rêves : elles sont prophétiques, utiles quand on a un problème immédiat ou imminent à tirer au clair, et parfois propres à soulager l'angoisse. C'est l'intrigue, l'élément de fantaisie qui me divertit. Bien que seuls les êtres humains sachent lire, il suffit d'observer un chat ou un chien en plein rêve, tressautant, murmurant et grondant, pour sentir qu'à leur façon, les animaux créent des histoires et s'affranchissent des contraintes de la réalité.

J'ai écrit ces nouvelles à New York, en Angleterre, en France, à Rome et à Positano. Je suis heureuse de savoir qu'elles seront portées à la connaissance de publics de pays encore plus éloignés. J'espère que les lecteurs et les téléspectateurs les apprécieront.

Août 1989.
Patricia HIGHSMITH.
(Traduit de l'anglais par Frédérique Nathan.)

Les oiseaux prêts à l'envol
(Passions partagées)

Titre original de la nouvelle
THE BIRDS POISED TO FLY

traduite par
ALAIN DELAHAYE

extraite de
L'AMATEUR D'ESCARGOTS

CHAQUE matin Don regardait dans sa boîte aux lettres, mais il n'y avait jamais de lettre d'elle.

Elle n'avait pas eu le temps, se disait-il. Il passait en revue tout ce dont elle devait s'occuper : transporter ses affaires de Rome à Paris, s'installer dans un appartement qu'elle avait sans doute loué à Paris avant de déménager, et passer probablement quelques jours à s'habituer à son nouveau travail, avant de trouver le temps et l'inspiration nécessaires pour répondre à sa lettre.

Mais finalement, tous les jours qu'il fallait pour cela — et il avait compté le plus large possible — s'étaient déjà écoulés ; trois autres jours avaient passé, et il n'y avait toujours pas de lettre d'elle.

« Elle attend de se décider, se dit-il. Naturellement, elle veut être sûre de ses sentiments avant d'écrire quoi que ce soit sur le papier. »

Treize jours avant, il avait écrit à Rosalind qu'il l'aimait et qu'il voulait l'épouser. C'était peut-être un peu hâtif, vu qu'il ne la courtisait que depuis peu, mais Don pensait avoir écrit une bonne lettre, sans exercer de pression, en exposant simplement ses sentiments. Après tout, cela faisait deux ans qu'il connaissait Rosalind, ou plutôt il l'avait rencontrée à New York deux ans avant. Il l'avait revue en Europe le mois dernier, et maintenant il était amoureux d'elle et voulait l'épouser.

Depuis trois semaines qu'il était revenu d'Europe, il avait vu assez peu de ses amis. Il avait largement de quoi s'occuper en bâtissant des projets pour Rosalind et lui-même. Rosalind était dessinatrice industrielle, et elle aimait l'Europe. Si elle préférait rester en Europe, Don pourrait s'arranger pour vivre là-bas aussi. Il parlait presque couramment le français, maintenant. Sa compagnie, Dirkson and Hall, ingénieurs-conseils, possédait même une agence à Paris. Tout irait comme sur des roulettes. Rien qu'un visa, pour pouvoir emporter quelques objets, tels que des livres, un tapis favori, son électrophone, quelques outils et ses instruments à dessin, et il serait libre de déménager.

Don sentait qu'il n'avait pas encore mesuré toute l'étendue de son bonheur. On aurait dit que chaque jour un rideau se levait, juste un peu plus haut, pour dévoiler petit à petit un paysage splendide. Il voulait que Rosalind fût avec lui au moment où il en verrait finalement la totalité Un seul détail, en réalité, l'empêchait de s'élancer fermement et joyeusement dans ce paysage dès à présent : il n'avait même pas de lettre d'elle à emporter avec lui.

Il écrivit de nouveau à Rome, et inscrivit en italien, sur l'enveloppe : *Prière de faire suivre.* Elle était sans doute à Paris maintenant, mais elle avait certainement laissé à Rome une adresse de réexpédition.

Deux autres jours passèrent, et toujours pas de lettre. Il reçut seulement un mot de sa mère qui habitait en Californie, une publicité d'un magasin de vins et spiritueux des environs, et un vague communiqué au sujet d'une élection primaire. Il sourit légèrement, referma sa boîte aux lettres d'un coup sec et la verrouilla, puis partit à son travail à grandes enjambées. Il n'éprouvait jamais de tristesse, au moment où il découvrait qu'il n'y avait pas de lettre. C'était plutôt une surprise d'un genre amusant, comme si elle lui avait joué un petit tour sans malice, et qu'elle gardait sa lettre par-devers elle un jour de plus.

Puis il se rendit compte qu'il avait neuf heures devant lui avant de rentrer voir si une lettre exprès était arrivée entre-temps : cette évidence s'abattit sur lui comme un fardeau, et d'un seul coup il se sentit fatigué et sans énergie. Rosalind ne lui enverrait pas de lettre exprès, pas après tout ce temps. Encore une fois, il n'y avait rien d'autre à faire que d'attendre jusqu'au lendemain matin.

Il vit une lettre dans la boîte le lendemain matin. Mais c'était une invitation à un vernissage. Il la déchira en tout petits morceaux, qu'il serra dans son poing.

Dans la boîte voisine de la sienne se trouvaient trois lettres. Elles étaient là depuis hier matin, se rappela-t-il. Qui était donc ce Dusenberry qui ne se donnait même pas la peine de prendre son courrier ?

Ce matin-là, au bureau, il lui vint une idée qui lui rendit courage : sa lettre avait pu être déposée par erreur dans la boîte voisine. Le facteur ouvrait en même temps toutes les boîtes alignées, et Don avait trouvé au moins une fois dans sa boîte à lui une lettre destinée à quelqu'un d'autre.

Il commença à envisager la situation avec optimisme ; sa lettre dirait qu'elle l'aimait, elle aussi. Comment pourrait-il en être autrement, puisqu'ils avaient été si heureux ensemble à Juan-les-Pins. Il lui télégraphierait : Je t'aime, je t'aime. Non, il lui téléphonerait, parce que sa lettre indiquerait son adresse à Paris, et peut-être aussi son adresse au bureau, et il saurait où la joindre.

Quand il avait rencontré Rosalind, deux ans auparavant, à New York, ils étaient sortis ensemble deux ou trois fois pour dîner ou aller au théâtre. Puis, comme elle avait cessé d'accepter ses invitations, Don avait supposé qu'un autre homme, qu'elle aimait mieux, entrait en ligne de compte. Il n'y avait guère attaché d'importance à ce moment-là. Mais quand il l'avait rencontrée par hasard à Juan-les-Pins, la situation s'était avérée entièrement différente. Cette seconde fois, ç'avait été le vrai coup de foudre.

La preuve : Rosalind s'était libérée des trois personnes qui l'accompagnaient, une autre fille et deux garçons, elle les avait laissés continuer sans elle jusqu'à Cannes, pour rester avec lui à Juan-les-Pins. Ils avaient passé ensemble cinq journées parfaites ; Don avait dit : Je t'aime, et Rosalind l'avait dit une fois elle aussi. Mais ils n'avaient établi aucun projet d'avenir, et n'avaient même pas parlé de la date à laquelle ils se reverraient.

Comment avait-il pu être aussi bête ! Si seulement il lui avait demandé de coucher avec elle, après tout ! Mais, d'un autre côté, il avait ressenti des émotions tellement plus sérieuses. N'importe quel garçon et quelle fille pouvaient avoir une aventure pendant les vacances. Tomber amoureux et désirer le mariage, voilà qui était autre chose. Il avait supposé, d'après son comportement, qu'elle partageait son point de vue. Rosalind était calme, souriante, brunette, pas très grande, mais elle donnait une impression de grandeur. Elle était intelligente, et ne ferait jamais rien de stupide, ni d'impulsif, Don le sentait bien.

Et lui non plus, ce ne serait jamais sur un coup de tête qu'il ferait sa déclaration à qui que ce soit. Le mariage était une décision à laquelle on réfléchissait un certain temps — des semaines, des mois, peut-être un an ou plus. Il avait l'impression d'avoir réfléchi à sa proposition de mariage depuis bien avant les cinq jours de Juan-les-Pins. Il était persuadé que Rosalind était une jeune fille ou une jeune femme solide (elle avait vingt-six ans, et lui vingt-neuf), que son travail avait bien des points communs avec le sien, et qu'ils avaient toutes les chances d'être heureux ensemble.

Ce soir-là les trois lettres se trouvaient toujours dans la boîte de Dusenberry ; Don chercha la sonnette de Dusenberry sur la liste placée de l'autre côté des boîtes, et appuya fermement sur le bouton. Peut-être étaient-ils chez eux, même s'ils n'avaient pas pris leur courrier.

Pas de réponse.

Dusenberry, ou les Dusenberry, étaient apparemment absents.

Le concierge le laisserait-il ouvrir la boîte ? Sûrement pas. Et de toute façon le concierge n'avait pas la clé, ou les clés.

Une des lettres avait l'air d'une enveloppe « par avion » en provenance d'Europe. C'était à en devenir fou. Don plaça un doigt dans une des fentes de la plaque en métal luisant, et essaya d'ouvrir la boîte en tirant vers lui. Elle resta fermée. Il enfonça sa propre clé dans la serrure et essaya de la faire jouer. La serrure émit un déclic, et le pêne bougea, ouvrant la boîte d'un centimètre et demi, mais pas davantage.

Don avait en main les clés de son appartement ; il en coinça une entre la porte de la boîte et les montants de cuivre, et s'en servit comme d'un levier. La partie en cuivre plia suffisamment pour lui permettre d'atteindre les lettres. Il les prit et appuya sur la partie en cuivre pour la redresser du mieux qu'il pouvait.

Aucune des lettres ne lui était destinée.

Il les regarda, tremblant comme un voleur. Puis il en fourra une dans la poche de sa veste, glissa les deux autres dans la boîte aux lettres tordue, et entra dans son immeuble. Les ascenseurs étaient situés dans un couloir perpendiculaire. Don en trouva un qui était vide et prêt à partir, et il monta seul jusqu'au sixième étage.

Son cœur battait quand il ferma sa porte. Pourquoi avait-il pris cette lettre ? Il la remettrait, bien sûr. Elle ressemblait à une lettre personnelle, mais venait d'Amérique. Il regarda l'adresse, tracée à la main d'une belle écriture à l'encre bleue. M. R.L. Dusenberry, *et cætera.* Et l'adresse de l'expéditeur, au dos de l'enveloppe : Edith W. Whitcomb, 717, Garfield Drive, Scranton, Pennsylvanie.

La petite amie de Dusenberry, pensa-t-il tout de suite. C'était une lettre épaisse, enfermée dans une enveloppe presque carrée. Maintenant il fallait qu'il la remette. Et la boîte abîmée ? Eh bien, personne n'y aurait rien volé, après tout. Fracturer une boîte aux lettres, ce n'était qu'un délit mineur, et puis qu'ils se débrouillent avec cette histoire. Du moment que rien n'était volé, qu'y avait-il de si terrible ?

Don alla chercher dans le placard un costume à emporter chez le teinturier, et prit la lettre adressée à Dusenberry. Mais, une fois la lettre à la main, il fut soudain curieux de savoir ce qu'elle contenait. Avant d'avoir eu le temps d'éprouver la moindre honte, il alla à la cuisine et mit de l'eau à bouillir. Sous l'effet de la vapeur, la patte de l'enveloppe commença à se recourber nettement vers l'arrière, et Don était patient. La lettre contenait trois feuilles entièrement remplies au recto et au verso. Elle débutait ainsi :

Chéri,

Tu me manques si fort qu'il faut que je t'écrive. As-tu vraiment pris une décision au sujet de tes sentiments ? Tu disais que tu croyais que nous oublierions tous les deux cette histoire. Tu sais ce que moi je sens ? Exactement la même chose que ce soir où, debout sur le pont, nous regardions les lumières s'allumer à Bennington...

Don lut jusqu'au bout, fasciné, comme s'il n'arrivait pas à y croire. La fille était follement amoureuse de Dusenberry. Elle n'attendait que sa réponse. Elle parlait de telle ville du Vermont où ils avaient vécu, et se demandait s'ils s'étaient rencontrés là, où s'ils y étaient allés ensemble. Mon Dieu, pensa-t-il, si seulement Rosalind voulait bien lui écrire une lettre comme celle-là ! Mais dans ce cas, apparemment, c'était Dusenberry qui ne voulait pas écrire à la fille. D'après ce qu'elle disait, Dusenberry n'avait pas donné le moindre signe de vie depuis leur dernière rencontre. Don referma la lettre avec de la colle, soigneusement, et la mit dans sa poche.

Le dernier paragraphe ne cessait de lui revenir à l'esprit.

Je ne croyais pas que je t'écrirais à nouveau, mais maintenant c'est fait. Il faut que je sois sincère vis-à-vis de moi-même, parce que je suis comme ça.

Don se dit qu'il était comme ça lui aussi. Le paragraphe continuait ainsi :

Te souviens-tu, ou as-tu oublié, et veux-tu me revoir ? Si je n'ai pas de nouvelles de toi dans quelques jours, je saurai.

Mon amour pour toujours.
Edith.

Il regarda la date que portait l'enveloppe. La lettre avait été postée six jours avant. Il songea à la fille du nom d'Edith Whitcomb, qui retournait dans sa tête tous ces jours, et les étirait au maximum en essayant de se convaincre d'une façon ou d'une autre que le retard était justifié. Six jours. Pourtant, bien sûr, elle espérait encore. Elle espérait à cette minute même, là-bas à Scranton, en Pennsylvanie.

Quel genre d'homme était ce Dusenberry ? Un Casanova ? Un

homme marié qui voulait laisser tomber un flirt ? Parmi les six ou huit hommes qu'il avait remarqués dans son immmeuble, lequel était Dusenberry ? Un de ces types sans chapeau qui partaient en courant le matin à huit heures et demie ? Un homme à la démarche plus lente, couvert d'un feutre ? Don n'avait jamais fait très attention à ses voisins.

Il retint son souffle, et un instant il lui sembla sentir la douleur lancinante qu'éprouvait la fille à cause de sa solitude et de son espoir compromis, sentir les derniers frémissements désemparés de son espoir contre ses lèvres à lui. D'un seul mot il pouvait la rendre si heureuse — ou plutôt, Dusenberry le pouvait.

Il déposa son costume, alla à sa table de travail, et écrivit sur un bout de papier : *Edith, je t'aime.* Il lui plut de voir ces mots écrits, lisibles. Il sentait que cela résolvait un problème important, qui se trouvait jusqu'alors dans un équilibre précaire. Don froissa le papier et le jeta dans la corbeille.

Puis il descendit, fit rentrer la lettre dans la boîte de Dusenberry, et alla déposer son costume chez le teinturier. Il remonta à pied un bon bout de la IIe Avenue et, malgré sa fatigue croissante, continua de marcher jusqu'aux abords de Harlem ; puis il prit un bus qui se dirigeait vers le centre. Il avait faim, mais sans aucune idée de ce qu'il avait envie de manger. Délibérément, il ne pensait à rien. Il attendait que la nuit passe et que le matin lui apporte le prochain courrier.

Puis il s'aperçut qu'il pensait à Rosalind. Et à la fille de Scranton. Dommage que les gens dussent souffrir à ce point de leurs émotions. Comme lui, par exemple. Car, bien que Rosalind l'eût rendu si heureux, il ne pouvait nier que ces trois dernières semaines avaient été un supplice ininterrompu. Oui, mon Dieu, vingt-deux jours maintenant ! Il se sentait étrangement honteux, ce soir, d'admettre que cela faisait vingt-deux jours. Étrangement honteux ? Il n'y avait rien d'étrange à cela, pas s'il voyait les choses en face. Il avait honte parce qu'il l'avait peut-être perdue. Il aurait dû lui dire très nettement à Juan-les-Pins que non seulement il l'aimait, mais qu'il voulait l'épouser. Peut-être qu'il l'avait maintenant perdue, pour ne pas le lui avoir dit avant.

Cette idée le fit descendre du bus. Il chassa de son imagination cette possibilité épouvantable, fatale, et la maintint à l'écart de son esprit et de sa chair, grâce aux vertus de la marche à pied.

Soudain il eut une inspiration. Son idée n'allait pas très loin, elle n'avait pas d'objectif précis, mais c'était une sorte de projet pour la soirée. Il en commença la réalisation tout en revenant chez lui, essayant de se figurer exactement ce que Dusenberry écrirait à Mlle Whitcomb après avoir lu cette dernière lettre, se demandant si Dusenberry répondrait, sans affirmer nécessairement qu'il l'aimait, mais en disant au moins qu'il lui attachait assez d'importance pour désirer la revoir.

Il ne lui fallut guère plus d'un quart d'heure pour écrire la lettre. Il disait qu'il avait gardé le silence pendant tout ce temps parce qu'il n'était pas sûr de ses sentiments, ni des siens envers lui. Il déclarait qu'il voulait la voir avant de lui dire quoi que ce soit, et lui demandait quand ils pourraient se rencontrer. Il ne parvint pas à se rappeler le prénom de Dusenberry, si toutefois la fille l'avait employé dans sa lettre, mais il se souvint des initiales R. L. inscrites sur l'enveloppe, et signa simplement : *R.*

Pendant qu'il l'écrivait, il n'avait pas songé sérieusement à la lui envoyer ; mais, en relisant les mots dactylographiés il se mit à considérer cette éventualité. C'était si peu à lui donner, et cela semblait si innocent. Quand pouvons-nous nous voir ? Mais bien sûr c'était aussi futile et faux. Visiblement Dusenberry ne lui accordait pas le moindre intérêt, et ne lui en accorderait jamais, autrement il n'aurait pas laissé passer six jours. Si Dusenberry ne reprenait pas en main la situation là où Don l'abandonnait, Don ne ferait que prolonger quelque chose d'irréel. Il fixa des yeux le « R », et comprit que tout ce qu'il voulait c'était une réponse signée : *Edith,* une seule réponse positive et heureuse. Il écrivit donc sous la lettre, de nouveau à la machine :

P.-S. : *Peux-tu m'écrire c/o Dirkson and Hall, Chanin Building, New York.*

Il s'arrangerait d'une manière ou d'une autre pour entrer en possession de la lettre, si Edith répondait. Et si elle n'écrivait pas d'ici quelques jours, cela signifierait que Dusenberry lui avait répondu. Autrement, si une lettre d'Edith arrivait, Don pourrait

— devrait — prendre sur lui de rompre cette liaison en lui faisant le moins de mal possible.

Dès qu'il l'eut postée, il se sentit totalement délivré de sa lettre, et plus ou moins soulagé. Il dormit bien, et s'éveilla avec la conviction qu'une lettre l'attendait en bas dans la boîte. Quand il vit qu'il n'y en avait pas (du moins pas de lettre de Rosalind, seulement une facture de téléphone), il éprouva une déception aussi vive qu'absolue, une exaspération qu'il n'avait jamais connue avant. A présent, plus aucune raison au monde, semblait-il, ne pouvait justifier le fait qu'il n'avait pas reçu de lettre.

Le surlendemain, une lettre de Scranton arriva au bureau. Don la repéra sur la table de la réceptionniste et la prit ; à ce moment, la réceptionniste était si occupée au téléphone qu'elle ne lui posa aucune question, et ne lui jeta même pas un coup d'œil.

Mon chéri, commençait-elle. Il ressentit un certain malaise à lire ses épanchements sentimentaux, et replia la feuille avant qu'aucun des employés du département technique où il travaillait ne pût le voir en train de la lire. Il lui plaisait et lui déplaisait tout à la fois d'avoir cette lettre dans sa poche. Il ne cessait de se répéter qu'il ne s'attendait pas vraiment à une réponse, mais il savait que ce n'était pas vrai. Pourquoi n'aurait-elle pas écrit ? Elle suggérait d'aller ensemble quelque part le week-end prochain (évidemment ce Dusenberry était libre comme l'air), et lui demandait de fixer exactement le lieu et l'heure du rendez-vous.

Il pensa à elle en travaillant à son bureau, songea à ce petit bout de féminité ardente, palpitante et sans visage, seule là-bas à Scranton, et qu'il pouvait manipuler d'un mot. Quelle ironie du sort ! Et dire qu'il ne pouvait même pas faire en sorte que Rosalind lui réponde de Paris !

« Mon Dieu ! » murmura-t-il soudain. Il se leva de son bureau et quitta la pièce sans un mot à personne.

Il venait de penser à une hypothèse accablante. Il lui était venu à l'esprit que, durant tout ce temps, Rosalind n'avait peut-être fait que réfléchir à la manière de lui avouer qu'elle ne l'aimait pas, qu'elle ne l'avait jamais vraiment aimé, ou ne le pourrait jamais. Il était incapable de s'enlever cette idée de la tête. A présent, au lieu de l'imaginer avec un visage heureux, intrigué ou secrètement réjoui, il la voyait fronçant les sourcils devant la fâcheuse corvée de composer une lettre de rupture. Il la devinait en train de ruminer les expressions qu'elle emploierait pour accomplir cette séparation le plus doucement possible.

Cette idée le plongea dans un tel émoi qu'il ne put rien faire ce soir-là. Plus il y pensait, plus il lui semblait probable qu'elle était effectivement en train de lui écrire, ou qu'elle méditait de lui écrire, pour rompre. Il se représentait exactement par quelle démarche, pas à pas, elle avait pu en venir à sa décision : après la brève période initiale où il lui avait manqué, elle avait dû finir par s'apercevoir qu'elle pouvait se passer de lui quand elle était si occupée par son travail et ses amis à Paris, comme c'était le cas, il le savait bien. Deuxièmement, le fait matériel qu'il était en Amérique et elle en Europe avait pu refroidir ou changer ses sentiments. Mais, par-dessus tout, c'était peut-être le fait qu'elle avait découvert qu'elle ne l'aimait pas réellement. Ce dernier point, au moins, ne pouvait qu'être vrai, parce que tout simplement on ne néglige pas si longtemps d'écrire aux gens qu'on aime.

Brusquement il se leva et regarda l'horloge, lui faisant face comme devant un ennemi à combattre : 20 h 17, 15 septembre. Il supporta tout le poids de cette évidence sur son corps tendu et dans ses mains crispées. Vingt-cinq jours, tant d'heures, tant de minutes, depuis la première lettre qu'il lui avait envoyée.

Son esprit laissa de côté ce fardeau, pour s'attacher à la fille de Scranton. Il se dit qu'il lui devait une réponse. Il relut sa lettre, plus attentivement, s'attardant sur une phrase çà et là, comme s'il s'intéressait profondément à son amour désespéré qui balançait dans le vide, presque comme s'il s'agissait de son amour à lui. Il y avait là quelqu'un qui le suppliait de lui indiquer un lieu ou une heure de rendez-vous. Ardente, avide, prisonnière seulement d'elle-même, elle ressemblait à un oiseau prêt à l'envol.

Il alla soudain au téléphone et dicta un télégramme :

RENDEZ-VOUS GARE GRAND CENTRAL CÔTÉ LEXINGTON VENDREDI 18 H. AFFECTION. R.

Vendredi était le surlendemain.

Jeudi, il n'y eut toujours pas de lettre de Rosalind, et maintenant il n'avait plus le courage, ni peut-être l'énergie physique, de rien imaginer à son sujet. Il n'y avait en lui que son amour, nullement amoindri, et lourd comme une pierre.

Dès son lever, le vendredi matin, il pensa à la fille de Scranton. Ce jour-là, elle se lèverait et préparerait son sac de voyage, ou, si jamais elle allait au travail, elle déambulerait toute la journée dans un pays de rêve plein de Dusenberry.

Quand il descendit, il vit dans la boîte la bordure rouge et bleu d'une enveloppe « par avion », et éprouva un saisissement lent, presque douloureux Il ouvrit la boîte et en tira la longue enveloppe molle, les mains tremblantes, laissant tomber ses clés à ses pieds. La lettre ne contenait qu'une quinzaine de lignes dactylographiées.

Le 15 septembre.

Don,

Je suis affreusement désolée d'avoir attendu si longtemps pour répondre à ta lettre, mais je n'ai pas encore eu le temps de souffler depuis mon arrivée ici. Ce n'est qu'aujourd'hui que j'ai pu m'installer assez bien pour commencer à travailler. En premier lieu, j'ai été retardée à Rome, et puis l'organisation de mon appartement ici a été infernale, à cause des grèves d'électriciens et de je ne sais quoi encore.

Tu es un ange, Don, cela je le sais et je ne l'oublierai pas. Je n'oublierai pas non plus nos journées sur la Côte. Mais, chéri, je ne me vois vraiment pas changer de vie de façon aussi radicale et abrupte, que ce soit pour me marier ici ou n'importe où. Il m'est réellement impossible d'aller aux États-Unis pour Noël, j'ai trop de travail ici, et pourquoi devrais-tu te déraciner de New York? Peut-être qu'à Noël, ou au moment où tu recevras cette lettre, tes sentiments auront un peu changé.

Mais veux-tu continuer à m'écrire? Et ne pas laisser cette lettre te rendre trop malheureux? Et pouvons-nous nous revoir un jour ou l'autre? Peut-être à l'improviste, et merveilleusement, comme à Juan-les-Pins?

Rosalind.

Il fourra la lettre dans sa poche et se précipita dehors. Ses pensées se bousculaient dans un véritable chaos, plein de signaux de mortelle détresse, de cris d'agonie silencieuse, d'ordres confus lancés à une armée en déroute pour se rallier avant qu'il ne soit trop tard, pour ne pas abandonner, ne pas mourir.

Une pensée parvint à émerger assez clairement : il l'avait effrayée. Son aveu stupide et immodéré, son torrent de projets, avaient dû la faire réagir contre lui. S'il en avait dit seulement la moitié, elle aurait compris combien il l'aimait. Mais il avait été trop explicite. Il avait dit : « Chérie, je t'adore. Peux-tu venir à New York pour Noël ? Sinon, je peux prendre l'avion pour Paris. Je veux t'épouser. Si tu préfères vivre en Europe, je m'arrangerai pour vivre là-bas aussi. Il est si facile pour moi de... »

Quel imbécile il avait été !

Son esprit était déjà occupé à corriger la faute, déjà il composait la prochaine lettre, détendue mais affectueuse, qui lui donnerait un peu d'espace où respirer. Il l'écrirait ce soir même, soigneusement, et mettrait tout exactement au point.

Don quitta le bureau plus tôt cet après-midi-là, et se retrouva chez lui quelques minutes après cinq heures. L'horloge lui rappela que la fille de Scranton serait à la gare de Grand Central à six heures. Il devait aller la rencontrer, pensa-t-il, sans toutefois savoir pourquoi. Il n'irait certainement pas lui parler. Il ne la reconnaîtrait même pas s'il la voyait, bien sûr.

Pourtant, la gare de Grand Central, plutôt que la fille, l'attirait comme un aimant à la fois doux et continu. Il commença à changer de vêtements. Il mit son plus beau costume, promena des doigts hésitants sur la rangée de cravates, et saisit vivement l'une d'elles, d'un bleu uni. Il se sentait chancelant et faible, et avait l'impression de s'évaporer lui-même, comme la sueur froide qui ne cessait de lui perler au front.

Il marcha vers le centre, vers la 42e Rue.

A l'entrée de la gare, du côté de Lexington Avenue, il vit deux ou trois jeunes femmes qui auraient pu être Edith W. Whitcomb. Il chercha des yeux un monogramme quelconque sur ce qu'elles avaient sur elles ou avec elles, mais elles ne portaient pas d'initiales. Puis une des filles rencontra la personne qu'elle attendait, et soudain il fut sûr qu'Edith était la fille blonde vêtue d'un manteau noir, et coiffée d'un béret noir orné d'un insigne militaire. Oui, il y avait dans ses grands yeux ronds une anxiété dont la cause ne pouvait être que l'attente de quelqu'un qu'elle aimait, et aimait passionnément. Elle paraissait environ vingt-deux ans, célibataire, fraîche et pleine d'espoir — l'espoir, voilà ce qui la caractérisait — et elle portait une petite valise, de la taille idéale pour un week-end.

Il rôda autour d'elle quelques minutes, et elle ne lui jeta pas le moindre regard. Elle se tenait debout à droite des portes principales et à l'intérieur, et se dressait de temps à autre sur la pointe des pieds pour voir par-dessus la foule qui se précipitait et se bousculait. Un rayon de lumière rougeoyante venant de l'entrée laissait voir sa joue rose et arrondie, les reflets d'or de ses cheveux, l'impatience de ses yeux tendus. Il était déjà 6 h 35.

Bien sûr, peut-être n'était-ce pas elle, se dit-il. Puis il partit, soudain ennuyé, vaguement honteux de lui-même, et marcha vers la IIIe Avenue pour aller manger quelque chose, ou du moins prendre une boisson chaude. Il entra dans un café. Il avait acheté un journal, qu'il déplia devant son visage et essaya de lire en attendant d'être servi. Mais quand la serveuse arriva, il s'aperçut qu'il n'avait envie de rien, et se leva en murmurant quelques mots d'excuse.

Il retournerait voir si la fille était toujours là, pensa-t-il. Il espérait qu'elle n'y serait plus, parce que c'était un vilain tour qu'il lui avait joué là. Si elle y était encore, il devrait vraiment lui avouer que c'était une plaisanterie.

Elle était toujours là. Dès qu'il la vit, elle se mit à marcher avec sa valise vers le bureau circulaire des renseignements. Il l'observa contourner le bureau de renseignements puis revenir sur ses pas, repartir vers le même endroit près des portes, et changer de côté, comme si elle croyait avoir plus de chance par-là. Et la belle courbe aérienne de ses sourcils était à présent tendue dans une attente torturée, dans un espoir presque désespéré.

Mais il y avait toujours ce lambeau d'espoir, pensa-t-il en lui-même, et il sentit que c'était, en dépit de sa simplicité, la notion la plus puissante, la vérité la plus forte qu'il eût jamais rencontrée.

Il passa devant elle : cette fois elle lui lança un coup d'œil, et regarda immédiatement dans le lointain derrière lui. Elle contemplait l'autre côté de Lexington Avenue, et au-delà, l'espace entier. Ses yeux juvéniles et ronds devenaient brillants de larmes, remarqua-t-il.

Les mains dans les poches, il repassa lentement devant elle, en la regardant droit dans les yeux, et, quand elle lui jeta un regard irrité, il sourit. Ses yeux se posèrent à nouveau sur lui, pleins d'indignation et de colère, et il émit un petit éclat de rire qui lui échappa presque inconsciemment. Mais il aurait aussi bien pu pleurer, pensa-t-il. Il se trouvait simplement qu'il avait ri à la place. Il savait ce que la fille éprouvait. Il le savait exactement.

« Excusez-moi », dit-il.

Elle sursauta, et le regarda d'un air surpris et déconcerté.

« Excusez-moi », répéta-t-il, et il fit demi-tour.

Quand il regarda en arrière, elle le fixait toujours des yeux en fronçant les sourcils d'un air ahuri qui ressemblait presque à de la peur. Puis elle regarda ailleurs et, d'un air de supériorité, se dressa sur la pointe des pieds pour scruter la foule par-dessus les têtes qui s'agitaient — et la dernière chose qu'il vit d'elle, ce furent ses yeux brillants qui gardaient en eux cet espoir déterminé, insensé, désintéressé.

Alors, en remontant Lexington Avenue, il se mit à pleurer vraiment. A présent ses yeux étaient parfaitement identiques à ceux de la fille, il le savait; brillants, pleins d'un espoir inflexible. Il releva fièrement la tête. Il avait sa lettre à Rosalind à écrire ce soir, et il se mit à la composer.

L'amateur de frissons

Titre original de la nouvelle
THE THRILL SEEKER

traduite par
EMMANUÈLE DE LESSEPS

extraite de
LES SIRÈNES DU GOLF

ANDREW FORSTER, trente-sept ans, marié, père d'une fillette de quatorze ans, brillant représentant en aspirateurs de la société Marvel Vacuum, avait un curieux passe-temps. Il appelait des femmes au téléphone, leur servait un long boniment subtilement flatteur, prenait un rendez-vous (il lui en fallait parfois deux, lorsque la femme ne désirait pas le recevoir chez elle la première fois), puis il leur volait quelque objet personnel, assez petit pour être fourré dans sa poche.

Souvent, ce n'était rien de plus qu'un briquet en argent ou une bague de médiocre valeur qu'il raflait sur une coiffeuse : mais ce menu larcin le comblait et il ne l'avait pas plus tôt commis qu'il laissait tomber la femme. Jamais encore, à sa connaissance, on ne l'avait soupçonné. Son air intelligent et sérieux, ses manières courtoises, le mettaient à l'abri de la méfiance. Son métier, c'était la vente, après tout, et la première chose à faire pour pénétrer dans un salon afin d'y vanter les charmes d'un aspirateur, c'était de se vendre soi-même. Andy Forster excellait dans cet art.

Il choisissait ses victimes avec soin, bien entendu. C'étaient toutes des femmes qui faisaient carrière, célibataires de surcroît, quoique ce dernier point ne fût pas essentiel. Il avait ainsi spolié une actrice, une journaliste réputée, une styliste de mode. Il avait potassé leurs activités présentes et passées afin de chanter leurs louanges dès son premier appel téléphonique.

A la styliste, il avait parlé de sa fille de quatorze ans qui, disait-il, voulait se préparer au même métier ; il était désolé de l'incongruité de sa demande, adressée à quelqu'un qu'il n'avait jamais vu, mais cependant, si elle pouvait lui accorder ne serait-ce qu'un quart d'heure, à l'endroit de son choix... ? A la comédienne, il avait manifesté le plus vif intérêt pour sa dernière pièce, qu'il avait pris la précaution de voir. Quant à la journaliste, il avait trouvé particulièrement remarquable tel ou tel de ses articles et avait quelques questions flatteuses à lui poser. On ne lui avait jamais refusé une entrevue.

Son allure, lorsqu'il arrivait à leur porte, ou se levait avec une expression interrogative et hésitante pour les accueillir dans un salon de thé ou un bar élégant, était encore plus rassurante que sa voix au téléphone. Un mètre soixante-quinze, doté d'un léger embonpoint mais sans relâchement, il était habillé de façon classique et arborait des joues roses et fermes qui évoquaient la vie saine. Il s'exprimait d'une voix douce et affable, quoique non mielleuse. Il donnait l'impression d'être éperdu d'admiration pour la femme qu'il avait en face de lui, ou au moins d'éprouver le plus grand respect pour elle. Il conversait toujours intelligemment, se tenant régulièrement informé sur tous les sujets.

Il ne se déplaçait pas sans son automobile, une grosse voiture de fonction qui ne portait pas le nom de sa société et, à la fin de l'entretien, après un thé ou deux cocktails (les femmes ne dépassaient jamais cette mesure avec un inconnu, semblait-il), il avait si bien gagné la confiance de son interlocutrice qu'elle acceptait immanquablement de se faire raccompagner chez elle ou conduire à un rendez-vous éventuel. Ses larcins avaient généralement lieu lors de la seconde entrevue. A deux reprises, il avait, par défi, proposé un troisième rendez-vous après avoir commis un vol. Mais jamais l'article manquant n'avait été mentionné

« Comment savez-vous tout cela ? » lui demandaient-elles, fascinées, après qu'il eut expliqué pourquoi la campagne de Gallipoli pendant la Première Guerre mondiale avait été un échec.

Andy répondait alors qu'il avait failli être professeur d'histoire, ou de physique, ou de géographie, ou d'océanographie, mais qu'au moment où il allait terminer ses études à l'âge de vingt-deux ans, il avait cédé aux pressions de sa fiancée qui craignait d'épouser un gagne-petit.

Les femmes, écoutant une si pitoyable histoire, ne manquaient pas de s'émouvoir, d'autant qu'il la racontait avcc unc mâlc sobriété qui semblait exclure tout ressentiment, et de décrier l'égoïsme et la mesquinerie de leur propre sexe. Elles-mêmes se mettaient à part, bien entendu. Voyez sur quel pied d'égalité elles conversaient avec un homme, comme il les écoutait et les estimait en songeant à bien autre chose qu'à les mettre dans son lit... Le geste le plus familier qu'il se permît était de leur effleurer le coude quand ils traversaient la rue ou montaient en voiture.

En fait, Andy était impuissant depuis qu'il avait été blessé à la guerre de Corée. Mentalement aussi, il avait renoncé aux femmes, à commencer par la sienne, Juliette, qui, d'une certaine façon, l'avait laissé tomber depuis déjà une dizaine d'années. Elle lui préparait son repas chaque soir, mais régulièrement le devoir l'appelait après le dîner, et elle allait donner son temps à l'hôpital — en tant que bénévole ou salariée, peu lui importait. Infirmière diplômée, c'était une femme discrètement efficace, dont le petit corps mince et compact renfermait l'énergie de deux hommes. Juliette ne parlait jamais de son travail. Il constituait tout son univers et à peine avait-elle dispensé ses soins minimaux à son mari et à sa fille qu'elle brûlait d'y retourner.

Andy était assez intelligent pour se rendre compte qu'il détestait les femmes, bien qu'il n'en eût pris conscience qu'à la suite de sa blessure en Corée. Cet accident lui avait fait comprendre que, depuis bien longtemps déjà, il haïssait Juliette et probablement toutes les autres femmes. Il avait aimé Juliette, un jour, mais elle l'avait lâché — stupidement et sans merci. Et pourtant, c'était la mère de Martha, sa fille, qu'il adorait.

Le soir, chaque soir, Andy lisait ; il ne s'arrêtait pas avant trois heures du matin. Ce n'était pas un dormeur. Souvent, lorsqu'il se levait à sept heures, il avait l'impression de n'avoir pas dormi du tout, d'avoir simplement fermé les paupières pour reposer ses yeux pendant les quelques heures de sommeil qu'il s'était accordées. Il avait acheté, douze ans plus tôt, l'*Encyclopaedia Britannica* et il en connaissait maintenant 80 % du contenu.

C'était généralement le soir qu'il s'adonnait à cette lecture, installé à plat ventre sur son lit, une pile de volumes à portée de la main. Lorsque Juliette se glissait enfin sous les draps, il s'efforçait simplement de ne pas faire attention à elle.

Le butin qu'il avait amassé au cours de ses brèves rencontres était enfermé dans une mallette de cuir, portant l'estampille Marvel Vacuum, qu'il remisait au fond du dernier tiroir de la commode. Il n'y avait aucun risque que Juliette regardât jamais dans ce tiroir où, depuis des lustres, s'amoncelaient, comme d'eux-mêmes, une foule d'objets au rebut : chaussettes trouées, chemises auxquelles manquait un bouton, caleçons trop usés pour être portés mais pas assez pour être jetés, hauts de pyjama sans bas et vice versa. Andy recousait ses boutons et reprisait ses chaussettes lui-même, quand il s'en souciait.

La mallette recelait à présent la montre-bracelet de la comédienne, la bague d'une artiste sculpteur, le double-décimètre en argent de la styliste, la boîte à cigarettes javanaise, incrustée de grenats, de la journaliste, la chaînette en or d'une violoniste du New York Philharmonic, un joli petit crayon-mine platiné dont il avait oublié la propriétaire, un flacon à parfum en verre bleu filigrané d'argent, une bague ornée d'une topaze, découverte sur le réservoir de la chasse d'eau des toilettes chez une chanteuse de night-club légèrement éméchée (elle n'avait pas craint de boire en sa compagnie un certain nombre de verres), un tanagra qu'il gardait enveloppé dans un mouchoir, et enfin une petite fiasque ancienne en argent.

Andy projetait d'offrir la plupart de ces objets à Martha lorsqu'elle aurait atteint ses vingt et un ans : elle aurait terminé ses études, ou bien elle quitterait la maison pour se marier. Il écoulerait ses présents un à un au long des années, de façon à ne pas éveiller les soupçons de Juliette. Elle faisait si peu attention à lui, de toute façon, qu'il ne risquait guère de susciter sa méfiance.

Toutes les six semaines environ après avoir passé ses journées à vendre des aspirateurs pour retrouver le soir une épouse quasi muette, Andy commençait à se sentir nerveux et se mettait à planifier une nouvelle aventure. Un après-midi de mai, il entra dans une cabine téléphonique du Bronx pour appeler une anthropologue nommée Rebecca Wooster, qu'il avait vue un dimanche à la télévision. Elle revenait alors d'un séjour d'études en Amérique centrale et dans les Antilles. Andy trouva son nom dans l'annuaire, mais une standardiste lui apprit que le numéro avait changé et lui indiqua le nouveau. Une voix de femme lui répondit, et après s'être assuré qu'il s'agissait bien de Mlle Wooster, il se lança dans son petit laïus :

« Je m'appelle Robert Garrett. (Il ne donnait jamais son vrai nom.) J'espère que vous me pardonnerez de vous appeler ainsi sans vous connaître, mais je vous ai vue à la télévision il y a quelques semaines et j'avoue que j'en ai été très marqué. Je n'ai cessé, depuis, de penser à certaines choses que vous avez dites. Je suis moi-même anthropologue... amateur, disons, et je suis actuellement en train de travailler à une théorie qui utilise la classification psychologique plutôt qu'ethnique. J'aurais beaucoup aimé vous poser quelques questions à ce sujet — c'est-à-dire, bien sûr, si vous aviez un jour une demi-heure à perdre — et je vous serais également très reconnaissant si vous trouviez le temps de jeter un coup d'œil sur mon projet. C'est l'affaire de trois pages. »

Il poursuivit ainsi pendant quelques minutes, d'une voix lente et sérieuse, lui donnant le temps de glisser ici ou là un mot qui manifestait qu'elle l'écoutait, et même le suivait avec intérêt. Il avait pu constater à la télévision qu'elle avait une attitude chaleureuse et amicale ; elle avait écouté patiemment les questions pas toujours pertinentes qu'on lui avait posées à la fin de l'émission. Enfin, il lui présenta ses excuses pour lui avoir pris tout ce temps au téléphone et sollicita modestement la faveur d'un entretien personnel, aussi bref fût-il.

« Eh bien, je pense que je peux arranger ça, dit-elle de sa voix aimable et posée. Que diriez-vous de demain ? Aux environs de cinq heures et demie ?

— Ce serait parfait, répondit Andy. Je suis véritablement très honoré, mademoiselle Wooster. » Il lui demanda son adresse, puis ils se dirent au revoir cordialement.

Le lendemain, ponctuel au rendez-vous, Andy apporta avec lui une carte du monde sur laquelle il avait tracé un certain nombre de cercles, dont quelques-uns se chevauchaient, désignant des « groupes psychologiques ». Cette répartition ne valait pas grand-chose, il le savait, mais il avait tout de même consulté quelques ouvrages d'ethnologie et de sociologie avant de crayonner sa carte. Il apportait également un « projet » de trois pages dactylographiées.

Mlle Wooster habitait au treizième étage d'un immeuble élégant de Park Avenue. Elle l'accueillit en personne dans un vaste vestibule et Andy se présenta en s'inclinant courtoisement. Elle l'invita à le suivre dans une grande pièce qui ressemblait à un salon, à ce détail près qu'un imposant bureau trônait devant la fenêtre.

« Vous n'êtes pas anthropologue de profession, m'avez-vous dit, commença Mlle Wooster après qu'ils eurent pris place sur le canapé.

— Non. Je travaille pour un centre de documentation qui compile des ouvrages de référence destinés à la bibliothèque publique. Je crains que ce ne soit pas un travail passionnant, mais cela me donne l'occasion de lire beaucoup. » Il se leva en marmonnant une excuse et s'avança, comme saisi de respect sacré, vers la bibliothèque murale. Sur les étagères, devant les livres, étaient disposés une douzaine d'objets d'art primitif, statuettes et bibelots précieux. « Veuillez pardonner mon indiscrétion, dit-il, mais ces pièces me fascinent ; je n'en avais jamais vu de pareilles, sinon dans les musées, sous vitrine. »

Elle se leva en souriant, flattée de son intérêt, et ensemble ils examinèrent et commentèrent la collection pendant un quart d'heure. La pièce qui intéressait le plus Andy était un ornement maya en or martelé, agrémenté de breloques d'or tintinnabulantes, lestées chacune d'une fine pierre verte. L'objet était assez petit pour tenir dans la poche de sa veste. Il n'avait qu'à attendre le moment propice pour le subtiliser, peut-être lorsque Mlle Wooster lui tournerait le dos pour répondre au téléphone. Andy n'aimait guère se résoudre à demander un verre d'eau, bien qu'il eût parfois recours à cette ruse. En tout cas, s'il en venait à ce moyen, il ne semblait pas y avoir ici de domestique pour se charger de ce service.

« Eh bien, voyons ce projet dont vous m'avez parlé », dit Mlle Wooster. Elle prit place dans un fauteuil, à côté de la bibliothèque. « J'ai un rendez-vous à six heures, malheureusement, et je n'ai pu le faire déplacer. »

Andy jeta un coup d'œil à sa montre, qui marquait cinq heures quarante-sept. « Je vais être aussi bref que possible. » Il traversa la pièce pour prendre son porte-documents et, fouillant parmi les brochures qui vantaient les aspirateurs Marvel, il en extirpa sa carte du monde et son projet de trois pages. Il prit une profonde inspiration et se lança dans la description de son travail, d'une voix lente mais sans permettre à Mlle Wooster de l'interrompre.

Un sourire d'incrédulité, d'amusement peut-être, se dessinait sur les lèvres de l'anthropologue.

« Peut-être pensez-vous que je n'ai guère les compétences voulues pour procéder à ce genre d'étude, dit-il pour terminer.

— Non, c'est très intéressant. J'admire votre enthousiasme. » Elle avait parcouru ses trois pages dactylographiées. « Mais je pense que vous faites erreur en ce qui concerne les Aïnous et les Chinois. Le rapprochement que vous faites... »

Andy écouta attentivement et les minutes passèrent. Il se demanda s'il pourrait s'emparer de la pièce maya dès cette première visite et, dans le cas contraire, s'il saurait obtenir un nouveau rendez-vous. Aussitôt, il chassa le doute de son esprit. Le doute était fatal. Elle ne lui disait pas, en tout cas, que son hypothèse était franchement aberrante ou qu'elle ne valait pas même un article.

On sonna à la porte.

« Oh ! mon Dieu, ce doit être mon rendez-vous, dit Mlle Wooster en se levant. Il est un peu en avance. Excusez-moi, monsieur Garrett. »

Andy se leva avec un sourire. Il n'aurait pu prévoir meilleure occasion. Il entendit Mlle Wooster, dans le vestibule, répondre à l'interphone. Immédiatement, il empocha le joyau maya, et s'assura d'un coup d'œil que le vide qu'il laissait ne se remarquerait pas avant qu'il ait quitté l'immeuble.

Quand Mlle Wooster revint, il était en train de ranger lentement ses papiers dans son porte-documents.

« Je crains de m'être trop attardé, dit-il tristement.

— Oh ! non. Mais je dois voir cette personne maintenant : elle est venue m'interviewer. » Elle sourit et tendit la main.

« J'ai été enchantée de vous rencontrer. J'espère que vous allez continuer votre livre. Vous m'avez dit que vous en aviez déjà écrit une centaine de pages ?

— Oui. » Andy se dirigeait vers le vestibule.

« Si vous vous heurtez à quelque difficulté, n'hésitez pas à m'appeler. Je suis toujours ravie de m'étendre sur mon sujet préféré.

— Merci infiniment... »

Sur le palier, la porte de l'ascenseur s'ouvrit. Une grande femme d'environ trente-cinq ans apparut et jeta sur Andy un regard étonné. Il la regarda avec la même surprise, puis, soudain, se rendit compte avec horreur qu'il s'agissait de la journaliste à qui il avait volé... quoi, déjà ?

« Eh bien ! Vous êtes monsieur... O'Neill, n'est-ce pas ? dit-elle.

— Non, dit Mlle Wooster. Je vous présente M. Garrett. Monsieur Garrett, mademoiselle Holquist. Oh... vous vous connaissez ?

— Certainement », dit Mlle Holquist.

Andy comprit qu'il n'allait pas s'en tirer. Il avait un visage plutôt ordinaire, mais Myra Holquist l'avait vu à deux reprises moins de six mois auparavant. « Excusez-moi, dit-il, je m'appelle bien Garrett. Je ne sais pas pourquoi j'ai prétendu m'appeler O'Neill. Par esprit d'aventure sans doute. Ou plutôt, je crois que j'essayais mon nom de plume. Il y a suffisamment d'écrivains qui s'appellent Garrett. »

Mlle Holquist hocha la tête comme si elle pensait à autre chose. « Où en sont vos reportages ? Vous ne vouliez pas écrire quelque chose sur la disparition des terrains vagues dans la vie des enfants new-yorkais ? Quelque chose comme ça ? »

Mlle Wooster, à présent, le regardait de travers.

« Quelque chose comme ça, dit Andy d'une voix faible. Eh bien, je dois y aller. »

Il était confondu, humilié. Un sentiment de honte le submergeait. Son panache avait disparu. Il appela l'ascenseur, qui venait malheureusement de descendre.

« Un instant, monsieur Garrett. Excusez-moi, mademoiselle Wooster. Je m'étais demandée pourquoi vous aviez si soudainement disparu. Cela n'aurait-il pas à voir avec une boîte de cigarettes javanaise ?

— Je ne saisis pas », dit Andy en fronçant les sourcils d'un air faussement perplexe.

Elle eut un sourire narquois. « Mais si, vous avez l'air de saisir parfaitement. Mademoiselle Wooster, connaissez-vous ce monsieur depuis longtemps ?

— Oh ! non. Je viens de faire sa connaissance cet après-midi. Il...

— Alors, avant qu'il ne parte, je crois que vous feriez mieux de regarder dans votre appartement s'il ne vous manque rien. »

L'anthropologue ouvrit grande la bouche et Andy serra les dents, priant le ciel de voir s'ouvrir la porte de l'ascenseur. Mais il n'entendait pas même le ronronnement du moteur.

« Je vous le conseille sérieusement, mademoiselle Wooster », dit la journaliste sur un ton pressant.

La porte de l'ascenseur s'ouvrit. Avec un reste de fierté, ou peut-être parce qu'un plan germait dans sa tête, Andy renvoya d'un geste le liftier. « Pas tout de suite, merci », dit-il et, tel un condamné à mort, il se tourna vers Mlle Wooster pour la suivre jusqu'à son salon.

Myra Holquist les accompagna.

« Mon Dieu, ma pièce maya en or ! s'exclama l'anthropologue. Elle a disparu ! » Elle se tourna vers Andy, les yeux agrandis de peur. « Vous... vous... l'avez vue ? balbutia-t-elle.

— Rendez-la, monsieur O'Neill, ou Garrett », dit froidement la journaliste.

Alors, avec toute la force de son bras droit, il la frappa à la mâchoire. Elle s'écroula à terre. Il s'agenouilla, la saisit à la gorge et fit rebondir son crâne, encore et encore, contre le sol, oublieux des cris de Mlle Wooster, indifférent à ses maladroits efforts pour l'écarter de la journaliste. Rien qui ressemblât à une pensée ne traversa l'esprit d'Andy pendant ces quelques secondes de violence, seul l'habitait le sentiment que la femme sur laquelle il s'acharnait l'avait trahi, mis à nu, sali de honte. Son visage outrageusement maquillé, pareil à un masque, symbolisait pour lui tout ce qu'il détestait chez les femmes — leur froideur, leur indifférence, leur implacable dureté.

« La ferme ! » hurla Andy à l'adresse de Mlle Wooster quand il se releva. Cependant, lorsqu'il la vit reculer devant lui, ce fut lui qui prit peur. Elle se taisait, maintenant, mais il craignait que ses cris n'aient déjà ameuté les voisins. Elle continuait de reculer, et lui d'avancer vers elle. Il lui fallait une corde, un bâillon, de quoi la faire se tenir tranquille pendant qu'il s'enfuirait.

« Où se trouve la chambre ? Allez dans votre chambre », ordonna-t-il. Derrière elle, il vit une porte ornementée. La clef était sur la serrure. « Entrez là. »

Elle obéit.

« Tenez, je vous rends ça », dit-il en tirant la pièce maya de sa poche. Il la déposa sur un coffre, près de la porte. « Je suis désolé, vraiment désolé. » Incapable d'ajouter un mot, il pencha la tête de côté en un geste qui exprimait sa honte et son regret, sortit de la chambre et ferma la porte à clé derrière lui. Il laissa la clé dans la serrure.

Il se précipita au salon pour y récupérer son porte-documents — Myra Holquist gisait là, immobile — et, n'osant repartir par l'ascenseur, il chercha la cuisine. Comme il l'avait espéré, il s'y trouvait une porte de service qui donnait sur un escalier et un monte-charge.

Il prit l'escalier. Treize étages de malheur à descendre. Il se retrouva dans un sous-sol éclairé seulement par le rai lumineux d'une porte entrouverte. Il ouvrit la porte, monta quelques marches de fer et déboucha sur la 78e Rue, entre Park et Lexington, à dix mètres de sa voiture. Il se dirigea vers son véhicule, cherchant les clés dans sa poche.

Il habitait, à Manhattan, une de ces rues particulièrement lugubres qui avoisinent le pont George-Washington. Les bars du quartier n'étaient pas plus accueillants, mais pour se remettre d'aplomb avant de rentrer chez lui, Andy avala rapidement deux whiskies. Pour une fois, il se félicita : Juliette, suivant son habitude, ne lui adressa pas la parole, ne le regarda pas en face. Il se souvint que Martha dînait ce soir avec une amie avec qui elle devait travailler toute la soirée.

Andy ne ferma pas l'œil de la nuit. Les appels étouffés de Mlle Wooster à travers la porte de sa chambre le hantaient. Y avait-il un téléphone dans cette pièce ? En combien de temps avait-elle réussi à se faire délivrer ? *Monsieur Garrett, monsieur O'Neill,* n'avait-elle cessé de crier.

Andy se retourna dans son lit, envahi de honte, et pensa au trésor caché dans son tiroir. Il n'avait jamais encore considéré objectivement ce passe-temps révoltant — lui qui s'était toujours estimé d'une intelligence supérieure.

Le lendemain matin, Andy acheta un journal près du bureau où il pointait tous les jours à huit heures quarante-cinq. Il n'y trouva aucune trace du cauchemar de la veille, mais peut-être était-il encore trop tôt pour que la nouvelle parvienne aux journaux. Il vendit un aspirateur à une vieille dame dont l'appartement était peuplé de canaris gazouillants.

L'après-midi, il acheta une nouvelle édition. On y lisait que Myra Holquist, journaliste de renom, avait été étranglée dans l'appartement de la célèbre anthropologue, Rebecca Wooster, qu'elle était venue interviewer. Ce compte rendu des événements lui parut aussi fantastique, irréel, que le souvenir qu'il en avait, jusqu'à ce qu'il lût la déclaration du médecin légiste, puis la description donnée par Mlle Wooster de « Robert Garrett ou O'Neill ». C'était son portrait exact, une véritable photographie verbale.

Mais le qualifier d'assassin ! Le meurtre n'était jamais entré dans ses plans.

Il savait quelle serait la première démarche de la police. Elle rechercherait un Robert Garrett ou un M. O'Neill répondant au signalement, n'en trouverait pas (du moins Andy l'espérait-il) ; puis elle enquêterait auprès des centres de documentation susceptibles de « compiler des ouvrages de référence » pour la bibliothèque publique. Enfin, elle rechercherait partout dans la ville un homme ressemblant à la description qu'avait donnée de lui l'anthropologue. Et un jour, peut-être...

Andy songea à se constituer prisonnier. Mais ce meurtre, à ses yeux, ressemblait tellement à un accident, à un coup de malchance, qu'il ne pouvait se résoudre à s'en remettre à la sentence impitoyable de la justice. Il lui fallait se préparer à vivre avec la pensée obsédante qu'il y avait dans la ville quelqu'un, une femme, qui avait le pouvoir, si jamais elle le croisait à nouveau, de mettre fin à la vie qu'il menait à présent. Quant aux objets volés enfouis dans son tiroir, il ne pouvait y toucher pour l'instant ; la seule pensée de leur existence suffisait à paralyser toute initiative de sa part en vue de s'en débarrasser.

Six mois passèrent. Andy perdit quelques kilos, mais ce fut si progressif que ni Juliette ni aucun de ses collègues de travail ne lui en fit la remarque. Il ne pouvait regarder un policier en face dans la rue, et chaque fois que s'ouvrait une porte d'ascenseur, il ne pouvait s'empêcher d'inspecter d'un coup d'œil tous les visages qui s'avançaient vers lui. L'unique fois où il sortit avec Juliette pour aller au théâtre (sur sa demande à elle : c'était son anniversaire), il subit le quart d'heure d'entracte dans le foyer comme une torture.

Et puis un jour, Andy lut dans le journal que Rebecca Wooster, quarante-neuf ans, avait succombé à une crise cardiaque au cours d'un voyage d'études à Ceylan. Sa réaction à l'événement fut très lente ; il mit trois jours à l'assimiler, après quoi il sortit la mallette de son tiroir et la jeta du pont George-Washington.

Andy, après cela, se sentit mieux. Il prévoyait d'aller de mieux en mieux à mesure que le temps passerait. Pendant une période, il retrouva le sommeil. Puis les insomnies l'assaillirent de nouveau. Des cernes se creusèrent sous ses yeux, des cernes rouges qui ne le quittèrent plus.

Une nuit, tandis qu'il se tournait et se retournait dans son lit, il comprit ce qui le tourmentait. Il n'avait plus d'ennemi auquel s'affronter, nul autre que lui ne connaissait son crime. Il était seul avec sa culpabilité.

Depuis des semaines déjà, il luttait contre le besoin lancinant de se confesser, sachant tout ce qu'il en coûterait à sa fille, et même à Juliette. Mais il n'arrivait pas à se convaincre qu'il se conduisait moins odieusement en gardant pour lui son secret, son crime impuni. Il se jugeait encore membre de cette société, comme sa fille, comme sa femme.

Par un froid après-midi de février, il entra dans le commissariat de police de son quartier et se rendit. Il déclara qu'il était le Robert Garrett, *alias* O'Neill, qui, en mai dernier, avait étranglé Myra Holquist dans l'appartement de Rebecca Wooster.

Il clignait nerveusement des paupières tout en parlant (ce tic ne le lâchait plus désormais), pensant qu'il n'était peut-être pas très convaincant. Mais il ne s'était pas préparé à faire face à un tel mur d'incrédulité. Un officier de police de haut rang le pressa de questions pendant quelques minutes, puis appela le fichier central pour vérifier le signalement de Garrett-O'Neill. Même alors, il continua d'afficher son scepticisme.

« Avez-vous jamais séjourné dans un hôpital psychiatrique ? demanda-t-il.

— Non », répondit Andy.

Un autre commissaire de haut rang vint les rejoindre et Andy répéta son histoire, décrivant cette fois ses menus larcins par le détail. Mais voilà que sa mémoire le trahissait. Il ne retrouvait que le nom d'une seule femme, parmi toutes celles qu'il avait abusées — Irène Cassidy, la styliste. Mais que lui avait-il volé ? Il pouvait décrire une partie des objets dérobés, sans pouvoir pour autant les produire, expliqua-t-il, car il les avait jetés du pont George-Washington deux semaines auparavant.

« Appelez cette Irène Cassidy », ordonna le nouveau venu.

Mlle Cassidy, qui travaillait à domicile dans son atelier, répondit au téléphone. Le commissaire lui exposa laborieusement la situation — comme s'il essayait délibérément d'embrouiller la jeune femme, pensa Andy. Il comprenait, aux répliques du policier, qu'il n'obtenait que des réponses négatives, aussi demanda-t-il à parler en personne à la styliste.

« Bonjour, mademoiselle Cassidy. Je ne me souviens pas maintenant du nom sous lequel je m'étais présenté, mais j'avais demandé à vous rencontrer au sujet de ma fille de quatorze ans qui désirait devenir styliste de mode. Vous vous en souvenez, je pense ? Cela doit faire... un peu plus d'un an. » Mais cela pouvait aussi bien faire deux ans.

« Je pourrais sans doute m'en souvenir si je vous voyais, répondit Irène Cassidy, mais vous savez, je vois une foule de gens qui désirent me rencontrer parce qu'ils voudraient — ou que quelqu'un de leur connaissance voudrait — devenir styliste de mode.

— N'avez-vous pas remarqué, après mon départ, qu'un objet avait disparu de chez vous ?

— Un objet ? Quoi donc ?

— Un petit quelque chose, une babiole qui pouvait traîner dans votre atelier, ou sur votre table, je ne m'en souviens plus.

— Il est frappé, ce type-là, murmura une voix dans son dos.

— Ne voulez-vous pas venir au commissariat? S'il vous plaît... », supplia Andy.

Mlle Cassidy ne souhaitait pas être dérangée. Andy lui demanda de patienter un instant, puis passa l'appareil au commissaire en lui demandant de faire ce qu'il pouvait pour la convaincre de venir. Le policier eut plus de succès.

Il y eut une attente pénible de quarante-cinq minutes, pendant laquelle Andy, assis sur un banc, aurait eu mainte occasion de se glisser vers la porte de sortie. Enfin, Mlle Cassidy arriva, petite et chic, enveloppée dans une courte cape de fourrure et coiffée d'un chapeau à plumes. On la confronta à Andy, on lui demanda si elle avait déjà vu cet homme. Son visage resta impassible.

« J'ai un peu maigri, dit Andy. Pas beaucoup, mais cela peut jouer. Nous avons parlé d'Yves Saint-Laurent, vous ne vous souvenez pas? Les jeunes talents *et cætera?* »

Rien n'y faisait. Il y avait un côté hâve et délabré, un peu miteux, dans son apparence. Il n'était plus l'homme robuste et sûr de lui qu'elle avait rencontré un an, ou peut-être deux ans, plus tôt.

Mlle Cassidy secoua la tête et se tourna vers les policiers.

« J'espère ne pas me rendre coupable de faux témoignage ou je ne sais quoi, mais vraiment, je ne me souviens pas d'avoir rencontré cet homme avant ce soir. Essaie-t-il de trouver un alibi?

— Non, il essaie d'avouer un meurtre, répondit le policier avec un sourire. On en voit beaucoup dans ce genre-là. Il cherche même à nous faire croire qu'il a commis des vols dans toute la ville. »

Irène Cassidy, maintenant, semblait avoir peur de lui. Les femmes..., pensa Andy. Pourquoi l'aurait-elle oublié? Ce n'était pas délibéré, sans doute, mais alors c'était un coup inconscient qui s'inscrivait dans l'éternelle bataille des sexes.

« Nous nous sommes renseignés auprès de la société pour laquelle il travaille, poursuivit le policier. Il n'a pas manqué un seul jour non chômé depuis neuf ans. » Il se tourna vers Andy.

« Il n'y a pas un psychologue dans votre entreprise ? Vous feriez mieux de vous faire examiner, Forster. Vous vous êtes peut-être trop surmené, ces temps-ci. »

Quelques minutes plus tard, Andy était relâché et se retrouvait à l'air libre.

Il descendit dans le métro et se jeta sous la première rame qui arrivait.

Époux en froid

Titre original de la nouvelle
HOME BODIES

traduite par
MARIE-FRANCE DE PALOMÉRA

extraite de
LE JARDIN DES DISPARUS

© PATRICIA HIGHSMITH, 1972
© CALMANN-LÉVY, 1982

L'INCIDENT du garage était le troisième du genre ; il aurait pu tourner à la catastrophe et un doute horrible s'insinua dans l'esprit de Loren Amory : son Olivia bien-aimée voulait se tuer.

Loren avait tiré sur une corde à linge en plastique qui pendait d'une étagère fixée en hauteur dans le garage — il voulait faire un peu de rangement et enrouler correctement la corde. Or cette simple secousse avait déclenché une avalanche de valises vides et pleines, suivies dans leur chute par une vieille tondeuse à gazon et une machine à coudre d'un poids invraisemblable, qui s'étaient écrasées à l'endroit précis où il se trouvait avant d'avoir le réflexe de faire un bond en arrière.

Il sortit lentement du garage et se dirigea vers la maison, son cœur battant à grands coups sous l'émotion de sa terrible découverte. Il entra par la cuisine et alla vers l'escalier. Olivia était dans son lit, appuyée contre les oreillers, une revue sur les genoux. « Mon chéri, qu'est-ce qui a fait un bruit pareil ? »

Loren toussota pour s'éclaircir la voix, puis d'une main ferme, remit d'aplomb ses lunettes sur son nez. « Des vieux trucs dans le garage. J'ai juste un peu tiré sur la corde à linge... » Il expliqua ce qui s'était passé.

Olivia ne parut pas autrement émue ; elle eut un mouvement de paupières qui semblait dire : « Et alors ? Ce sont des choses qui arrivent.

— As-tu pris un objet dans la soupente ces jours-ci ?

— Non. Pourquoi ?

— Parce que... parce que tel que tout était disposé, la chute était inévitable, ma chérie.

— Tu as quelque chose à me reprocher? demanda-t-elle d'une petite voix.

— Oui, ton absence d'attention. C'est moi qui ai rangé ces valises et je n'ai certainement pas pris le risque qu'elles tombent à la moindre secousse. De plus, je n'ai pas placé la machine à coudre sur le dessus de la pile. Personne n'aurait eu une idée pareille ! Je ne veux pas dire que...

— Tu me reproches de ne pas avoir fait attention », répéta-t-elle, blessée.

Il se jeta à genoux au bord du lit. « Ma chérie, regardons les événements en face. Il y a eu le balai mécanique dans l'escalier de la cave la semaine dernière. Et puis l'échelle ! Tu allais monter dessus pour détruire le nid de guêpes ! Ce que je cherche à te faire comprendre, mon amour, c'est que tu veux, consciemment ou non, qu'il t'arrive quelque chose. Il faut réfléchir un peu, Olivia. Oh, ma chérie, je t'en supplie, ne pleure pas. Je ne te critique pas, j'essaie simplement de t'aider.

— Je sais, Loren, tu es si bon. Mais la vie... ne me semble plus valoir la peine d'être vécue. Ce n'est pas que j'ai envie de mettre fin à mes jours, mais...

— Tu penses toujours à... Stephen ? » Loren avait ce prénom en horreur et de le prononcer lui était déjà pénible.

Olivia ôta ses mains de ses yeux rougis. « Tu m'as fait promettre de ne plus penser à lui et je t'ai obéi. Je te le jure, Loren.

— C'est bien, ma chérie. Je savais que je pouvais avoir confiance en toi. » Il prit ses mains dans les siennes. « Que dirais-tu d'une petite croisière ? En février peut-être ? Myers rentre bientôt de voyage et il peut me remplacer pendant une semaine ou deux. Haïti ou les Bermudes, ça te ferait plaisir ? »

Elle parut envisager cette éventualité un instant, mais secoua finalement la tête : elle savait bien qu'il faisait cela pour elle, et non parce qu'il en avait réellement envie. Loren essaya de la persuader du contraire, puis renonça. Quand Olivia ne se rangeait pas immédiatement à une idée, il était inutile d'insister. Il n'avait réussi qu'une seule fois à la convaincre : quand il lui avait expliqué qu'il valait mieux cesser de voir Stephen Castle pendant trois mois.

Olivia avait rencontré Stephen Castle à une soirée donnée par un confrère de Loren. C'était un acteur de trente-cinq ans — c'est-à-dire dix ans de moins que Loren et un an de plus qu'Olivia. Loren ne savait absolument pas où Toohey, leur hôte ce soir-là, avait bien pu le dénicher, ni pourquoi il lui avait dit de venir alors que tous les autres invités étaient banquiers ou agents de change. Quoi qu'il en soit, Stephen, tel un démon malin et étranger, faisait partie de l'assistance. Il n'avait pas quitté Olivia de la soirée, et elle avait répondu à ses avances avec ce sourire charmeur qui avait conquis de la même façon Loren en une soirée, huit ans plus tôt. Lorsqu'ils étaient rentrés à Old Greenwich, Olivia lui avait dit dans la voiture : « C'est si amusant de discuter avec quelqu'un qui pour une fois ne s'occupe pas de valeurs boursières ! Il m'a dit qu'en ce moment, il répétait une pièce, *l'Habitué de la maison*. Il faudra y aller. »

Ils n'y manquèrent pas. Stephen Castle fit une brève apparition, cinq minutes tout au plus, au premier acte. Ils lui rendirent visite dans sa loge et Olivia l'invita au cocktail qu'ils donnaient le week-end suivant. Il accepta, et passa même la nuit dans leur chambre d'amis. Pendant la période qui suivit, Olivia alla au moins deux fois par semaine faire des courses à New York, sans cacher qu'elle y rencontrait Stephen à l'heure du déjeuner et parfois en fin d'après-midi. Finalement, elle déclara à Loren qu'elle aimait Stephen et qu'elle voulait divorcer.

D'abord sans voix, presque disposé à lui accorder ce qu'elle souhaitait par esprit sportif, Loren, quarante-huit heures après cet aveu, revint à ce qu'il jugeait être une vision plus juste de la question. Il avait eu le temps de jauger son rival et de peser leurs chances respectives, non seulement sur le plan physique (dans ce domaine, la comparaison n'avantageait pas Loren : il n'était guère plus grand qu'Olivia, son front commençait à se dégarnir et il avait un peu de ventre), mais aussi sur le plan moral et financier. Là, il distançait sans peine Stephen Castle, comme il le fit remarquer en toute modestie à Olivia.

« Jamais je n'épouserais un homme pour son argent, répliqua-t-elle.

— Je ne dis pas que tu m'as épousé pour mon argent, ma chérie, mais il s'est trouvé que j'en avais. Or à quoi ressemble l'avenir de Stephen Castle ? A rien de très prometteur, si j'en juge par son talent de comédien. Tu es habituée à plus qu'il ne peut te donner. Et il y a seulement six semaines que tu l'as rencontré. Comment peux-tu être sûre qu'il t'offre un amour durable ? »

Cette dernière considération fit réfléchir Olivia. Elle déclara qu'elle voulait revoir Stephen encore une fois, « pour discuter ». Elle prit sa voiture un matin, alla à New York et ne rentra qu'à minuit. C'était un dimanche, jour de relâche pour Stephen. A son retour, Olivia, en larmes, dit à Loren que Stephen et elle étaient parvenus à un accord : ils ne se verraient pas pendant un mois et si, à l'issue de cette période, leurs sentiments s'étaient modifiés, il était entendu qu'ils essaieraient l'un comme l'autre d'oublier toute cette histoire.

« Il est évident que vos sentiments n'auront pas changé, dit Loren. Qu'est-ce qu'un mois dans la vie d'un adulte ? Trois mois, je ne dis pas... »

Elle le regarda à travers ses larmes. « Trois mois ?

— Par rapport à huit ans de mariage. N'est-ce pas plus honnête ? Notre union mérite elle aussi qu'on lui donne sa chance, tu ne crois pas ?

— Eh bien, d'accord. Trois mois. J'appellerai Stephen demain pour le mettre au courant. Pendant trois mois, nous arrêterons de nous voir et de nous téléphoner. »

A dater de ce jour, Olivia dépérit. Elle cessa de s'intéresser à son jardin, à son club de bridge et même à ses vêtements. Son appétit déclina, sans qu'elle perdît vraiment du poids, peut-être en raison de son inactivité. Ils n'avaient jamais eu d'employée. Olivia était fière d'avoir travaillé avant son mariage ; elle était vendeuse au rayon cadeaux d'un grand magasin de Brooklyn quand Loren l'avait rencontrée. Elle se plaisait à dire qu'elle savait se débrouiller seule. La grande maison d'Old Greenwich avait de quoi occuper une femme, bien que Loren eût acheté tous les appareils et gadgets capables de simplifier les tâches ménagères. Ils avaient aussi un vaste congélateur à la cave, de la taille d'une grande armoire, si bien qu'Olivia ne faisait que rarement le marché ; d'ailleurs, un camion venait livrer à domicile. Voyant le manque d'énergie d'Olivia, Loren lui proposa de prendre une bonne, mais elle refusa.

Sept semaines s'étaient écoulées. Olivia, fidèle à sa promesse, n'avait pas revu Stephen. Mais elle était de toute évidence si déprimée, si prête à fondre en larmes, que Loren se sentait à deux doigts de faiblir et de lui dire que, puisqu'elle aimait tant Stephen, elle avait le droit de le voir. Peut-être, pensait-il, que Stephen Castle était dans le même état et comptait les jours qui le séparaient du moment où il reverrait Olivia. Dans ce cas, Loren avait déjà perdu la partie. Pourtant, il avait du mal à croire Stephen capable d'éprouver un sentiment quelconque. C'était un garçon grand et maigre, plutôt stupide, avec des cheveux filasse et un perpétuel sourire maladif au coin des lèvres. Il semblait être la réplique de son affiche et arborer en permanence l'expression qui lui paraissait la plus flatteuse.

Loren était resté célibataire jusqu'à trente-sept ans, âge auquel il avait épousé Olivia, et les femmes l'avaient toujours déconcerté par leur façon d'agir. Olivia, par exemple. Si lui-même avait été aussi amoureux d'une autre femme, il aurait immédiatement entrepris de se libérer des liens conjugaux. Mais Olivia restait passive ; dans un sens, elle faisait traîner les choses. Pour arriver à quoi ? se demandait Loren. Croyait-elle, ou espérait-elle, que son engouement pour Stephen allait disparaître du jour au lendemain ? Voulait-elle blesser Loren et lui prouver le contraire ? Ou bien savait-elle inconsciemment que son amour pour Stephen Castle relevait de l'imagination et que sa dépression constituait en fait, pour Loren et pour elle, la période de deuil nécessaire à un amour qu'elle n'avait pas le courage d'assumer ?

Toutefois, l'incident du samedi, dans le garage, l'amenait à se poser des questions sur la passivité d'Olivia. Loren ne voulait pas admettre qu'elle essayait de se tuer, mais son esprit logique lui imposait cette évidence. Il avait lu quelque chose sur ce type de comportement. Certaines personnes attiraient les accidents, mais pouvaient très bien mourir de mort naturelle. Mais il y avait aussi celles qui faisaient preuve, inconsciemment, d'une attitude suicidaire ; et c'est à cette catégorie qu'appartenait, selon lui

Olivia. L'épisode de l'échelle en était l'exemple le plus flagrant. Olivia se trouvait sur le quatrième ou cinquième barreau quand il avait remarqué la fente dans le montant gauche, et elle n'avait absolument pas réagi, même après qu'il le lui eut fait remarquer. Si elle n'avait pas dit qu'elle avait un peu le vertige en levant la tête vers le nid de guêpes, jamais il ne serait venu à l'idée de Loren d'effectuer ce travail et il n'aurait pas vu la fente.

Loren lut dans le journal que la pièce de Stephen allait être retirée de l'affiche et il eut l'impression que la phase dépressive d'Olivia s'accentuait. Elle avait maintenant de larges cernes sous les yeux. Il lui était impossible, disait-elle, de fermer l'œil avant l'aube.

« Téléphone-lui si tu en as envie, ma chérie, dit Loren. Revois-le et essaie de faire le point...

— Non, j'ai promis. Trois mois, Loren. Je tiendrai ma promesse », dit-elle, les lèvres tremblantes.

Loren se détourna, infiniment malheureux et se haïssant.

Olivia s'affaiblissait. Un jour, elle trébucha en descendant l'escalier et se retint de justesse à la rampe. Loren lui suggéra — ce n'était pas la première fois — de voir un médecin ou un psychiatre, mais elle refusa.

« Les trois mois sont presque écoulés, mon chéri. Je tiendrai jusqu'au bout », dit-elle avec un sourire triste.

C'était vrai. Il ne restait plus que deux semaines jusqu'au 15 mars, date de l'échéance. Les Ides de Mars, pensa Loren. Coïncidence plutôt sinistre.

Un dimanche après-midi, Loren était dans son bureau en train d'étudier des dossiers qu'il avait rapportés à la maison, quand il entendit un long cri, suivi d'un grand fracas. Il se leva d'un bond et se précipita vers la cave d'où, lui semblait-il, était venu le bruit ; et si son oreille ne l'avait pas trompé, il savait ce qui venait de se produire. Ce maudit balai mécanique, une fois de plus !

« Olivia ? »

Un gémissement lui parvint de la cave obscure. Loren dévala les marches. Il y eut un petit « frrr » de roues, ses pieds battirent le vide devant lui et quelques secondes avant que sa tête ne vînt donner contre le sol en ciment, il comprit : c'était *lui* qu'Olivia voulait tuer, elle n'était pas tombée dans l'escalier de la cave mais l'avait simplement attiré là, et tout cela pour Stephen Castle.

« J'étais couchée, en train de lire », dit Olivia à la police, en ramenant de ses mains tremblantes sa robe de chambre sur elle. « J'ai entendu un bruit épouvantable et puis... et puis je suis descendue. » Elle eut un geste d'impuissance vers le cadavre.

La police accepta sa version des faits et lui témoigna sa sympathie. Les gens devraient faire attention, lui dirent-ils, aux jouets qui traînent par terre ou aux balais rangés dans des escaliers mal éclairés. On voyait chaque jour des accidents de ce genre aux États-Unis. Puis on emporta le corps et, le mardi, Loren Amory était inhumé. Le mercredi, Olivia appela Stephen. Elle lui avait téléphoné chaque jour sauf le samedi et le dimanche, mais elle s'en était abstenue depuis le vendredi précédent. Ils avaient décidé que si elle ne l'appelait pas en semaine avant onze heures le matin chez lui, cela signifierait que tout était terminé. D'ailleurs, Loren Amory occupa toutes les colonnes nécrologiques du lundi. Il laissait près d'un million de dollars à sa veuve et possédait des maisons en Floride, dans le Connecticut et dans le Maine.

« Mon amour ! Tu sembles épuisée ! » furent les premiers mots de Stephen lorsqu'ils se rencontrèrent le mercredi dans un bar à New York.

« Mais non, c'est seulement le maquillage, répondit Olivia d'une voix gaie. Pour un acteur, tu devrais t'en rendre compte ! » Elle éclata de rire. « Il faut que j'aie l'air d'une veuve, aux yeux des voisins, tu comprends. Et je pourrais tomber sur quelqu'un que je connais à New York. »

Stephen jeta un coup d'œil inquiet autour de lui. « Olivia, ma chérie, dit-il avec son sourire habituel, quand pourrons-nous enfin être ensemble ?

— Très bientôt, s'empressa-t-elle de répondre. Pas à la maison, bien sûr, mais tu te souviens que nous avions parlé d'une croisière ? Pourquoi pas Trinidad ? J'ai apporté l'argent. Je veux que ce soit toi qui achètes les billets. »

Ils prirent des cabines séparées, et le journal local annonça sans l'ombre d'un soupçon à ses lecteurs que Mrs. Amory était partie en voyage pour raison de santé.

Lorsqu'elle rentra aux États-Unis en avril, bronzée et, semblait-il, en bien meilleure forme, Olivia avoua à ses amis qu'elle avait rencontré quelqu'un « qui ne lui était pas indifférent ». Ceux-ci assurèrent que c'était tout à fait normal et qu'elle n'allait pas vivre seule pendant le restant de ses jours. Bizarrement, quand Olivia invita Stephen à un dîner qu'elle donnait chez elle, aucun de ses amis ne se souvenait de lui, bien que plusieurs l'eussent rencontré à ce fameux cocktail quelques mois plus tôt. Stephen avait pris de l'assurance et, pensa Olivia, il s'en tirait fort bien.

En août, ils étaient mariés. Pour ce qui était du théâtre, Stephen avait quelques vagues projets, mais rien ne se matérialisait. Olivia lui dit de ne pas s'en faire, cela se préciserait certainement après l'été. Stephen ne semblait pas trop inquiet, même s'il répétait qu'il devait absolument trouver du travail, quitte à accepter de petits rôles à la télévision. Il découvrit les joies du jardinage et planta quelques épicéas bleus ; grâce à lui, l'endroit semblait revivre. Olivia était ravie de cet amour pour la maison qui rejoignait le sien. Ni l'un ni l'autre ne mentionna jamais l'escalier de la cave, mais ils firent poser un interrupteur en haut des marches pour éviter qu'un accident se reproduise. De même le balai mécanique resta-t-il rangé à sa place, dans le placard de la cuisine.

Olivia recevait plus souvent que du temps de Loren. Stephen avait beaucoup d'amis à New York et Olivia les trouvait drôles. Mais il lui semblait que Stephen avait tendance à boire un peu trop. Un soir, alors que tout le monde était sur la terrasse, Stephen faillit tomber de l'autre côté de la balustrade. Deux des invités durent le retenir.

« Tu devrais te méfier de cette maison, Steve, dit Parker Earne, un acteur ami de Stephen. Elle est peut-être ensorcelée.

— Qu'est-ce que tu racontes ? demanda Stephen. Tu n'arriveras pas à me faire peur. J'ai beau être acteur, je ne suis pas superstitieux pour un sou.

— Parce que, comme ça, vous êtes acteur, Mr. Castle ? » fit une voix de femme dans l'obscurité.

Quand leurs invités furent partis, Stephen suggéra à Olivia de retourner sur la terrasse.

« Peut-être que l'air me rafraîchira les idées, dit-il en souriant. J'étais légèrement rond ce soir, excuse-moi... Tu vois ce bon vieil Orion ? » Il entoura Olivia de son bras et l'attira contre lui. « La constellation la plus étincelante de tout le firmament.

— Tu me fais mal, Stephen ! Pas si...

Soudain elle hurla et se débattit désespérément.

— La garce ! haleta Stephen, stupéfait de sa force.

Elle avait réussi à se dégager et se tenait près de la porte de la chambre, face à lui. « Tu voulais me faire tomber, n'est-ce pas ?

— Moi ! Seigneur, Olivia... J'ai perdu l'équilibre, c'est tout. J'ai bien cru que je passais par-dessus bord !

— C'est vraiment malin de se raccrocher à une femme au risque de la faire basculer !

— Je ne me suis pas rendu compte. Chérie, j'ai trop bu, je suis navré. »

Ce soir-là, ils partagèrent à leur habitude le même lit, mais chacun fit semblant de dormir. Jusqu'au moment où le sommeil vint, du moins pour Olivia, et à l'aube, comme elle l'avait si souvent dit à Loren. Le lendemain, subrepticement et d'un air innocent, ils inspectèrent chacun de son côté la maison de la cave au grenier, Olivia avec l'idée de se protéger de pièges éventuels, Stephen avec celle de les mettre en place. Il avait décidé que le mieux, c'était encore l'escalier de la cave, bien qu'il eût déjà servi, car, pensait-il, nul ne croirait que quelqu'un ait eu recours deux fois de suite à un procédé identique — du moins avec une intention criminelle.

Il se trouvait qu'Olivia pensait de même.

Jamais les marches de la cave n'avaient été si peu encombrées et si bien éclairées. Aucun des deux ne voulut prendre l'initiative d'éteindre ce soir-là. Chacun affirma bien haut son amour pour l'autre et la confiance qu'il lui portait.

« Je suis désolée d'avoir dit une chose pareille, Stephen, lui chuchota-t-elle à l'oreille en l'étreignant. Hier soir sur la terrasse, j'ai eu peur, c'est tout. Quand tu m'as traitée de garce...

— Je sais, mon ange. Comment aurais-tu pu croire que je

voulais te faire du mal ! Je t'ai traitée de garce simplement parce que j'ai eu peur de te faire tomber. »

Ils reparlèrent de croisières. Au printemps prochain, ils iraient en Europe. A table, néanmoins, ils goûtèrent avec précaution chaque aliment avant de le manger.

Comment aurais-je pu faire quoi que ce soit, pensa Stephen, alors que tu ne quittes pas un instant la cuisine pendant que tu prépares le repas.

Et Olivia : comme si j'allais rajouter quelque chose derrière ton dos, Stephen. Quelquefois, tu me sembles plutôt borné.

Elle dissimulait son humiliation d'avoir perdu un amant sous une rancune féroce. Elle comprenait qu'on s'était servi d'elle. A ses yeux, le charme de Stephen avait entièrement disparu. Pourtant, pensa Olivia, jamais il n'avait aussi bien joué la comédie. En scène vingt-quatre heures sur vingt-quatre. Elle se félicita de ne pas s'être laissé berner et entreprit d'échafauder un plan pour se débarrasser de Stephen, consciente que cet « accident » devrait être encore plus plausible que celui qui l'avait libérée de Loren.

Stephen savait qu'il possédait un certain nombre d'atouts. Tous ceux qui les connaissaient, Olivia et lui, même très superficiellement, étaient persuadés qu'il l'adorait. S'il affirmait que c'était un accident, personne ne mettrait sa parole en doute. Il jouait avec l'idée du grand congélateur dans la cave. L'appareil était dépourvu de poignée intérieure, et de temps à autre, Olivia y entrait pour prendre des steaks ou des asperges surgelés. Mais maintenant que ses soupçons étaient éveillés, oserait-elle le faire si lui se trouvait dans la cave ? C'était peu probable.

Un matin, alors qu'Olivia était en train de prendre son petit déjeuner au lit — elle occupait de nouveau sa chambre et Stephen lui apportait son plateau comme Loren l'avait toujours fait — Stephen alla regarder d'un peu plus près la porte du congélateur. Il s'aperçut que si elle butait contre quelque chose en s'ouvrant, elle se refermait automatiquement, lentement mais sûrement. Aucun objet suffisamment résistant ne se trouvait à proximité du congélateur ; l'espace était au contraire dégagé pour que la porte pût s'ouvrir en grand, une targette placée à l'extérieur de celle-ci venant se prendre dans un crochet qui l'empêchait de se refermer. Il avait remarqué qu'Olivia ouvrait la porte d'un geste large chaque fois qu'elle pénétrait dans l'armoire frigorifique et que la targette s'enclenchait. Mais s'il plaçait un objet en travers, ne serait-ce que l'angle de la caisse à petit bois, la porte buterait et se rabattrait avant qu'Olivia ait eu le temps de comprendre ce qu'il lui arrivait.

Toutefois, le moment lui parut mal choisi pour déplacer la caisse et il décida d'attendre. Olivia avait parlé d'aller au restaurant ce soir-là. Elle n'aurait besoin de rien dans le congélateur.

Vers trois heures de l'après-midi ils allèrent faire un tour dans le bois, derrière la maison, puis rentrèrent et faillirent même se prendre par la main dans un geste réciproque de fausse tendresse, aussi déplaisante que déplacée — mais leurs doigts se séparèrent aussitôt après s'être effleurés.

« Je suis sûre qu'une tasse de thé ne nous ferait pas de mal, mon chéri. Tu ne crois pas ? dit Olivia.

— Mmmm... » Il sourit. Du poison dans le thé ? Dans les sablés ? Elle en avait fait ce matin.

Il se rappela comment ils avaient mijoté la triste fin de Loren, les tendres chuchotements d'Olivia discutant du meurtre lors de leurs déjeuners d'amoureux, son infinie patience à mesure que les semaines passaient et que leurs plans échouaient l'un après l'autre. C'était lui qui avait eu l'idée du balai mécanique sur les marches de la cave et du cri d'Olivia pour attirer Loren. La cervelle d'oiseau de la jeune femme en aurait été bien incapable.

Peu après le thé et les gâteaux (le tout délicieux), Stephen quitta la salle de séjour, sans but apparent. Quelque chose le poussait à aller vérifier s'il pouvait vraiment compter sur la caisse. L'heure était venue, il en avait l'intuition, de mettre en place son piège. L'escalier de la cave était allumé. Il descendit les marches avec précaution.

Stephen s'arrêta un instant et écouta, au cas où Olivia l'aurait suivi. Puis il tira la caisse à l'endroit voulu, en évitant naturellement de la placer parallèlement au congélateur ; il la mit sur le côté, un peu en retrait, comme si on l'avait sortie de la zone d'ombre pour en voir le contenu. Il ouvrit la porte du congélateur aussi vite et aussi fort que l'aurait fait Olivia et fit un pas à l'intérieur, la main droite tendue pour l'empêcher de se refermer. Mais le pied sur lequel reposait le poids de son corps glissa de quelques centimètres vers l'avant au moment précis où la porte butait contre la caisse.

Stephen se retrouva par terre, le genou droit sur le plancher de l'appareil, la jambe gauche tendue en avant, et la porte se referma sur lui. Il se releva aussitôt et se tourna vers celle-ci, les yeux écarquillés dans l'obscurité. En tâtonnant, il chercha le second interrupteur situé à gauche de la porte ; le fond du congélateur s'éclaira. Qu'est-ce qui s'était passé ? Et cette foutue pellicule de givre sur le sol ! Mais il n'y avait pas que du givre. Son pied avait glissé sur un petit morceau de lard qu'il aperçut par terre, au milieu, au bout de la trace grasse laissée par son pied. Stephen le contempla pendant une minute d'un regard neutre, vide, puis il se tourna de nouveau vers la porte et essaya de la pousser, ses doigts explorant le bourrelet de caoutchouc qui la fermait hermétiquement. Bien sûr, il pouvait appeler Olivia. Elle finirait bien par l'entendre, ou au moins par avoir *envie* de le voir, avant qu'il ait le temps de geler. En supposant que du salon, elle ne l'entende pas, elle irait certainement à la cave et le problème serait résolu. Car elle ouvrirait la porte, c'était évident. Il eut un faible sourire et refusa d'en douter.

« Olivia ?... *Olivia !* Je suis là, *dans la cave !* »

Ce n'est qu'une demi-heure plus tard environ qu'Olivia voulut demander à Stephen dans quel restaurant il souhaitait aller, afin de savoir ce qu'elle allait mettre. Elle le chercha dans sa chambre, dans la bibliothèque, sur la terrasse, puis elle ouvrit la porte d'entrée et cria son nom, pensant qu'il était peut-être dans le jardin. Finalement, elle essaya la cave.

Pendant ce temps, Stephen recroquevillé dans sa veste en tweed, les bras étroitement croisés, marchait de long en large dans l'armoire frigorifique, hurlant au secours toutes les trentes secondes et utilisant ce qu'il lui restait d'énergie pour souffler à l'intérieur du col de sa chemise afin de se réchauffer. Olivia allait remonter quand elle entendit faiblement appeler son nom.

« Stephen ?... Stephen, où es-tu ?

— Dans le congélateur ! » cria-t-il de toutes ses forces.

Olivia regarda l'appareil avec un sourire incrédule.

« Ouvre, bon sang ! Je suis *dans* le congélateur ! », dit la voix étouffée.

Olivia rejeta la tête en arrière et partit d'un grand éclat de rire sans se soucier d'être entendue par Stephen. Puis, pliée en deux, elle remonta les marches.

Ce qui causait son hilarité, c'était qu'elle avait bien pensé au congélateur pour se débarrasser de Stephen, mais sans réussir à trouver comment l'y faire entrer. Or un hasard malin l'y avait enfermé — peut-être au moment précis où il lui préparait un tour à sa façon. C'était trop drôle ! Et cela tombait merveilleusement bien !

A moins, réfléchit-elle, que ce ne fût une ruse pour l'obliger à ouvrir la porte, l'attirer à l'intérieur et l'enfermer, *elle !* Elle se garderait de se laisser prendre à ce piège.

Olivia sortit sa voiture, roula pendant une trentaine de kilomètres, acheta un sandwich dans un café au bord de la route, puis alla au cinéma. Quand elle rentra vers minuit, elle s'aperçut qu'elle n'avait pas le courage d'aller appeler près du congélateur, ni de descendre dans la cave. C'était peut-être encore un peu tôt ; même s'il n'appelait plus, il pouvait faire semblant d'avoir perdu connaissance. Mais demain, se dit-elle, il serait sûrement mort. Ne serait-ce que d'asphyxie. Elle alla se coucher avec un léger somnifère pour être sûre de bien dormir. La journée du lendemain allait être éprouvante. Le récit qu'elle ferait de sa légère dispute avec Stephen (à propos du choix du restaurant, rien de plus) et de son départ de la salle de séjour, pour faire un tour et se calmer, avait-elle pensé, devrait être particulièrement convaincant.

Le lendemain matin à dix heures, après avoir bu un jus d'orange et une tasse de café, Olivia se sentit prête à endosser le rôle de la veuve horrifiée et anéantie par le chagrin. Après tout, se dit-elle pour se rassurer, ce n'était pas la première fois. Elle décida d'affronter la police comme précédemment, en robe de chambre.

Afin que tout eût l'air parfaitement naturel, elle descendit dans la cave pour faire « l'horrible découverte » avant de téléphoner à la police. « Stephen ?... Stephen ?... » chantonna-t-elle en toute confiance.

Pas de réponse.

Elle ouvrit le congélateur avec appréhension, retint son souffle en voyant sur le sol la forme recroquevillée et couverte de givre, puis s'approcha — consciente que ses empreintes bien visibles confirmeraient qu'elle était entrée dans le congélateur pour essayer de ranimer Stephen.

Vlam! fit la porte, comme si quelqu'un au-dehors l'avait vigoureusement repoussée.

Cette fois, Olivia eut réellement le souffle coupé et elle resta bouche bée. Elle avait ouvert la porte en grand et celle-ci aurait dû se bloquer. « Il y a quelqu'un ? Ouvrez cette porte, je vous prie ! Immédiatement ! »

Mais elle savait que la cave était vide. C'était juste un accident idiot. Un accident peut-être manigancé par Stephen.

Elle regarda son visage. Stephen avait les yeux ouverts, et sur ses lèvres s'attardait son petit sourire habituel, un petit sourire de triomphe maintenant, profondément déplaisant. Ce fut le dernier regard que lui adressa Olivia. Elle ramena autour d'elle, aussi étroitement qu'elle le put, son peignoir léger et se mit à hurler :

« Au secours ! A l'aide !... *Police !* »

Elle appela pendant ce qui lui parut être des heures, jusqu'à ce que sa voix fût devenue rauque et qu'elle n'eût plus vraiment froid — juste un peu sommeil.

Un curieux suicide

Titre original de la nouvelle
WHO LIVES, WHO DIES ?

traduite par
ALAIN DELAHAYE

extraite de
L'ÉPOUVANTAIL

Le Dr Stephen McCullough avait un compartiment de première classe pour lui tout seul dans l'express Paris-Genève. Il feuilletait une des revues médicales qu'il avait rapportées d'Amérique, mais sans y accorder beaucoup d'attention. En réalité il caressait un projet de meurtre. C'était pour cette raison qu'il avait pris le train au lieu de l'avion, afin de se donner le temps de réfléchir ou peut-être simplement de rêver.

C'était un homme de quarante-cinq ans, assez corpulent, au visage sérieux ; il avait un nez fort et proéminent, une moustache brune, des lunettes à monture d'écaille, et le haut de son front commençait à se dégarnir. Ses sourcils manifestaient une certaine tension provenant d'une angoisse intérieure que ses malades prenaient souvent, toutefois, pour une préoccupation à l'égard de leurs problèmes. La vérité était qu'il avait fait un mariage malheureux, et malgré son refus de se disputer avec Lillian — c'est-à-dire de répondre à ses remarques — la discorde régnait entre eux. La veille, à Paris, il avait pour une fois répondu à Lillian, et à propos d'une question ridicule : il s'agissait de savoir si ce serait lui ou elle qui reporterait à une boutique de la rue Royale un sac à main dont elle avait finalement décidé qu'elle ne voulait pas. Il avait été furieux, non parce qu'il avait été obligé de reporter le sac, mais parce qu'il avait accepté, un quart d'heure plus tôt, dans un moment de faiblesse, d'aller rendre visite à Roger Fane à Genève.

« Va donc le voir, Steve, avait dit Lillian hier matin. Tu es si près de Genève maintenant, pourquoi pas ? Pense au plaisir que ça ferait à Roger. »

Quel plaisir ? Pour quelle raison ? Mais le Dr McCullough avait téléphoné à Roger à l'ambassade américaine à Genève, et Roger s'était montré très aimable, bien trop aimable évidemment, il avait insisté pour qu'il reste quelques jours car il avait largement la place de le loger. Le Dr McCullough avait accepté de passer une nuit. Ensuite il devrait prendre l'avion pour Rome où il rejoindrait Lillian.

Le Dr McCullough détestait Roger Fane. C'était le genre de haine que le temps n'atténue en rien. Roger Fane, il y avait de cela dix-sept ans, avait épousé la femme que le Dr McCullough aimait, Margaret. Margaret était morte un an plus tôt, dans un accident de voiture sur une route de montagne. Roger Fane était un personnage suffisant, cauteleux, hautement satisfait de lui-même et pas très intelligent. Dix-sept ans auparavant, Roger Fane avait affirmé à Margaret que lui, Stephen McCullough, avait une liaison secrète avec une autre jeune fille. Rien n'était plus éloigné de la vérité, mais avant que Stephen eût pu prouver quoi que ce fût, Margaret avait épousé Roger. D'après les prévisions de McCullough, ce mariage ne devait pas durer, mais en fait le ménage avait tenu, et finalement le docteur avait épousé Lillian, dont le visage rappelait un peu celui de Margaret, mais c'était là l'unique ressemblance entre les deux femmes. Au cours des dix-sept années écoulées, le Dr McCullough avait vu Roger et Margaret peut-être trois fois, quand ils étaient venus à New York au cours de brefs voyages. Il n'avait pas revu Roger depuis la mort de Margaret.

A présent, tandis que le train filait à travers la campagne française, le Dr McCullough réfléchissait à la satisfaction que pourrait lui procurer l'assassinat de Roger Fane. Jamais encore il n'avait songé à tuer quelqu'un, mais la veille au soir, en prenant son bain dans son hôtel parisien après la conversation téléphonique avec Roger, une idée lui était venue à ce sujet : la plupart des meurtriers se faisaient prendre parce qu'ils avaient oublié un indice, en dépit de leurs efforts pour les effacer tous. Le docteur comprit que beaucoup de criminels désiraient être arrêtés, et qu'inconsciemment ils abandonnaient derrière eux des traces qui mettaient la police directement sur leur piste. Dans l'affaire Leopold et Loeb, par exemple, l'un d'entre eux avait oublié ses lunettes sur le lieu du crime. Mais à supposer que le meurtrier laisse délibérément une douzaine d'indices, jusqu'à sa carte de visite, pratiquement ? Il semblait au Dr McCullough que l'évidence même de la chose écarterait les soupçons. En particulier si la personne concernée était un homme comme lui, bien considéré, et de tempérament non violent. Par ailleurs, les enquêteurs ne pourraient discerner chez lui aucun mobile, car il n'avait jamais dit à Lillian qu'il avait jadis aimé celle qui était devenue la femme de Roger Fane. Bien sûr, quelques-uns de ses vieux amis étaient au courant, mais le Dr McCullough ne leur avait plus parlé de Margaret ni de Roger Fane depuis une dizaine d'années.

Il tenta d'imaginer l'appartement de Roger, qui devait être prétentieux et sinistre ; peut-être y avait-il une domestique employée à plein temps, et qui dormait là. Une domestique compliquerait les choses. Mais à supposer qu'il n'y ait pas de domestique, Roger et lui prendraient un dernier verre dans le salon ou dans le bureau, et alors, juste avant de dire bonne nuit, le Dr McCullough empoignerait un lourd presse-papiers ou un grand vase et... Ensuite, il s'en irait tranquillement. Bien entendu il faudrait qu'il dorme dans le lit, puisqu'il était censé passer la nuit ; donc il vaudrait peut-être mieux commettre le crime le matin plutôt que le soir. L'essentiel était de quitter les lieux avec calme et à l'heure prévue normalement. Pour finir, le docteur s'aperçut qu'il était incapable de préparer son plan de façon plus détaillée.

A Genève, l'endroit où habitait Roger Fane ressemblait exactement à ce qu'il avait imaginé : une rue étroite et sinueuse où se mêlaient des immeubles de bureaux et d'anciennes résidences particulières, et qui n'était pas trop bien éclairée quand son taxi s'y engouffra à neuf heures du soir. Néanmoins, supposa le docteur, chez les Suisses respectueux des lois, les rues sombres ne devaient guère receler de dangers. La porte de l'immeuble répondit par un bref bourdonnement à son coup de sonnette, et il la poussa. Cette porte était aussi lourde que celle d'un coffre-fort de banque.

« Bonjour ! cria joyeusement Roger du haut de la cage

d'escalier. Montez donc ! Je suis au troisième étage ! C'est-à-dire le quatrième, si l'on compte à l'américaine !

— J'arrive tout de suite ! », dit le Dr McCullough, sans oser trop élever la voix en présence des portes fermées de chaque côté du hall d'entrée. Quelques minutes plus tôt il avait téléphoné à Roger de la gare, parce que celui-ci lui avait dit qu'il viendrait le chercher. Roger s'était excusé en prétendant qu'il avait été retenu à son bureau, et lui avait suggéré de sauter dans un taxi et de venir directement chez lui. Le Dr McCullough était presque convaincu que Roger n'avait eu aucun empêchement, mais qu'il n'avait pas daigné lui faire la politesse de l'attendre à la gare.

« Eh bien, mon cher Steve ! dit Roger en serrant énergiquement la main du docteur. Quel plaisir de vous revoir ! Entrez, entrez, je vous en prie. Est-ce que c'est lourd ? Il fit un mouvement vers la valise, mais le docteur la saisit le premier.

— Pas du tout. Content de vous revoir, Roger. » Il pénétra dans l'appartement.

Il y avait des tapis orientaux, et des lampes d'un style tarabiscoté qui répandaient une lumière diffuse. L'atmosphère du lieu était encore plus collet monté que le Dr McCullough ne l'avait prévu. Roger paraissait avoir légèrement maigri. Il était plus petit que le docteur, et avait des cheveux blonds clairsemés. Son visage sans caractère souriait perpétuellement. Comme ils avaient tous deux déjà dîné, ils burent un whisky dans le salon.

— Ainsi vous allez rejoindre Lillian à Rome demain, dit Roger. Désolé que vous ne restiez pas plus longtemps. J'avais le projet de vous emmener à la campagne demain soir, pour rencontrer une amie à moi. Une fort jolie femme, ajouta-t-il avec un sourire.

— Ah ? Dommage. Oui, je dois prendre l'avion à une heure demain après-midi. J'ai fait la réservation à Paris.

Le docteur s'aperçut qu'il parlait comme un automate. Bizarrement, il se sentait un peu ivre, bien qu'il n'eût bu que deux ou trois gorgées de son scotch. C'était à cause de la fausseté de la situation, se dit-il, de la fausseté de sa présence même dans cette pièce, à cause de la comédie de l'amitié, ou du moins de l'amabilité, qu'il se forçait à jouer. Le sourire de Roger, si gai mais si affecté, l'irritait au dernier degré. Roger n'avait fait aucune allusion à Margaret, quoique le Dr McCullough ne l'eût pas revu depuis sa mort. Il fallait dire aussi que le docteur non plus n'avait pas évoqué ce sujet, ne fût-ce que pour exprimer ses condoléances. Et déjà, à ce qu'il semblait, Roger avait en vue une nouvelle conquête féminine. Il avait à peine dépassé la quarantaine, son œil était encore brillant et sa silhouette athlétique. Et Margaret, ce joyau entre toutes les femmes, n'avait été sans doute pour lui que quelqu'un qui avait croisé sa route, l'avait accompagné un moment puis était reparti. Roger ne paraissait pas le moins du monde affligé.

Le docteur détestait Roger tout autant que dans le train, mais la réalité physique de Roger Fane avait quelque chose qui le troublait dans sa détermination. S'il le tuait, il devrait le toucher, ou en tout cas sentir par l'intermédiaire de l'objet dont il le frapperait la résistance de sa chair. Et comment se présentait la situation sur le plan des domestiques ? Comme s'il venait de lire dans ses pensées, Roger déclara :

« J'ai une jeune fille qui vient faire le ménage tous les matins de dix heures à midi. Si vous voulez lui demander quoi que ce soit, de laver et repasser une chemise par exemple, n'hésitez pas. Elle travaille très vite, ou du moins elle en est capable si vous le lui demandez. Elle s'appelle Yvonne. »

A ce moment, le téléphone sonna. Roger répondit et se mit à parler en français. Son menton s'affaissa légèrement tandis qu'il acceptait de faire ce que l'autre personne lui disait. Il revint et informa le docteur :

« Ah, comme c'est agaçant ! Il faut que je prenne l'avion demain matin à sept heures pour Zurich. Une personnalité inattendue que je dois accueillir pour un petit déjeuner officiel. Alors, mon cher ami, j'ai l'impression que je serai parti avant que vous ne soyez sorti du lit.

— Oh ! » Le Dr McCullough fut malgré lui agité d'un petit rire. « Vous croyez que les médecins n'ont pas l'habitude d'être réveillés tôt ? Il va de soi que je me lèverai pour vous dire au revoir... et même vous accompagner à l'aéroport.

Le sourire de Roger s'élargit encore.

— Eh bien, nous verrons. Ce n'est certainement pas moi qui vous réveillerai pour cela. Faites comme chez vous, je laisserai un mot à Yvonne pour qu'elle prépare le café et les petits pains. Ou bien vous préféreriez peut-être une collation plus substantielle vers onze heures ? »

Le D[r] McCullough ne prêtait guère attention aux paroles de Roger. Il venait de remarquer sur le bureau, à côté du téléphone, un ensemble porte-crayon porte-stylo ayant un socle rectangulaire en marbre. Il regardait le front haut et légèrement rose de Roger. « Oh, une collation... répondit-il d'un air vague. Non, non, pour l'amour du ciel ! On a déjà bien assez à manger dans l'avion. » Ses pensées bondirent vers Lillian et la dispute qu'ils avaient eue la veille à Paris. Il sentit l'hostilité couver en lui comme un feu sous la cendre. Roger s'était-il jamais disputé avec Margaret ? Le docteur ne parvenait pas à imaginer Margaret se montrant injuste ou méchante. Rien d'étonnant si le visage de Roger paraissait détendu et paisible.

— A quoi pensez-vous ? dit Roger en se levant pour remplir son verre.

Le docteur avait à peine bu la moitié de son whisky.

— Je dois être un peu fatigué », répondit-il, et il se passa la main sur le front. Quand il releva la tête, il aperçut sur le secrétaire situé à sa droite une photo de Margaret qu'il n'avait pas encore remarquée. Le cliché datait de l'époque où elle avait une vingtaine d'années. Elle avait la même allure qu'au temps où Roger l'avait épousée, qu'au temps où le docteur l'avait si passionnément aimée. McCullough regarda soudain Roger. Toute sa haine lui revint comme une lame de fond qui le laissa physiquement exténué.

« Je crois que je ferais mieux d'aller me coucher, dit-il ; il posa son verre avec précaution sur la table basse placée devant lui et se leva. Roger lui avait déjà montré sa chambre.

— Vous êtes sûr que vous n'avez pas envie d'une goutte de cognac ? demanda Roger. Vous avez l'air complètement épuisé. » Il se tenait très droit et arborait son sourire suffisant.

Toute la colère accumulée du docteur lui revint brusquement. D'une main il saisit le socle de marbre et, avant que Roger ait pu reculer, il l'en frappa violemment au front. C'était un coup fatal, le médecin le savait. Roger s'effondra et sans même une dernière crispation resta étendu, inerte. Le docteur remit à sa place le socle de marbre, ramassa le crayon et le stylo qui étaient tombés et les replaça dans leurs supports ; puis il essuya avec son mouchoir le marbre là où ses doigts l'avaient touché, et nettoya également le crayon et le stylo. Un peu de sang coulait du front de Roger. Il tâta son poignet encore tiède et ne sentit aucun pouls. Puis il sortit de la pièce et s'avança dans le couloir jusqu'à sa chambre.

Il s'éveilla le lendemain matin à huit heures quinze, après une nuit médiocre. Il prit une douche dans la salle de bains située entre sa chambre et celle de Roger, se rasa, s'habilla et quitta la maison à neuf heures un quart. Un couloir allait de sa chambre à la porte de l'appartement ; il ne lui avait donc pas été nécessaire de traverser la salle de séjour et le salon, et même s'il avait jeté un coup d'œil par la porte du salon demeurée ouverte, il n'aurait pas pu apercevoir le corps de Roger. De toute manière, le D^{r} McCullough n'avait pas regardé de ce côté.

A dix-sept heures trente il était à Rome, roulant en taxi de l'aéroport à l'hôtel Majestic où Lillian l'attendait. Toutefois, quand il arriva, elle était sortie. Le docteur se fit monter du café, et c'est alors qu'il s'aperçut qu'il n'avait plus sa serviette. Il avait eu l'intention de rester un moment allongé sur le lit en buvant du café et en lisant ses revues médicales. A présent il se souvenait distinctement : pour une raison ou une autre il avait emporté sa serviette dans le salon la veille au soir. Cela ne le troubla nullement. C'était exactement ce qu'il aurait dû faire de façon intentionnelle s'il y avait pensé. Son nom et son adresse à New York étaient inscrits sur l'étiquette plastifiée fixée à la poignée. Et le D^{r} McCullough supposait que Roger avait écrit son nom en toutes lettres dans un agenda, en même temps que l'heure de son arrivée.

Il trouva Lillian d'excellente humeur. Elle avait fait quantité d'achats Via Condotti. Ils dînèrent ensemble, puis firent une promenade en *carozza* à travers la villa Borghèse jusqu'à la Piazza di Spagna et la Piazza del Popolo. S'il y avait quelque chose dans les journaux à propos de Roger, le D^{r} McCullough n'en sut rien. Il acheta seulement l'édition parisienne du *Herald Tribune,* un journal du matin.

La nouvelle n'arriva que le lendemain matin, pendant que

Lillian et lui prenaient leur petit déjeuner chez Donay's, Via Veneto. Il y avait un article en première page de l'édition parisienne du *Herald Tribune,* avec une photo de Roger Fane, un portrait officiel où on le voyait en col cassé, l'air digne et sérieux.

« Mon Dieu ! s'exclama Lillian. Mais... ça s'est passé la nuit où tu étais chez lui ! »

Regardant par-dessus l'épaule de sa femme, le Dr McCullough feignit la surprise. « ... Mort entre huit heures du soir et trois heures du matin, lut-il. Je lui ai souhaité bonne nuit vers onze heures, je crois. Puis je suis allé dans ma chambre.

— Et tu n'as rien *entendu ?*

— Non. Ma chambre était au bout du couloir. J'avais fermé ma porte.

— Et le lendemain matin ? Tu n'as rien...

— Je te l'ai déjà dit, Roger devait prendre un avion à sept heures. J'ai supposé qu'il était parti. J'ai quitté l'appartement vers neuf heures.

— Et pendant tout ce temps il était là dans le salon ! dit Lillian, haletante. Steve ! Mais enfin, c'est épouvantable !

L'était-ce vraiment ? Le Dr McCullough se le demandait. Était-ce si affreux que ça pour elle ? Sa voix ne manifestait pas un réel intérêt personnel. Il la regarda dans les yeux.

— Bien sûr que c'est épouvantable... mais Dieu m'est témoin que je n'y suis pour rien. Ne t'inquiète donc pas, Lillian. »

La police était à l'hôtel Majestic quand ils revinrent : deux inspecteurs en civil attendaient le Dr McCullough dans le hall d'entrée. Ils appartenaient à la police suisse et parlaient anglais. Ils interrogèrent le médecin, assis à une table dans un coin de l'entrée. Sur l'insistance de son mari. Lillian était montée dans la chambre. Le Dr McCullough s'était demandé pourquoi les policiers n'étaient pas arrivés plusieurs heures plus tôt — il était si simple d'examiner les listes des passagers des avions en partance de Genève — mais il en découvrit bientôt la raison. Yvonne, la femme de ménage, n'était pas venue hier matin, et le cadavre de Roger Fane n'avait été découvert que vers six heures du soir, quand à son bureau on avait fini par s'inquiéter de son absence et par envoyer quelqu'un à son appartement.

« C'est votre serviette, je crois, dit l'inspecteur blond et maigre avec un sourire, en ouvrant une grande enveloppe en papier kraft qu'il portait sous le bras.

— Oui, merci beaucoup. Je me suis rendu compte aujourd'hui que je l'avais oubliée là-bas. Le docteur prit la serviette et la posa sur ses genoux.

Les deux Suisses l'observèrent tranquillement.

— J'ai été atterré en apprenant ce crime révoltant, dit le Dr McCullough. Encore maintenant, j'arrive à peine à y croire. Il attendait avec impatience qu'ils lui signifient son inculpation — si c'était pour ça qu'ils étaient venus — et lui demandent de retourner à Genève avec eux. Tous deux semblaient manifester presque une certaine crainte à son égard.

— Vous connaissiez bien M. Fane ? demanda le second inspecteur.

— Pas très bien. Je le connaissais depuis des années, mais nous n'avons jamais été des amis intimes. Je ne l'avais plus revu depuis cinq ans, je crois. Le Dr McCullough parlait d'une voix calme, avec son ton habituel.

— M. Fane était encore tout habillé, donc il n'était pas encore parti se coucher au moment du crime. Vous êtes sûr de n'avoir entendu aucun remue-ménage cette nuit-là ?

— Je n'ai absolument rien entendu », répondit le docteur pour la seconde fois. Il y eut un silence. « Avez-vous une idée sur l'identité du meurtrier ?

— Oh oui, oui, dit très naturellement le policier blond. Nous soupçonnons le frère d'Yvonne, la femme de ménage. Il était ivre cette nuit-là et n'a pas d'alibi pour l'heure du crime. Sa sœur et lui vivent sous le même toit. Ce soir-là il est parti avec le trousseau de clés de sa sœur, parmi lesquelles se trouvaient celles de l'appartement de M. Fane. Il n'est rentré chez lui qu'hier vers midi. Yvonne était inquiète à son sujet ; c'est la raison pour laquelle elle n'est pas allée hier chez M. Fane — et de plus, sans les clés, elle n'aurait pu entrer. Elle a essayé de téléphoner hier matin à huit heures et demie pour dire qu'elle ne pourrait pas venir, mais n'a pas obtenu de réponse. Nous avons interrogé son frère Anton. C'est un bon à rien. »

L'homme haussa les épaules.

Le Dr McCullough se rappela avoir entendu la sonnerie du téléphone vers huit heures et demie.

« Mais... quel était le mobile ?

— Oh... une rancune personnelle. Le vol peut-être, s'il avait été assez lucide pour trouver quelque chose à emporter. C'est un cas qui relève de la psychiatrie ou de la lutte antialcoolique. M. Fane le connaissait, et il a pu le laisser entrer dans l'appartement ; il est peut-être entré tout seul aussi, puisqu'il avait les clés. Yvonne a déclaré que M. Fane essayait depuis des mois de l'amener à vivre séparée de son frère. Celui-ci la bat et lui prend son argent. M. Fane avait parlé au frère à deux ou trois reprises, et dans nos dossiers il est indiqué que M. Fane a un jour été obligé de faire appel à la police pour mettre Anton à la porte de chez lui, où il était venu à la recherche de sa sœur. L'incident a eu lieu à neuf heures du soir, à un moment où sa sœur n'est jamais là. Vous voyez à quel point il est mentalement dérangé.

Le Dr McCullough s'éclaircit la gorge et demanda :

— Est-ce qu'Anton a avoué ?

— Oh, c'est tout comme. Le pauvre, je crois vraiment que la moitié du temps il ne sait pas ce qu'il fait. Mais au moins en Suisse la peine capitale n'existe pas. Il aura donc tout le temps qu'il lui faut pour se dessoûler en prison. » Il jeta un coup d'œil à son collègue et tous deux se levèrent. « Merci beaucoup, docteur McCullough.

— Je vous en prie, dit le médecin. Merci pour ma serviette. »

Il monta à sa chambre avec sa serviette.

— Qu'est-ce qu'ils ont dit ? demanda Lillian dès qu'il entra.

— Ils croient que c'est le frère de la bonne qui a fait le coup. Un type un peu simple d'esprit, alcoolique, qui avait l'air d'avoir une dent contre Roger. Un bon à rien, à ce qu'ils disent. Fronçant les sourcils, il alla à la salle de bains pour se laver les mains. Soudain, il s'en voulut à lui-même ; il en voulut aussi à Lillian pour le long soupir de soulagement et de joie qu'elle venait de pousser.

— Dieu merci, Dieu merci ! dit Lillian. Tu te rends compte de ce que ça aurait signifié si... si c'était *toi* qu'ils avaient accusé ? demanda-t-elle sur un ton plus bas, comme si les murs avaient des oreilles, en s'approchant de la porte de la salle de bains.

— Certainement, dit le Dr McCullough, et il sentit brusquement la colère lui fouetter le sang. J'aurais eu toutes les peines du monde à leur prouver que j'étais innocent, puisque j'étais là quand ça s'est produit.

— Exactement. Tu n'aurais pas pu démontrer ton innocence. Remercions le ciel pour cet Anton, quel qu'il soit. » Son petit visage rayonnait, ses yeux pétillaient de malice. « Un bon à rien. Ha ha ! Il aura pourtant été bon à quelque chose pour nous ! Elle partit d'un rire aigu et pivota sur un talon.

— Je ne vois pas pourquoi tu devrais en faire des gorges chaudes, dit-il en s'essuyant soigneusement les mains. C'est une triste histoire.

— Plus triste que si tu étais l'accusé ? Allons, ne te montre pas si... si altruiste, mon chéri. Ou plutôt, pense à nous. Un homme marié tue un ancien rival au bout de... voyons... dix-sept ans, n'est-ce pas ? Et après onze ans de mariage avec une autre femme... le flambeau de l'amour brûle toujours. Tu crois que cette version me plairait ?

— Lillian, de quoi parles-tu ? dit-il en sortant de la salle de bains, l'air menaçant.

— Tu le sais parfaitement. Tu crois que j'ignore que tu as été amoureux de Margaret ? Que tu l'es toujours ? Tu penses que je ne sais pas que tu as tué Roger ? » Ses yeux gris le regardèrent avec une féroce expression de défi. Elle avait la tête inclinée d'un côté, et les mains sur les hanches.

Il demeura muet de stupeur, paralysé. Ils restèrent à s'observer fixement pendant peut-être quinze secondes, tandis qu'en esprit il essayait de franchir l'abîme que ces mots ouvraient devant lui. Il avait oublié qu'elle pensait encore à Margaret. Bien sûr, elle avait été au courant de son amour pour Margaret. Qui avait entretenu chez elle le souvenir de cette histoire ? Peut-être lui-même, par son silence. Mais c'était désormais le futur qui importait. A présent elle pouvait suspendre une épée de Damoclès au-dessus de sa tête, et ainsi le tenir à sa merci pour toujours. « Ma chérie, tu te trompes complètement. »

Lillian secoua la tête, fit demi-tour et s'éloigna ; le médecin se rendit compte qu'il n'avait pas gagné la partie.

Il ne fut absolument plus question de ce sujet durant le reste de la journée. Ils déjeunèrent, passèrent une heure à flâner dans le musée du Vatican, mais le Dr McCullough avait d'autres préoccupations que les peintures de Michel-Ange. Il avait l'intention d'aller à Genève pour avouer la vérité, non par souci d'honnêteté ni parce que sa conscience le tracassait, mais parce que l'attitude de Lillian était insupportable. Encore plus intolérable qu'un long séjour en prison. Il s'arrangea pour lui fausser compagnie quelques minutes à cinq heures et donna un coup de téléphone. Il y avait un avion pour Genève à sept heures vingt. A six heures un quart, il quitta la chambre d'hôtel les mains vides et prit un taxi jusqu'à l'aéroport de Ciampino. Il avait dans sa poche son passeport et ses chèques de voyage.

Il arriva à Genève avant onze heures du soir, et appela aussitôt la police. On manifesta d'abord quelque réticence à lui dévoiler l'endroit où se trouvait l'homme accusé du meurtre de Roger Fane, mais le Dr McCullough donna son nom et affirma qu'il détenait des informations importantes ; la police suisse lui indiqua alors où Anton Carpeau était détenu. Le Dr McCullough sauta dans un taxi qui s'arrêta dans les faubourgs de Genève. Il se trouvait en face d'un immeuble blanc et neuf, pas du tout semblable à l'idée que l'on se fait d'une prison.

Là, il fut accueilli par l'un des inspecteurs en civil venus le voir, celui qui avait des cheveux blonds.

« Docteur McCullough, dit-il avec un léger sourire. Vous avez des informations nouvelles, à ce qu'on m'affirme. Je crains qu'il ne soit un peu tard.

— Oh ?... Pourquoi ?

— Anton Carpeau vient de se suicider — en se fracassant la tête contre le mur de sa cellule. Il y a juste vingt minutes.

L'homme haussa les épaules, d'un air de dire que tout était fini.

— Mon Dieu, fit à voix basse le médecin.

— Mais quelles étaient vos informations ?

Le docteur hésita. Les mots ne voulaient pas sortir de sa bouche. Il se rendit compte alors que c'étaient la lâcheté et la honte qui le forçaient à se taire. Jamais, à aucun moment de sa vie, il ne s'était senti aussi indigne, et il avait l'impression d'être infiniment plus méprisable que le pauvre ivrogne qui venait de se tuer.

— Je préfère garder cela pour moi. Dans ce cas... je veux dire... l'affaire est terminée, n'est-ce pas ? C'était une autre preuve contre Anton, et je pensais... mais à quoi cela servirait-il maintenant ? C'est déjà assez triste... Les mots se brisèrent dans sa gorge.

— Oui, je suppose, dit le Suisse.

— Eh bien... il ne me reste plus qu'à vous souhaiter bonne nuit.

— Bonne nuit, docteur McCullough. »

Le docteur se mit à marcher sans but dans la nuit. Il éprouvait en lui-même un vide étrange, une sensation de néant qui ne ressemblait à rien de ce qu'il avait connu. Son dessein meurtrier avait réussi, mais il avait entraîné dans son sillage des tragédies bien pires. Anton Carpeau. Et *Lillian*. Bizarrement, il s'était tué lui-même tout autant que Roger Fane. Il était désormais un homme mort, un cadavre ambulant.

Une demi-heure plus tard, du haut d'un pont, il contemplait les eaux noires du lac Léman. Il garda un long moment les yeux fixés sur ce spectacle, et imagina son corps tournant plusieurs fois sur lui-même, heurtant l'eau sans beaucoup de bruit puis se noyant. Il contempla de toutes ses forces cette matière opaque qui semblait si solide et pourtant céderait si facilement sous son poids, et qui serait si prompte à l'engloutir dans la mort. Mais il ne se sentait pas encore le courage ou le désespoir de se suicider. Un jour, néanmoins, il le ferait, il en était sûr. Un jour, quand le plan du courage rencontrerait celui de la lâcheté selon l'angle adéquat. Et ce jour-là serait une surprise pour lui comme pour tous ceux qui le connaissaient. Le docteur sentit ses mains agrippées au parapet de pierre le repousser en arrière, et il se remit à marcher d'un pas lourd. Il chercherait un hôtel pour la nuit, et s'arrangerait pour retourner à Rome le lendemain.

Le jour d'expiation

(La ferme du malheur)

Titre original de la nouvelle
THE DAY OF RECKONING

traduite par
ALAIN DELAHAYE

extraite de
LE RAT DE VENISE
ET AUTRES HISTOIRES DE CRIMINALITÉ ANIMALE
À L'INTENTION DES AMIS DES BÊTES

JOHN prit un taxi à la gare, comme son oncle le lui avait dit au cas où il ne trouverait personne pour l'accueillir. A peine trois kilomètres le séparaient de Hanshaw Chickens Inc. — c'était ainsi que son oncle Ernie Hanshaw appelait maintenant sa ferme. John reconnut parfaitement la petite maison blanche à un étage, mais le long hangar gris fut pour lui une nouveauté. Il était immense, et couvrait tout l'espace qu'occupaient jadis l'étable et la porcherie.

— C'est bourré de cuisses de poulets là-dedans ! dit joyeusement le chauffeur quand John le paya.

John sourit.

— Oui, et je me disais justement : pas un seul poulet en vue !

John porta sa valise jusqu'à la maison.

— Il y a quelqu'un ? cria-t-il, pensant qu'Helen serait probablement dans la cuisine en train de préparer le déjeuner.

Alors il vit le chat aplati. Non, un chaton. Un vrai, ou un animal en papier ? John posa sa valise et se pencha plus près. C'était un vrai. Étalé sur le côté, complètement aplati contre la terre humide et rougeâtre, au creux d'une large ornière tracée par un pneu. Son crâne avait été écrasé et on voyait du sang à cet endroit, mais pas sur le reste du corps, qui avait été agrandi par la pression, de sorte que la queue paraissait absurdement courte. C'était un chaton blanc tacheté de brun clair, de gris et de noir.

John entendit un bourdonnement de machines provenant du hangar. Il alla déposer sa valise sur la terrasse couverte de la façade et, ne percevant aucun bruit dans la maison, partit au pas de course vers ce hangar tout neuf. Il trouva les grandes portes principales verrouillées, et contourna le bâtiment pour aller voir derrière, toujours en courant, parce que le hangar lui semblait incroyablement long. Outre le vrombissement des machines, John entendait à l'intérieur un bruit strident et continu, un vacarme de cris et de piaillements.

— Ernie ? cria John. Alors il vit Helen. Ah, bonjour Helen !

— John ! Sois le bienvenu ! Tu as pris un taxi ? Nous n'avons pas entendu arriver de voiture ! Elle l'embrassa sur la joue. Tu as encore grandi de cinq centimètres !

Son oncle descendit d'une échelle et lui serra la main.

— Comment ça va, mon garçon ?

— Très bien, Ernie. Dis-moi, qu'est-ce que c'est que tout ça ?

John leva les yeux vers des tapis roulants qui montaient et disparaissaient quelque part à l'intérieur du hangar. Un conteneur métallique rectangulaire, presque aussi grand qu'un wagon couvert, reposait sur le sol.

Ernie tira John par le bras pour l'amener plus près et cria qu'il venait de recevoir une livraison de grain — un mélange spécial — et qu'il l'emmagasinait maintenant dans son usine, comme il appelait le hangar. Cet après-midi un homme viendrait reprendre le conteneur.

— Normalement les lumières ne devraient pas être allumées en ce moment, mais je vais faire une exception pour que tu puisses voir. Regarde !

Ernie abaissa la manette d'un interrupteur placé à l'intérieur, et la pénombre se changea en une lumière éblouissante, aussi forte que celle du soleil.

Les caquetages et les piaillements des poulets s'amplifièrent comme le hurlement d'une sirène, ou de mille sirènes à la fois, et instinctivement John se couvrit les oreilles. Les lèvres d'Ernie remuaient, mais John n'entendait pas ce qu'il disait. John se retourna pour jeter un coup d'œil à Helen qui, restée en arrière, lui fit un signe de la main et secoua la tête en souriant, comme pour dire qu'elle ne pouvait pas supporter le vacarme. Ernie entraîna John plus loin à l'intérieur du hangar, mais il avait renoncé à parler et se contentait de pointer l'index.

Les poulets étaient relativement petits et en grande majorité blancs, et tous remuaient constamment les pattes. John comprit que c'était parce que le plancher sur lequel ils reposaient s'inclinait en avant, pour les inciter à se pencher vers les trémies qui passaient lentement devant eux. Mais tous n'étaient pas en train de manger. Certains essayaient de donner des coups de bec à leurs voisins. Chaque poulet avait sa petite cage individuelle en fil de fer. Horizontalement il devait y avoir une quarantaine de rangées de poulets, et en hauteur on comptait huit ou dix niveaux superposés jusqu'au plafond. Entre les doubles rangs de poulets placés dos à dos se trouvaient des allées assez larges pour permettre de balayer par terre, supposa John, et juste au moment où cette idée lui vint Ernie fit tourner un volant, et de l'eau se mit à jaillir sur le sol en pente légère vers divers trous d'écoulement.

— *Entièrement automatique ! C'est quelque chose, hein !*

John lut les mots sur les lèvres d'Ernie, et acquiesça d'un air admiratif.

— Fantastique !

Mais il se serait volontiers enfui loin de tout ce bruit.

Ernie arrêta l'eau.

John remarqua que les poulets avaient usé leurs becs, qui n'étaient plus que des petites protubérances sans pointes. Que pouvaient-ils faire d'autre que manger ? John avait lu quelques articles sur l'élevage des poulets à l'électricité. Les volailles d'Ernie, tout comme celles dont on parlait dans ces articles, n'avaient même pas assez de place pour se retourner dans leurs cages. Une grande partie de l'agitation générale du hangar provenait de poulets qui tentaient de s'envoler. Chaque animal saignait un peu à la poitrine, à l'endroit où celle-ci entrait en contact avec une barre horizontale, et le sang dégoulinait sur les plumes en dessous. John avait envie de détourner les yeux. Enfin Ernie éteignit les lumières. Les portes se refermèrent derrière eux, mues apparemment aussi par un mécanisme automatique.

— L'élevage à l'électricité, ça m'a vraiment sorti de l'ornière ! dit Ernie, qui parlait encore à voix forte. Je gagne très bien ma vie, maintenant. Et imagine un peu : un seul homme — moi — suffit à faire fonctionner tout le système !

John sourit.

— Tu veux dire que tu n'auras pas de travail pour moi ?

— Oh, ne t'inquiète pas, il y a des tas de choses à faire. Tu verras. Mais si on allait d'abord déjeuner ? Dis à Helen que j'arriverai dans un petit quart d'heure.

John s'avança vers Helen.

— Fabuleux !

— Oui. Ernie en est amoureux.

Ils se dirigèrent vers la maison. Helen regardait ses pieds, parce que le sol était boueux par endroits. Elle portait de vieilles chaussures de tennis, un pantalon de velours noir et un chandail rouille. Délibérément John se plaça entre elle et l'ornière où gisait le petit chat écrasé, parce qu'il ne voulait pas en parler tout de suite.

Il monta sa valise dans la chambre carrée et bien ensoleillée où il dormait déjà quand il n'était qu'un petit garçon de dix ans, à l'époque où Helen et Ernie avaient acheté la ferme. Il se changea et mit un blue-jean, puis descendit rejoindre Helen dans la cuisine.

— Que dirais-tu d'un petit *old-fashioned*[1]. Il faut qu'on célèbre ton arrivée, dit Helen.

Elle préparait deux cocktails à la table en bois.

— Avec plaisir. Où est Susan ? C'était la fille d'Helen et d'Ernie, qui avait huit ans.

— Elle est à... eh bien, dans une sorte de camp de vacances. Quelqu'un la ramènera vers quatre heures et demie. Ça l'aide à passer les longues journées d'été. Les gosses y fabriquent d'horribles cendriers en terre cuite et des porte-monnaies à franges — tu vois le genre. Ensuite il faut les féliciter.

John rit. Il observa sa tante, se disant qu'elle était encore fort séduisante pour ses... quel âge avait-elle ? Trente et un ans. Mesurant environ un mètre soixante-cinq, elle était mince et élancée ; elle avait des cheveux bouclés d'un blond vénitien, et des yeux qui paraissaient tantôt verts, tantôt bleus. Et sa voix était tellement agréable !

— Oh, merci.

1. Cocktail américain à base de whisky *(N.d.T.)*.

John prit le verre qu'elle lui tendait. Des morceaux d'ananas nageaient dans le liquide, et le tout était surmonté d'une cerise.

— Ça fait rudement plaisir de te revoir, John. Comment marchent les études ? Et comment vont tes parents ?

Sur ces deux points, tout allait très bien. John obtiendrait son diplôme à l'université d'Ohio l'année prochaine, quand il aurait vingt ans, puis il entreprendrait des études supérieures de sciences politiques. C'était un enfant unique, et ses parents vivaient à Dayton, à environ deux cents kilomètres de là.

Puis John parla du petit chat.

— J'espère qu'il ne faisait pas partie de la maisonnee, dit-il, et aussitôt il se rendit compte qu'au contraire c'était le cas, parce qu'Helen avait déposé son verre et s'était levée. A qui d'autre ce chaton pouvait-il appartenir, puisqu'il n'y avait aucune habitation dans le voisinage ?

— Oh, mon Dieu ! Susan va être...

Helen sortit en courant par la porte de derrière.

John courut après elle, droit vers le chaton écrasé qu'Helen avait vu de loin.

« C'est ce gros camion qui est venu ce matin, dit Helen. Le chauffeur est assis tellement haut qu'il ne peut pas voir ce qui...

— Je vais t'aider », dit John, cherchant dans les parages une bêche ou une truelle. Il revint avec une pelle, dont il se servit comme d'un levier pour soulever délicatement le corps aplati, comme s'il était encore vivant. Puis il le prit dans ses mains.

« Nous devrions l'enterrer.

— Bien sûr. Il ne faut pas que Susan le voie, mais je serai obligée de le lui dire...

John creusa à l'endroit que suggéra Helen, près d'un pommier derrière la maison. Il recouvrit la tombe et remit par-dessus quelques touffes d'herbe pour ne pas attirer les regards.

— Combien de fois n'ai-je ramené ce petit chat dans la maison quand arrivaient ces maudits camions ! fit Helen. Dire qu'il avait à peine quatre mois, il n'avait peur de rien et il courait au-devant des voitures comme si c'étaient des jouets, tu vois ? » Elle eut un petit rire nerveux. « Et ce matin le camion est arrivé à onze heures, alors que je surveillais un gâteau dans le four, juste au moment où j'allais le sortir.

John ne savait que dire.

— Peut-être devrais-tu acheter un autre petit chat à Susan dès que possible.

— Qu'est-ce que vous faites, tous les deux ? cria Ernie qui venait de sortir de la maison.

— On a enterré Fayot, dit Helen. Le camion l'a écrasé ce matin.

— Oh ! » Le sourire d'Ernie disparut. « Comme c'est dommage. C'est vraiment dommage, Helen.

Mais pendant le déjeuner Ernie manifesta un certain entrain à parler des vitamines et des antibiotiques incorporés dans les aliments de ses poulets, et de leur production quotidienne d'un œuf un quart par tête. Bien que l'on fût en juillet, Ernie prolongeait la « journée » des poulets grâce à la lumière artificielle.

— Tous les oiseaux ont un organisme réglé en fonction du printemps, dit Ernie. Ils pondent davantage quand ils croient que le printemps arrive. Ceux que j'ai atteignent actuellement leur maximum. En octobre ils auront moins d'un an, et je vais les vendre pour installer une nouvelle série.

John écoutait attentivement. Il était venu pour séjourner un mois. Il voulait être capable de se rendre utile.

— Ils mangent beaucoup, hein ? J'ai remarqué que la plupart se sont usé le bec.

Ernie éclata de rire.

— C'est moi qui leur ai coupé la pointe du bec. Autrement ils se donneraient des coups à travers les grillages. Dans le premier groupe que j'ai eu, il y en a deux qui ont réussi à se libérer et qui ont failli se tuer l'un l'autre. En fait, l'un des deux a fini par tuer l'autre. Crois-moi, désormais je leur coupe la pointe du bec, comme c'est indiqué dans les instructions.

— Et le poulet vivant a continué en mangeant celui qui était mort, ajouta Helen. Du cannibalisme ! » Elle rit d'un air mal à l'aise. « Tu as déjà entendu parler de cannibalisme chez des poulets, John ?

— Non.

— Nos poulets sont fous, dit Helen.

Fous. John sourit un peu. Peut-être Helen avait-elle raison. A en juger d'après leur tapage, ils avaient l'air plutôt excités.

— Helen n'aime pas beaucoup l'élevage à l'électricité, dit Ernie à John, comme pour l'excuser. Elle repense toujours au bon vieux temps. Mais les affaires ne marchaient pas aussi bien à ce moment-là. »

Pendant l'après-midi, John aida son oncle à rentrer dans le hangar les tapis roulants qui avaient servi à transporter le grain. Il commença à apprendre le fonctionnement des manettes et des interrupteurs qui faisaient marcher le système. Des tapis roulants enlevaient les œufs et les déposaient doucement dans des bacs en plastique. Il était presque cinq heures de l'après-midi quand John put s'en aller. Il voulait dire bonjour à sa cousine Susan, une petite fille pleine de joie de vivre qui avait les mêmes cheveux que sa mère.

Quand John franchit la terrasse couverte de la façade, il entendit des pleurs d'enfant, et se souvint du petit chat. Il décida d'aller quand même de l'avant et de parler à Susan.

Susan et sa mère se trouvaient dans la salle de séjour ; cette pièce, qui donnait sur le devant, s'ornait de rideaux à fleurs et de meubles en merisier. Quelques nouveautés, par exemple un poste de télévision plus gros, avaient fait leur apparition depuis la dernière visite de John. Helen était agenouillée à côté du canapé où Susan, allongée, le visage enfoui dans un bras, pleurait à chaudes larmes.

— Bonjour Susan, dit John. Je suis vraiment navré pour ton petit chat.

Susan releva sa frimousse ronde et mouillée. Une bulle se forma sur ses lèvres et éclata.

— Mon petit Fayot...

Dans un élan spontané, John l'embrassa.

— On va en trouver un autre. Je te le promets. Peut-être dès demain. Oui ?

Il regarda Helen.

Helen acquiesça et sourit un peu.

— Oui, absolument.

Le lendemain après-midi, dès que la vaisselle du déjeuner fut terminée, John et Helen partirent dans la fourgonnette vers une ferme située à une douzaine de kilomètres, dont les propriétaires s'appelaient Ferguson. Selon Helen, les Ferguson possédaient deux chattes qui avaient fréquemment des petits. Cette fois la chance leur sourit. L'une des chattes venait de mettre bas une portée de cinq petits — un noir, un blanc et trois tachetés — et l'autre chatte était pleine.

— Le blanc ? suggéra John.

Les Ferguson leur avaient laissé le choix.

— Un tacheté, répondit Helen. Le blanc signifie uniquement du bien, et le noir... peut-être la malchance.

Ils optèrent pour une femelle noire et blanche, aux pieds tout blancs.

— Je peux déjà prévoir qu'elle s'appellera " Bottine ", dit Helen en riant.

Les Ferguson étaient des gens simples, un peu âgés, et très accueillants. Mme Ferguson insista pour qu'ils mangent un morceau du gâteau à la noix de coco qu'elle venait de confectionner, accompagné d'un petit vin plutôt corsé qu'ils fabriquaient eux-mêmes. La petite chatte s'ébattait joyeusement dans la cuisine, et jouait avec des peluches grises qu'elle sortait de sous un grand buffet.

« Celui-là, ce n'est pas un chat élevé à l'électricité, hein ! remarqua Frank Ferguson, sur quoi il but une grande gorgée.

— Est-ce que nous pouvons voir vos poulets, Frank ? » demanda Helen. Elle donna soudain à John une tape sur le genou. « Frank a les plus merveilleux poulets du monde, presque une centaine !

— Qu'est-ce qu'ils ont donc de si merveilleux ? dit Frank, se relevant, la jambe raide. » Il ouvrit la porte-moustiquaire de la cuisine. « Vous savez où ils se trouvent, Helen. »

Quand il sortit avec Helen en direction de la basse-cour, John sentit sa tête bourdonner agréablement sous l'effet du vin. Maintenant, devant eux, ils voyaient des Rhode Island, des Leghorn, des coqs qui déambulaient fièrement en agitant leur crête, des poulets mouchetés à demi adultes, et une multitude de poussins hauts d'une quinzaine de centimètres. Le sol était jonché de pelures de pastèques entaillées par des griffes, et de vieilles boîtes en fer-blanc contenant du grain et de la bouillie ; partout abondaient les excréments de poulets. Une vieille voiture sans roues semblait un lieu de ponte favori : trois poules étaient assises sur le dossier du siège avant, les yeux mi-clos, prêtes à laisser tomber des œufs qui se briseraient sûrement sur le plancher derrière elles.

« Tout est dans un si merveilleux désordre ! » cria John en riant. Helen, ravie, se suspendait par les doigts à la clôture en fil de fer. « Ils me font penser aux poulets que je connaissais quand j'étais petite. A vrai dire, Ernie et moi on en a eu aussi, jusqu'à... » Elle sourit à John. « Tu sais... Il y a un an. Entrons à l'intérieur ! »

John trouva la porte, une chose plutôt molle faite de fil de fer fixé à un montant de bois. Ils se glissèrent dans l'enclos et refermèrent la porte derrière eux.

Plusieurs poules reculèrent et les regardèrent avec curiosité, en poussant des petits gloussement soupçonneux.

« Ce sont des créatures tellement stupides et adorables ! Helen regarda une poule s'envoler et se percher sur une branche de pêcher. Elles peuvent voir le soleil ! Et voler !

— Et gratter la terre pour chercher des vers... et manger des pastèques ! renchérit John.

— Quand j'étais petite, j'avais l'habitude de déterrer des vers pour elles, à la ferme de ma grand-mère. Avec une binette. Et quelquefois je marchais sur leurs crottes, tu vois — c'est-à-dire, je le faisais exprès — et ça s'écrasait entre mes orteils. J'adorais ça. Grand-mère m'obligeait toujours à me laver les pieds sous le robinet du jardin avant d'entrer dans la maison. » Elle rit. Un poulet esquiva ses mains tendues avec un *Urr-rrk !* de frayeur. « Les poulets de grand-mère étaient tellement bien apprivoisés que je pouvais les toucher. Je sentais leurs os, et leurs plumes étaient chaudes de soleil. Parfois j'ai envie d'ouvrir toutes les cages du hangar et de déverrouiller les portes, de rendre la liberté aux nôtres, juste pour les voir marcher dans l'herbe quelques minutes.

— Dis-moi, Helen, si on achetait un de ces poulets pour le ramener à la maison ? Juste pour le plaisir ? Ou même deux ?

— Non.

— Combien a coûté le petit chat ? Tu as payé quelque chose ?

— Non, rien. »

Susan prit la petite chatte dans ses bras, et John put prédire que la tragédie de Fayot ne tarderait pas à tomber dans l'oubli. Mais il fut déçu de voir Helen perdre sa gaieté pendant le dîner. Peut-être était-ce à cause d'Ernie, qui ne cessait de discourir d'un ton monocorde sur ses profits et pertes — pas vraiment des pertes, mais des frais. John se rendit compte qu'Ernie était obsédé. Voilà pourquoi Helen s'ennuyait. Ernie travaillait dur maintenant, malgré ce qu'il racontait sur ses machines qui s'occupaient de tout. Deux profonds sillons s'étaient creusés de chaque côté de sa bouche, et ce n'était pas le rire qui les avait provoqués. Il commençait à prendre de l'embonpoint. Helen avait dit à John que l'année précédente il avait congédié Sam, leur ouvrier qui travaillait chez eux depuis sept ans.

— Dis-moi, fit Ernie, réclamant l'attention de John, qu'est-ce que tu penses de cette idée ? Quand tu auras fini tes études, tu achètes un élevage de poulets à l'électricité, et tu embauches un seul homme pour s'en occuper. Tu pourrais prendre un autre emploi à Chicago, à Washington, n'importe où, et tu aurais un revenu régulier et indépendant pour le restant de tes jours.

John garda le silence. Il ne s'imaginait pas propriétaire d'un élevage de poulets à l'électricité.

— N'importe quelle banque t'avancerait les fonds — avec un petit mot de Clive, bien sûr.

Clive était le père de John.

Helen, les yeux baissés sur son assiette, pensait sans doute à autre chose.

— Ce n'est pas vraiment mon genre de vie, je crois, répondit finalement John. Mais je reconnais que c'est très rentable.

Après le dîner, Ernie alla dans la salle de séjour pour faire ses comptes, comme il disait. Presque chaque soir il passait quelque temps à sa comptabilité. John donna un coup de main à Helen pour la vaisselle. Elle mit un disque sur l'électrophone, une symphonie de Mozart. La musique était jolie, mais John aurait préféré parler avec Helen. D'un autre côté, qu'aurait-il pu lui dire au juste ? *Je comprends pourquoi tu t'ennuies. Je crois que tu aimerais mieux verser de la bouillie à des cochons et jeter du grain à de vrais poulets, comme tu le faisais avant.* John sentit le désir d'entourer Helen de ses bras pendant qu'elle était penchée au-dessus de l'évier, de lui prendre le visage et de le tourner contre le sien pour l'embrasser. Que penserait-elle s'il le faisait ?

Ce soir-là, une fois au lit, John lut consciencieusement les brochures qu'Ernie lui avait données sur l'élevage des poulets à l'électricité.

« ... Les poulets sont choisis petits afin qu'ils ne consomment pas trop de grain, et ils atteignent rarement plus d'un kilo et demi... Les jeunes sont soumis à un programme d'éclairage qui leur fait croire qu'une journée dure six heures. L'objectif de l'éleveur en usine est d'augmenter cette journée initiale de six heures en laissant les lumières allumées un peu plus longtemps chaque semaine. La période de printemps artificiel est maintenue tout au long des dix mois de la vie de la poule... Il n'y a pas de diminution de la ponte au sens propre du terme, bien que la poule ne ponde pas tout à fait autant d'œufs vers la fin... (Pourquoi ? se demanda John. Et « pas tout à fait autant » ne signifiait-il pas la même chose que « diminution » ?) A dix mois la poule est vendue pour environ 30 cents la livre, selon les cours du marché... »

Et plus loin :

« M. Richard K. Schultz, de Poon's Cross, Pennsylvanie, nous écrit : " Je suis plus que satisfait, et ma femme aussi, de la modernisation de notre ferme, devenue aujourd'hui un élevage de poulets automatique muni du système électrique Muskeego-Ryan. Nos bénéfices ont quadruplé en un an et demi, et nous avons encore de meilleures perspectives pour l'avenir... " Et M. Henry Vliess, de Farnham, Kentucky : " Avec mon ancienne ferme, j'arrivais tout juste à joindre les deux bouts. J'avais des poulets, des cochons, des vaches, tout le bétail habituel. Mes amis se moquaient de moi en voyant comme je travaillais dur pour de si maigres résultats. C'est alors que j'ai... " »

John fit un rêve. Il volait comme Superman dans le hangar à poulets d'Ernie, où toutes les lumières allumées répandaient une clarté éblouissante. Beaucoup des poulets emprisonnés tendaient le cou vers lui, leurs yeux lançaient des éclairs argentés, et ils étaient totalement aveuglés. Leur vacarme assourdissant résonnait de façon fantastique. Ils voulaient s'échapper, mais ne voyaient plus clair, et leurs efforts pour s'envoler donnaient à tout le hangar l'apparence d'une mer démontée. John volait frénétiquement dans tous les sens, essayant de trouver la manette qui ouvrirait les cages, les portes, n'importe quoi, mais sans y parvenir. Alors il s'éveilla, stupéfait de se retrouver dans son lit, appuyé sur un coude. Il avait la poitrine et le front trempés de sueur. La lumière assez vive du clair de lune entrait par la fenêtre. Dans le silence de la nuit, il entendit le bruit strident et continu des centaines de poulets, bien qu'Ernie eût affirmé que son usine était parfaitement insonorisée. Peut-être était-ce maintenant « le jour » pour les poulets. Ernie avait dit qu'il leur restait encore trois mois à vivre.

John apprit à connaître mieux les mécanismes du hangar et les horloges truquées plus rapides que les vraies ; mais depuis son rêve il ne regardait plus les poulets comme le jour de son arrivée. Quand il pouvait s'en dispenser, il ne les regardait pas du tout. Une fois Ernie lui montra du doigt un poulet mort, et John le ramassa pour l'emporter. Sa poitrine, toute sanguinolente à cause du frottement contre la barre horizontale, était tellement distendue qu'il était peut-être mort d'avoir trop mangé.

Susan avait donné à sa petite chatte le nom de « Bavette », parce qu'elle portait sur la poitrine une tache ovale blanche qui ressemblait à un bavoir.

— Fayot, et maintenant Bavette, dit Helen à John. C'est à croire que Susan ne pense qu'à manger !

Un samedi matin, Helen et John partirent en voiture jusqu'à la ville. Le temps était tantôt au soleil tantôt à la pluie, et quand une averse tombait ils marchaient serrés l'un contre l'autre sous un parapluie. Ils firent provision de viande, de pommes de terre et de poudre à laver, et prirent un pot de peinture blanche pour une étagère de la cuisine ; Helen s'acheta aussi un chemisier à rayures roses et blanches. Dans une boutique d'animaux, John fit l'emplette d'un panier garni d'un coussin, qu'il offrirait à Susan pour Bavette.

Quand ils arrivèrent à la ferme, une longue voiture gris sombre stationnait devant la maison.

« Tiens, la voiture du docteur ! dit Helen.

— Peut-être qu'il est simplement passé dire bonjour ? » fit John, et aussitôt il sentit la stupidité de sa remarque, parce qu'il avait pu arriver un accident à Ernie.

Normalement une livraison de grain avait eu lieu dans la matinée, et Ernie grimpait toujours à droite et à gauche pour vérifier si tout se passait bien.

Une autre voiture, vert foncé, qu'Helen ne reconnut pas, était garée à côté du hangar à poulets. Helen et John entrèrent dans la maison.

C'était Susan. Elle était étendue sur le sol de la salle de séjour, recouverte d'un plaid à franges d'où seul dépassait un pied, avec sa chaussette jaune et sa sandale. Le Dr Geller était dans la pièce, ainsi qu'un autre homme qu'Helen n'avait jamais vu. Ernie, l'air effaré, se tenait raide comme un piquet à côté de sa fille.

Le Dr Geller s'avança vers Helen et dit :

— Je suis désolé, Helen. Susan était déjà morte quand l'ambulance est arrivée. J'ai fait appeler le coroner.

— Qu'est-ce qui est arrivé ?

Helen voulut toucher Susan, et instinctivement John lui retint le bras.

— Chérie, je ne l'ai pas vue à temps, dit Ernie. Elle courait après son petit chat en dessous de ce conteneur, juste au moment où ce maudit engin descendait.

— Ouais, elle a été touchée à la tête, continua un type costaud en combinaison marron, un des livreurs. Exactement quand elle sortait en courant de là-dessous, à ce que m'a dit Ernie. Mon Dieu, comme je suis navré, madame Hanshaw !

Helen eut un hoquet, puis elle se couvrit le visage.

— Il faut que vous preniez un calmant, Helen, dit le Dr Geller.

Le médecin enfonça une aiguille dans le bras d'Helen. Elle ne dit rien. Sa bouche restait entrouverte, et ses yeux regardaient fixement devant elle. Une autre voiture arriva, dans laquelle on emporta le corps placé sur une civière. Le coroner prit congé lui aussi à ce moment-là.

D'une main tremblante, Ernie remplit plusieurs verres de whisky.

Bavette bondissait çà et là dans la pièce, et reniflait la tache rouge sur le tapis. John alla à la cuisine prendre une éponge. Il valait mieux essayer d'enlever la tache, pensa-t-il, pendant que les autres étaient en train de boire dans la cuisine. Il y retourna pour chercher une casserole d'eau, et frotta de nouveau ce rouge qui n'en finissait pas. Sa tête bourdonnait, et il éprouvait de la difficulté à garder l'équilibre. Dans la cuisine, il vida d'un trait son verre de whisky et immédiatement il sentit ses oreilles le brûler.

— Ernie, je crois que je ferais mieux de m'en aller, dit le livreur d'un ton solennel. Tu sais où me trouver.

Helen monta dans la chambre à coucher qu'elle partageait avec Ernie, et ne descendit pas à l'heure du dîner. De sa chambre à lui, John entendit les lames du parquet grincer faiblement, et il comprit qu'Helen marchait de long en large. L'envie d'aller lui parler le tenaillait, mais il avait peur de ne pas trouver les mots appropriés. C'était Ernie qui aurait dû être avec elle en ce moment, pensa-t-il.

John et Ernie, d'un air lugubre, préparèrent quelques œufs brouillés, et John alla demander à Helen si elle voulait descendre ou si elle préférait qu'il lui monte un plateau. Il frappa à la porte.

— Entre, dit Helen.

Il adorait sa voix, et fut gravement surpris de remarquer que celle-ci n'avait pas changé depuis la mort de son enfant. Couchée sur le grand lit, toujours avec les mêmes vêtements, elle fumait une cigarette.

— Je n'ai pas envie de manger, merci, mais je prendrais bien un whisky.

John redescendit quatre à quatre, impatient de préparer quelque chose qui lui ferait plaisir. Il apporta de la glace, un verre et la bouteille sur un plateau.

— Tu veux simplement dormir ? demanda-t-il.

— Oui.

Elle n'avait pas allumé la lumière. John l'embrassa sur la joue, et un instant elle lui glissa le bras autour du cou et l'embrassa aussi sur la joue. Puis il quitta la chambre.

En bas, les œufs brouillés lui parurent secs, et il avait de la peine à avaler, même en buvant de grandes gorgées de lait.

— Mon Dieu, quelle journée, articula Ernie. Mon Dieu !

Visiblement il essayait d'en dire davantage, et regardait John d'un air où se lisait une tentative d'amabilité, de rapprochement.

Mais John s'aperçut qu'il gardait les yeux baissés sur son assiette, comme Helen, sans un mot. Pour finir, terriblement malheureux dans tout ce silence, il se leva avec son assiette et donna une petite tape maladroite à Ernie sur l'épaule.

— Je suis désolé, Ernie.

Ils débouchèrent une autre bouteille de whisky, l'une des deux qui restaient dans le buffet de la salle de séjour.

— Si j'avais su qu'une telle chose arriverait, jamais je n'aurais commencé ce maudit élevage de poulets. Ça tu peux en être sûr. Tout ce que je voulais, c'était gagner un peu d'argent pour ma famille... au lieu de continuer à vivoter une année après l'autre.

John vit que la petite chatte avait trouvé son nouveau panier dans un coin de la salle de séjour, et qu'elle s'y était installée pour dormir.

— Ernie, tu as probablement envie d'aller parler à Helen. Je serai debout à l'heure habituelle pour te donner un coup de main.

Cela signifiait à sept heures du matin.

— D'accord. Je suis plutôt sonné ce soir. Pardonne-moi, John.

John resta étendu dans son lit pendant une heure sans trouver le sommeil. Il entendit Ernie entrer à pas de loup dans la chambre à coucher située en face de la sienne, mais ne perçut ensuite aucun bruit de voix, pas même un murmure. Ernie ne ressemblait pas beaucoup à Clive, pensa John. Le père de John se serait peut-être laissé aller à pleurer pendant une minute ou deux, il aurait peut-être lancé des imprécations. Puis tout se serait arrêté là, et il ne se serait plus occupé que de réconforter sa femme.

Un son criard, qui s'amplifiait et diminuait, réveilla John. Les poulets, bien sûr. Que diable se passait-il encore ? Jamais il ne les avait entendus piailler aussi fort. Il regarda par la fenêtre. Dans la lueur d'avant l'aube, il vit que les portes principales du hangar étaient ouvertes. Les lumières se répandaient au-dehors et projetaient sur l'herbe une clarté éblouissante. John enfila ses chaussures de tennis, sans les lacer, et s'élança dans le couloir.

— *Ernie ! Helen !* hurla-t-il devant leur porte fermée.

Il sortit en courant de la maison. Une marée blanche de poulets s'écoulait maintenant par les larges portes du hangar. Qu'était-il donc arrivé ?

— *Reculez !* cria-t-il aux poulets, en agitant les bras.

Peut-être les petites poules étaient-elles aveugles, ou peut-être ne l'avaient-elles pas entendu au milieu de leurs propres criaillements. Elles continuaient de sortir à flots, battant parfois des ailes au-dessus de leurs compagnes, avant de s'enfoncer de nouveau dans cette mer blanche.

John mit les mains en porte-voix.

— Ernie ! Les portes ! cria-t-il vers l'intérieur du hangar, parce que son oncle ne pouvait qu'être là-dedans.

Il se précipita au milieu des poules et fit une nouvelle tentative pour les effrayer et leur faire rebrousser chemin. C'était sans espoir. Inaccoutumés à la marche, les poulets titubaient comme des ivrognes, se bousculaient les uns les autres, trébuchaient en avant, tombaient sur la queue, mais sans cesse ils se répandaient au-dehors, souvent même portés sur le dos de ceux qui marchaient. Ils se mirent à attaquer les chevilles de John à coups de bec. John en écarta quelques-uns avec ses pieds et reprit sa progression vers les portes du hangar, mais la douleur causée par ces becs épointés lui frappant les chevilles et le bas des mollets le contraignit à s'arrêter. Quelques poulets essayèrent de s'envoler pour l'attaquer, mais ils n'avaient aucune force dans les ailes, John se souvint des mots d'Helen : *Ils sont fous.* Soudain pris de frayeur, il courut vers le terrain plus dégagé qui bordait latéralement le hangar, puis continua jusqu'à la porte de derrière. Il savait comment l'ouvrir. Elle était munie d'une serrure à combinaison.

Helen, en peignoir, se tenait debout à l'angle du bâtiment, juste à l'endroit où John l'avait vue pour la première fois le jour de son arrivée. La porte de derrière était fermée.

« Qu'est-ce qui se passe ? cria John.

— J'ai ouvert les cages, dit Helen.

— Tu les as ouvertes... mais pourquoi ? Où est Ernie ?

— Il est là-dedans. Helen paraissait étrangement calme, comme dans un état somnambulique.

— Mais qu'est-ce qu'il fabrique ? Pourquoi ne ferme-t-il

pas les portes ? John secoua Helen par les épaules, pour essayer de la réveiller. Il la relâcha et s'élança vers la porte.

— Je l'ai verrouillée derrière moi, dit Helen.

John manœuvra la combinaison de la serrure aussi vite qu'il put, mais il avait de la peine à distinguer les chiffres.

— N'ouvre pas ! Tu veux donc qu'ils viennent *par ici ?* Helen, soudain agile et parfaitement éveillée, écarta de la serrure les mains de John.

Alors John comprit. Ernie était en train de mourir à l'intérieur, tué par les coups de bec des poulets. Et Helen le voulait ainsi. Même si Ernie hurlait de douleur, personne ne pouvait l'entendre.

Un sourire apparut sur le visage d'Helen.

— Oui, il est là-dedans. Je crois qu'ils vont l'achever.

John, sans entendre vraiment à cause du vacarme des poulets, avait lu sur ses lèvres. Son cœur battait à tout rompre.

Alors Helen s'effondra comme une masse, et John la rattrapa. Il savait qu'il était trop tard pour sauver Ernie. Il se dit aussi qu'à présent il ne criait sans doute plus.

Helen se redressa.

— Viens avec moi. On va les observer », dit-elle, et elle entraîna John, d'un bras faible et pourtant déterminé, le long du hangar en direction des portes principales.

Leur lente avancée lui parut quatre fois plus longue qu'en temps ordinaire. Il agrippa le poignet d'Helen.

« Ernie est là-dedans? demanda-t-il, avec l'impression de rêver, ou d'être sur le point de s'évanouir.

— Oui, là-dedans. » Helen lui sourit de nouveau, les yeux mi-clos. « Je suis descendue et j'ai ouvert la porte de derrière, tu vois... et puis je suis remontée réveiller Ernie. J'ai dit : “ Ernie, il y a quelque chose de bizarre dans l'usine, je crois que tu devrais aller voir. ” Il est descendu, il est entré par la porte de derrière... et alors j'ai ouvert les cages avec la manette. Et puis... j'ai abaissé la manette qui ouvre les portes de devant. Il se trouvait à ce moment... au milieu du hangar, parce que j'avais allumé un petit feu sur le sol.

— Un feu ? Alors John remarqua le pâle ruban de fumée qui s'élevait au-dessus des portes principales.

— Oh ! il n'y a pas grand-chose qui puisse brûler... seulement le grain, répondit Helen. Et ils trouveront bien assez à manger dehors, tu ne crois pas ? » Elle éclata de rire.

John la tira plus vite vers le devant du hangar. Il ne semblait pas y avoir beaucoup de fumée. Maintenant la pelouse entière était couverte de poulets, qui traversaient aussi les barreaux blancs de la clôture et s'éparpillaient sur la route, picorant çà et là, caquetant et criant, comme une lente armée privée de chef. On aurait dit que de la neige était tombée sur le sol. Mais John savait que chaque poulet portait sur la poitrine une tache sombre qui n'était autre que du sang.

— Fonce vers la maison ! dit John, donnant des coups de pied à quelques poulets qui attaquaient les chevilles d'Helen.

Ils montèrent dans la chambre de John. Helen s'agenouilla devant la fenêtre et observa. Le soleil se levait sur leur gauche, et à présent il effleurait de ses rayons le toit rougeâtre du hangar métallique. Des volutes de fumée grise s'échappaient de l'ouverture et montaient dans le ciel. Certains poulets s'arrêtaient d'un air hébété dans l'encadrement de la porte, puis d'autres arrivaient derrière eux et les poussaient en avant. Les poulets semblaient moins éblouis par le soleil levant — la lumière était plus forte dans le hangar — que par l'espace dégagé qui les entourait de partout. John n'avait encore jamais vu des poulets tendre le cou juste pour regarder le ciel. Il s'agenouilla à côté d'Helen, et lui passa le bras autour de la taille.

« Ils vont tous... s'en aller, dit-il avec une sensation bizarre de paralysie.

— Qu'ils s'en aillent !

Le feu ne se propagerait pas jusqu'à la maison. Il n'y avait pas de vent, et une bonne trentaine de mètres les séparaient du hangar. John, qui se croyait en train de devenir complètement fou, comme Helen, ou comme les poulets, fut étonné de la logique de son raisonnement quant à une improbable extension de l'incendie.

— Tout est fini », dit Helen quand les derniers poulets — peut-être pas tout à fait les derniers — sortirent en titubant du hangar. Elle attira John plus près d'elle en le prenant par le devant de sa veste de pyjama.

John l'embrassa doucement, puis plus fermement sur les lèvres. C'était une sensation étrange, plus forte que toutes celles qu'il avait connues en embrassant une fille, et pourtant curieusement il n'éprouvait pas d'autre désir. Ce baiser semblait simplement une affirmation réciproque du fait qu'ils étaient tous deux vivants. Ils restèrent agenouillés face à face, étroitement enlacés. Les cris des poules cessèrent de paraître horribles, pour devenir seulement des bruits d'animaux excités et déconcertés. On aurait cru un grand orchestre dont certains membres s'arrêtaient tandis que d'autres se remettaient à jouer, et qui produisait un vaste accord continu sans aucun tempo. John ne savait plus depuis combien de temps ils se tenaient ainsi tous deux immobiles, mais à la fin ses genoux lui firent mal et il se releva, et aida aussi Helen à se remettre debout. Il regarda par la fenêtre et dit :

— Ils doivent être tous sortis. Et le feu ne s'est pas développé. Ne faudrait-il pas...

Mais la nécessité d'aller voir Ernie lui parut lointaine, pas du tout pressante. C'était comme s'il avait rêvé cette nuit ou cette aube, et le baiser d'Helen, de la même façon qu'il s'était vu en rêve voler comme Superman dans le hangar. Était-ce réellement les mains d'Helen qu'il tenait dans les siennes à présent ?

De nouveau, elle se laissa tomber de tout son poids, et comme il était clair qu'elle voulait rester assise sur le tapis il l'abandonna et enfila son blue-jean par-dessus son pantalon de pyjama. Il descendit et pénétra prudemment dans le hangar par l'entrée principale. La fumée rendait la visibilité mauvaise à l'intérieur, mais quand il se pencha plus bas il vit une cinquantaine de poulets en train de becqueter ce qui, bien sûr, ne pouvait qu'être le corps d'Ernie étendu par terre. Des cadavres de poulets asphyxiés par la fumée jonchaient le sol, et ils ressemblaient eux-mêmes à des petits nuages de fumée ; quelques poulets vivants leur donnaient des coups de bec, en s'attaquant surtout aux yeux. John s'approcha d'Ernie. Il croyait avoir rassemblé tout son courage, mais ce n'était pas suffisant pour ce qu'il vit : une colonne écroulée de sang et d'os, où restaient accrochés quelques lambeaux de pyjama. John ressortit en courant, très vite, parce qu'il avait ouvert la bouche et que la fumée avait failli l'étouffer.

Dans sa chambre, Helen chantonnait et tambourinait sur

l'appui de fenêtre, en contemplant les poulets qui restaient sur la pelouse. Dans l'herbe, les poules essayaient de gratter la terre, mais elles vacillaient et tombaient sur le côté, ou plus souvent en arrière, à cause de leur habitude de remuer les pattes pour s'empêcher de basculer en avant.

« Regarde ! dit Helen, riant si fort qu'elle en avait des larmes plein les yeux. Ils ne savent pas ce que c'est que l'herbe ! Mais ils aiment ça, hein !

John s'éclaircit la gorge et dit :

— Qu'est-ce que tu vas raconter ?... Qu'est-ce que nous allons raconter ?

— Ah oui... raconter. » Helen ne parut pas le moins du monde troublée par la question. « Eh bien... qu'Ernie a entendu quelque chose et qu'il est descendu et — il n'était pas tout à fait à jeun, tu sais. Et... que peut-être il s'est trompé en manœuvrant quelques manettes. Tu ne crois pas ? »

Légitime défense

Titre original de la nouvelle
SOMETHING YOU HAVE TO LIVE WITH

traduite par
ALAIN DELAHAYE

Extraite de
L'ÉPOUVANTAIL

« N'oublie pas de fermer toutes les portes à clé, dit Stan. Des gens pourraient croire que puisque la voiture n'est pas là, il n'y a personne à la maison.

— Toutes les portes ? Tu veux dire les deux... Stan, tu ne m'as pas encore posé de question d'ordre... esthétique, par exemple sur l'allure qu'a maintenant notre intérieur.

Stan rit.

— Je suppose que les tableaux sont accrochés, et les livres rangés dans la bibliothèque.

— Eh bien, pas complètement, mais j'ai déballé tes chemises et tes pulls, et la cuisine est en ordre. Ça a l'air... Je suis heureuse, Stan. Et Cassie également. Elle n'arrête pas de se promener partout dans la maison en ronronnant. Allez, au revoir, à demain matin. Vers onze heures, tu as dit ?

— Vers onze heures. J'apporterai ce qu'il faut pour le déjeuner, ne t'inquiète pas.

— Transmets toute mon affection à ta mère. Je suis contente qu'elle aille mieux.

— Merci, ma chérie. » Stan raccrocha.

Cassie, leur chatte blanche et rousse âgée de quatre ans, contemplait Ginnie comme si elle n'avait encore jamais vu un téléphone. Elle ronronna de nouveau. Éblouie d'avoir tant d'espace à sa disposition, pensa Ginnie. Cassie se mit à malaxer le tapis entre ses pattes comme pour montrer qu'elle était au comble du ravissement, et Ginnie éclata de rire.

Ginnie et Stan Brixton avaient acheté une maison dans le

Connecticut après six ans passés dans des appartements new-yorkais. Leurs meubles étaient arrivés une semaine plus tôt, alors qu'ils se trouvaient encore à New York, en train de régler les derniers problèmes, et c'était seulement la veille qu'ils avaient vraiment déménagé, emportant dans la voiture l'argenterie, des assiettes, quelques tableaux, des valises, les ustensiles de cuisine et la chatte. Le matin, Stan avait emmené leur fils Freddie passer la nuit à New Hope, en Pennsylvanie, où vivait sa mère ; pour la seconde fois, elle avait eu une crise cardiaque et s'en remettait actuellement chez elle. « Chaque fois que je la vois, j'ai l'impression que ça pourrait être la dernière. Ça ne t'ennuie pas si j'y vais, Ginnie ? avait dit Stan. Et puis, tu n'auras pas Freddie dans les jambes pendant que tu fignoles par-ci par-là. » Ginnie avait accepté.

Ce que Stan appelait « fignoler par-ci par-là » consistait plus exactement en travaux de mise en ordre, et même de nettoyage. Ginnie était d'avis qu'elle avait pas mal avancé depuis le départ de Stan et Freddie. Le joli vase en porcelaine bleue et blanche, qui lui rappelait certaines peintures de Monet, se dressait maintenant sur la bibliothèque de la salle de séjour, et contenait même des roses rouges du jardin. Ginnie avait bien progressé dans la cuisine, où elle avait tout installé comme elle le désirait, de manière qu'il n'y ait plus à en modifier l'agencement par la suite. Cassie avait son bac à litière (« Quel drôle d'euphémisme, disait Stan, “ litière ” devrait signifier une sorte de lit ! ») dans un coin des toilettes du rez-de-chaussée. La famille disposait maintenant, en outre, d'une salle de bains à l'étage. La maison était située sur une colline, et, s'il n'y avait pas d'autre habitation à un kilomètre et demi à la ronde, Ginnie et Stan ne possédaient pas pour autant les terres avoisinantes, qui étaient des champs cultivés et des prairies. Quand ils avaient vu l'endroit, au mois de juin, des moutons et des chèvres étaient en train de paître alentour. Ils étaient tous deux tombés amoureux de la maison.

Stanley Brixton était romancier et critique littéraire. Ginnie écrivait des articles pour des magazines, tout en travaillant à son second roman, dont elle avait déjà rédigé la moitié. Son premier livre n'avait obtenu qu'un succès modeste à sa publication. On ne pouvait s'attendre à un triomphe à tout casser avec un premier roman, disait Stan, à moins de bénéficier d'une publicité extraordinaire. Il fallait laisser couler de l'eau sous le pont. Ginnie s'intéressait davantage à son œuvre en cours. Ils avaient acheté la maison à crédit et, grâce à leurs travaux, ils pensaient ne pas avoir à dépendre de New York, ou du moins ne pas être astreints à des emplois leur prenant huit heures par jour. Stan avait déjà publié trois ouvrages, des livres d'aventures à tendance politique. Il avait trente-deux ans, et depuis trois ans il était le correspondant international d'un groupe de journaux.

Ginnie ramassa un bout de ficelle sur le tapis de la salle de séjour, et se rendit compte que son dos lui faisait un peu mal après toutes les fatigues de la journée. L'idée lui vint d'allumer la télévision, mais en consultant sa montre elle s'aperçut que l'heure des informations était déjà passée ; peut-être valait-il mieux aller se coucher tout de suite et se lever tôt le lendemain.

« Cassie ?

Cassie répondit par un « Mia-wiaouh ? » courtois et prolongé.

— Tu as faim ? » Cassie connaissait ce mot-là. « Non, tu as assez mangé. Est-ce que tu sais que tu commences à prendre de l'embonpoint avec l'âge ? Allez. Tu montes te coucher avec moi ? » Ginnie s'avança vers la porte principale, déjà verrouillée grâce à sa serrure automatique, mais elle mit aussi la chaîne. En bâillant, elle éteignit les lumières du rez-de-chaussée et grimpa l'escalier. Cassie la suivit.

Ginnie prit un bain rapide, le deuxième de la journée, enfila une chemise de nuit, se brossa les dents et se mit au lit. Elle se rendit compte aussitôt qu'elle était trop fatiguée pour prendre un des hebdomadaires anglais de gauche — les préférés de Stan — qu'elle avait laissés tomber à côté du lit pour y jeter un coup d'œil. Elle éteignit la lampe de chevet. *La joie d'être chez soi !* Stan et elle avaient passé une nuit ici, le week-end dernier, lors de l'arrivée des meubles. Aujourd'hui c'était sa première nuit solitaire dans cette maison qui n'avait pas encore de nom. *Peut-être quelque chose du genre L'Éléphant blanc,* avait dit Stan. *Tâche de trouver une bonne idée, toi.* Ginnie essaya de réfléchir, et cette activité la fit plonger presque instantanément dans un profond sommeil.

Elle fut réveillée par un grincement, semblable à celui des

pneus d'une voiture sur du gravier. Elle se souleva un peu dans son lit. Avait-elle vraiment entendu ce bruit ? L'allée qui menait de la route à la maison n'était nullement recouverte de gravier, c'était un simple chemin de terre. Mais...

Et maintenant ce *clic,* d'où venait-il ? Du devant, de l'arrière de la maison ? Ou n'était-ce qu'une petite branche tombée sur le toit ?

Elle avait bien fermé à clé toutes les portes, pas vrai ?

Ginnie se rappela brusquement qu'elle n'avait pas verrouillé la porte de derrière. Pendant une longue minute, elle tendit l'oreille : tout était silencieux. Quelle corvée que d'avoir à redescendre ! Mais elle se dit qu'il valait mieux le faire, de façon à pouvoir affirmer à Stan qu'elle avait respecté ses consignes. Ginnie trouva l'interrupteur de la lampe et sortit du lit.

Désormais elle était persuadée que les bruits qu'elle avait entendus étaient imaginaires, qu'il ne s'agissait que d'un rêve. Elle remarqua toutefois que Cassie la suivait prestement, d'un air anxieux.

La lueur de la cage d'escalier permit à Ginnie de se diriger jusqu'à la cuisine, où elle alluma la forte ampoule suspendue au plafond. Elle alla aussitôt à la porte de derrière et tourna le verrou de sûreté. Puis elle écouta. Aucun bruit ne lui parvint. La grande cuisine semblait exactement la même, avec son mobilier en partie moderne et en partie vieillot : une cuisinière électrique, un buffet massif en bois peint en blanc et comprenant des tiroirs en bas et des étagères en haut, un évier double et un grand réfrigérateur tout neuf.

Ginnie remonta à l'étage, toujours suivie par Cassie. Cassie était le diminutif de Cassandre, nom que Stan avait donné à la chatte quand elle était petite, à cause de son air sombre et inébranlablement pessimiste. Ginnie était sur le point de se rendormir quand elle entendit en bas un choc assourdi, comme si quelqu'un avait titubé légèrement. Elle alluma de nouveau la lampe de chevet, et un frisson de peur la parcourut quand elle vit Cassie accroupie sur le lit, rigide, les yeux fixés sur la porte ouverte de la chambre.

En bas, il y eut encore un bruit mat, puis le bruissement parfaitement reconnaissable d'un tiroir qu'on faisait glisser, et il ne pouvait s'agir que du tiroir de la salle à manger où se trouvait l'argenterie.

Elle avait enfermé quelqu'un avec elle !

Sa première pensée fut de tendre le bras vers le téléphone pour appeler la police — mais l'appareil était en bas dans le salon.

Descends, fais face à la situation et menace-le, ou menace-les, avec quelque chose, se dit-elle pour s'encourager. Peut-être que ce n'était qu'un adolescent, un gamin des environs qui serait bien content de filer sans être signalé à la police, si elle réussissait à l'effrayer un peu. Ginnie bondit hors du lit, mit l'épaisse robe de chambre en flanelle bleue de Stan et noua fermement la ceinture. Elle descendit les marches. A présent elle pouvait entendre d'autres bruits.

— *Qui est là ?* cria-t-elle hardiment.

— Hum-hum. Ce n'est que moi, ma petite dame, fit une voix plutôt grave.

Les lumières de la salle à manger et du salon étaient toutes allumées.

Dans la salle à manger, Ginnie se trouva face à une silhouette au visage masqué par un collant formant cagoule et vêtue de ce qui lui apparut comme un accoutrement de motocycliste : un pantalon noir, des bottes noires, un blouson en plastique noir. Deux fentes étaient découpées dans le collant à l'emplacement des yeux. Le personnage portait un sac en toile sale du genre des sacs postaux, et il était clair que l'argenterie y avait déjà disparu parce que le tiroir de la salle à manger, resté ouvert, était vide. L'homme avait dû se cacher dans un coin de la pièce, pensa Ginnie, pendant qu'elle était descendue verrouiller la porte de derrière. La silhouette masquée repoussa le tiroir d'un geste négligent, et celui-ci ne se referma pas complètement.

« Vous n'ouvrez pas la bouche, et il ne vous arrivera pas de mal. Compris ? » La voix paraissait appartenir à un homme d'au moins vingt-cinq ans.

Ginnie n'aperçut ni couteau ni arme à feu.

— Mais enfin, qu'est-ce que vous faites ?

— Qu'est-ce que je fais, hein, à votre avis ? Et l'homme

continua sa besogne. Les deux chandeliers de la salle à manger tombèrent dans le sac. Suivis par le briquet de table en argent.

Y avait-il quelqu'un d'autre avec lui ? Ginnie jeta un coup d'œil en direction de la cuisine, mais n'y vit personne, et aucun bruit ne venait de par là.

— Je vais appeler la police, dit-elle, et elle s'avança vers le téléphone du salon.

— Le téléphone est coupé, ma petite dame. Vous feriez mieux de rester tranquille, parce que personne ne peut vous entendre dans les environs, même si vous vous mettez à hurler.

Était-ce vrai ? Malheureusement oui. Pendant quelques secondes Ginnie s'appliqua à mémoriser le signalement de l'individu : environ un mètre soixante-dix, corpulence moyenne, peut-être même un peu maigre, des mains massives — mais comme elles étaient couvertes de gants en caoutchouc bleu, pouvait-on en être sûr ? — et des pieds assez grands. Cheveux blonds ou châtains, impossible à dire à cause du collant qui les masquait. Les cambrioleurs de ce type avaient l'habitude de ligoter et de bâillonner leurs victimes. Ginnie voulait au moins éviter cela, dans la mesure du possible.

— Si c'est de l'argent que vous cherchez, il n'y en a pas beaucoup dans la maison en ce moment, dit-elle, sauf ce que vous trouverez dans mon sac à main là-haut, une trentaine de dollars. Allez-y, vous pouvez les prendre.

— J'vais pas tarder à m'en occuper, fit l'homme avec un gros rire, tout en explorant maintenant le salon. Il prit le coupe-papier posé sur la table basse, puis la photo de Freddie qui ornait le piano, parce que celle-ci était entourée d'un cadre en argent.

Ginnie songea à lui cogner sur le crâne avec... avec quoi ? Elle ne vit rien d'assez lourd et de maniable en même temps, à part une des chaises de la salle à manger. Et si elle ne réussissait pas à l'assommer du premier coup ? Le téléphone était-il réellement coupé ? Elle s'approcha de l'appareil situé dans un coin.

— N'allez pas vers la porte ! Restez là où je peux vous voir !

« Miaou-aou-aou-*iaou !* » Cassie venait de pousser ce long miaulement aigu qui pour Ginnie signifiait généralement que la chatte était sur le point de vomir — mais en ce moment la situation était différente. Cassie semblait prête à se jeter sur l'homme.

— Retire-toi, Cassie, reste calme, dit Ginnie.

— J'aime pas les chats, lança par-dessus son épaule la silhouette masquée d'une cagoule.

Il ne reste plus grand-chose à prendre dans le salon, se dit Ginnie. Les tableaux accrochés aux murs étaient trop grands. Et quel voleur s'intéresserait à des tableaux, du moins à ceux-là : quelques toiles exécutées par des amis peintres, deux ou trois aquarelles... Mais tout cela se passait-il vraiment ? Y avait-il là un inconnu qui soulevait le vieux panier à couture de sa mère, regardait à l'intérieur et le laissait retomber bruyamment ? Qui empoignait le vase en porcelaine de Sèvres, et jetait l'eau et les roses en direction de la cheminée ? Le vase disparut dans le sac.

« Qu'est-ce qui se cache là-haut ? » L'horrible tête se tourna vers elle. « Allez, on monte faire un tour !

— Il n'y a *rien du tout* là-haut ! », cria Ginnie de toutes ses forces. Elle courut vers le téléphone, sachant qu'il serait coupé mais voulant le vérifier de ses propres yeux : oui, coupé, bien que sa main fût tendue pour saisir le combiné. Elle vit par terre le fil qui s'interrompait brusquement, sectionné à un peu plus d'un mètre de l'appareil.

La cagoule gloussa de plaisir.

— J'vous l'avais dit.

Une torche électrique rouge dépassait de la poche revolver de son pantalon. Il pénétrait maintenant dans l'entrée, prêt à monter les marches. La cage d'escalier était éclairée, mais il sortit la torche de sa poche.

— Il n'y a rien *là-haut,* je vous assure ! », Ginnie s'aperçut qu'elle le suivait comme une imbécile, en remontant les pans de la robe de chambre de Stan pour ne pas trébucher.

— Très agréable, ce petit nid douillet ! fit la cagoule en entrant dans la chambre. Alors, qu'est-ce qu'on va trouver ici ? Des objets de valeur ?

Le peigne et la brosse à dos d'argent placés sur la coiffeuse furent considérés comme des objets de valeur, de même que le miroir à main, et ils allèrent rejoindre le reste dans le sac, qui maintenant glissait sur le plancher.

« Ha ha ! Voilà un truc qui me plaît ! » Il avait découvert le lourd coffret en bois orné de garnitures en cuivre à chaque coin, dont Stan se servait pour ranger ses boutons de manchette, ses mouchoirs et quelques cravates blanches — mais apparemment les dimensions de la chose posaient un problème à l'homme. Il resta un moment à se balancer devant, puis dit : « Je vais revenir pour prendre ça. » Il parcourut des yeux la pièce, à la recherche d'objets plus légers, et s'empara de deux souvenirs auxquels Ginnie tenait : son écrin à bijoux gainé de cuir noir, et son briquet Dunhill posé sur la table de nuit. « Vous devriez être contente que je ne vous viole pas. Je n'ai pas le temps ! » Le ton était franchement railleur.

Mon Dieu, pensa Ginnie, c'est à croire que nous sommes riches ! Jamais elle n'avait eu l'impression que Stan et elle roulaient sur l'or, ni que leurs quelques affaires pouvaient représenter une tentation pour un voleur. Sans aucun doute ils avaient eu de la chance à New York pendant six ans — pas un seul cambriolage — parce que là-bas même une machine à écrire avait de la valeur pour un drogué en état de manque. Non, ils n'étaient pas riches, mais cet individu prenait tout ce qu'ils avaient, toutes les *belles* choses qu'ils essayaient d'accumuler depuis des années. Ginnie le regarda ouvrir son sac à main et extraire les billets de banque de son portefeuille. Une bagatelle, en comparaison du reste.

— Si vous croyez ne fût-ce qu'une minute que vous allez vous en tirer comme ça ! dit Ginnie. Dans une aussi petite communauté rurale ? Vous n'avez aucune chance. Si vous ne laissez pas tout cela ici ce soir, j'irai vous dénoncer si vite que...

— Oh, la ferme, ma petite dame ! Où sont les autres chambres ?

Cassie émit un grognement. Elle les avait suivis tous les deux jusqu'en haut des escaliers.

Une botte noire fit un brusque écart sur le côté et atteignit violemment l'animal en pleine poitrine.

— *Ne touchez pas à cette chatte !* cria Ginnie.

Cassie bondit avec un grondement féroce sur le haut de la botte, à hauteur du genou de l'homme.

Pendant une seconde, Ginnie en demeura stupéfaite — tout en se sentant fière de Cassie.

— T'as pas fini de me casser les pieds ? fit l'individu.

De sa main gantée, il attrapa la chatte par la peau du dos et la lança à toute volée contre le mur. La chatte retomba, haletante, et l'homme lui écrasa les côtes et lui flanqua un terrible coup de pied sur le crâne.

— Espèce de *monstre !* hurla Ginnie.

— V'là ce que j'en fais, de tous vos emmerdeurs de petits minous ! dit le type en cagoule beige, et il frappa de nouveau la chatte avec sa botte. Sa voix était devenue rauque de rage, et maintenant il avançait d'un pas lourd dans le couloir, à la recherche d'autres chambres.

Hébétée, rigide, Ginnie le suivit.

Dans la chambre d'amis il n'y avait qu'une commode vide, mais l'homme fit quand même glisser deux ou trois tiroirs pour y jeter un coup d'œil. La chambre de Freddie ne contenait qu'un lit et une table. L'homme en cagoule ne s'y attarda pas.

Du couloir, Ginnie se retourna vers sa chambre et aperçut la chatte. Une de ses pattes eut un mouvement convulsif, puis l'animal resta immobile. Ginnie se raidit encore, droite comme une colonne de pierre. Elle se rendit compte qu'elle venait de voir Cassie mourir.

— Je r'viens dans une seconde, fit l'homme masqué, descendant vivement l'escalier avec son sac si lourd à présent qu'il devait le porter sur l'épaule.

Ginnie se remit enfin à bouger, par saccades, comme quelqu'un qui se réveille d'une anesthésie. Son corps et son esprit semblaient dissociés. Elle tendit la main vers la rampe et la manqua. Elle n'avait plus peur du tout, bien qu'elle n'en fût pas clairement consciente. Elle continuait simplement de suivre la silhouette masquée de son ennemi, et ne se serait même pas arrêtée s'il avait braqué une arme dans sa direction. Quand elle arriva dans la cuisine, l'homme avait disparu. La porte de derrière était ouverte, laissant pénétrer une brise fraîche. Ginnie traversa la pièce et regarda à gauche en direction de l'allée : elle distingua le faisceau lumineux de la torche électrique qui s'agitait tandis que l'homme chargeait le sac dans une voiture. Elle entendit le bourdonnement de deux voix masculines. Il avait donc un complice qui l'attendait !

Et le voilà qui revenait vers la maison.

Avec une soudaine promptitude, Ginnie saisit un tabouret de cuisine en Formica aux pieds chromés. Dès que la silhouette masquée franchit le seuil de la cuisine, Ginnie projeta le tabouret au-dessus d'elle et frappa l'homme en plein sur le front avec le bord du siège.

L'homme fut emporté en avant par son élan, mais il inclina la tête, tituba, et Ginnie en profita pour lui assener un nouveau coup sur le sommet du crâne. Elle serrait dans ses mains deux pieds du tabouret. Son ennemi tomba avec grand fracas sur le sol couvert de linoléum. Pour faire bonne mesure, elle abattit encore une fois le tabouret sur l'arrière de la tête masquée. Elle éprouva du soulagement, et un certain plaisir, à voir du sang sourdre du nylon beige.

— Frankie ?... Tout va bien ?... *Frankie !*

La voix venait de la voiture stationnée dans l'allée.

Tenant solidement sa position, sans la moindre frayeur, Ginnie était prête à affronter le nouvel arrivant. De la main droite elle serrait un pied du tabouret, tandis que la gauche maintenait le siège en équilibre. A cinquante centimètres à peine de la porte ouverte, elle tendait l'oreille vers un bruit de bottes dans l'allée, guettait l'apparition d'une autre silhouette dans l'embrasure.

Au lieu de cela elle entendit un moteur démarrer et distingua la lueur rouge des feux de la voiture qui repartait en marche arrière et disparaissait de l'allée.

Finalement, Ginnie posa le tabouret. Le silence régnait de nouveau dans la maison. L'homme étendu par terre ne bougeait pas. Était-il mort ?

Ça m'est égal. Je m'en fiche pas mal, se dit intérieurement Ginnie.

En fait elle était inquiète. Et s'il revenait à lui ? S'il avait besoin d'un médecin, ou d'être conduit à l'hôpital tout de suite ? Il n'y avait plus de téléphone. La maison la plus proche se trouvait à un bon kilomètre et demi, le village à deux kilomètres. Ginnie devrait faire la route à pied avec une lampe de poche. Naturellement si elle rencontrait une voiture, le conducteur s'arrêterait peut-être pour lui demander ce qui se passait, et elle pourrait lui dire d'appeler un docteur ou une ambulance. Ces pensées traversèrent en quelques secondes l'esprit de Ginnie, puis elle revint à la réalité. La réalité, c'était qu'il était peut-être mort. Tué par elle.

Cassie aussi était morte. Ginnie se tourna vers la salle de séjour. La mort de Cassie était plus réelle, plus importante que le corps étalé à ses pieds, dont le décès n'était qu'une possibilité. Ginnie se versa un verre d'eau au robinet de la cuisine.

Dehors tout était silencieux. A présent Ginnie se sentait assez calme pour admettre que le complice du cambrioleur avait préféré filer. Il n'allait probablement pas revenir, pas même avec du renfort. Après tout, il avait le butin dans sa voiture : l'argenterie, l'écrin à bijoux, tout ce qu'ils avaient de beau.

Ginnie contempla la longue silhouette noire allongée sur le sol de sa cuisine. L'homme demeurait parfaitement immobile. Sa main droite était cachée sous sa poitrine, son bras gauche en extension le long de sa tête. Le visage masqué était légèrement tourné vers elle, et une déchirure apparaissait dans le nylon. Impossible de voir ce qui se passait derrière cette fente.

— Vous êtes *réveillé ?,* dit Ginnie d'une voix assez forte.

Elle attendit.

Elle comprit qu'il lui faudrait faire face à la situation. Mieux vaut tâter le pouls au poignet, se dit-elle, et aussitôt elle se contraignit à exécuter cette opération. Elle retira un peu le gant de caoutchouc, et toucha un poignet couvert de poils blonds qui lui sembla d'une largeur stupéfiante, beaucoup plus fort que celui de Stan en tout cas. Elle ne sentit aucun battement perceptible. Après avoir changé son pouce de place, elle essaya de nouveau. Pas la moindre pulsation.

Elle avait donc assassiné quelqu'un. Le fait ne parvint pas clairement à sa conscience.

Deux idées dansaient dans sa tête : elle devrait enlever le corps de Cassie, l'envelopper dans une serviette ou un linge quelconque, et il n'était pas question de dormir ni même de rester dans cette maison avec un cadavre étendu sur le sol de la cuisine.

Ginnie prit un torchon propre plié au sommet d'une pile dans un placard, en sortit un second, puis marcha vers l'entrée et grimpa l'escalier. Cassie saignait maintenant. Ou plutôt elle avait saigné. Le sang qui couvrait le tapis paraissait sombre. Un des yeux de la chatte était sorti de son orbite. Ginnie la ramassa aussi doucement que si elle était encore vivante et seulement blessée, la plaça sur un torchon, puis déplia l'autre et enroula Cassie dans les deux morceaux de tissu. Elle descendit la chatte dans la salle de séjour, hésita un instant, et déposa le corps par terre à côté de la cheminée. Par hasard, une rose rouge gisait tout près de Cassie.

S'attaquer maintenant aux taches de sang, se dit-elle. Dans la cuisine, elle prit une bassine en plastique où elle versa un peu d'eau froide, et emporta aussi une éponge. Une fois à l'étage elle se mit au travail à quatre pattes, changeant l'eau de temps à autre dans la salle de bains. Cette tâche eut pour effet de l'apaiser un peu, comme elle s'en était doutée.

Impératif suivant : s'habiller et trouver le téléphone le plus proche. Ginnie continua de s'activer, se rendant à peine compte de ce qu'elle faisait, et soudain elle se retrouva dans la cuisine en blue-jean, chaussures de tennis, chandail et veste. La veste contenait son portefeuille dans une poche. Vide, se rappela-t-elle. Elle tenait les clés de la maison dans sa main gauche. Sans raison valable, elle décida de laisser allumée la lampe de la cuisine. La porte principale était toujours verrouillée, découvrit-elle avec surprise. Elle s'aperçut qu'elle avait aussi dans une poche de sa veste la lampe de poche, et supposa qu'elle l'avait prise sur la table de l'entrée en descendant.

Elle sortit, ferma à clé la porte de la cuisine et se dirigea vers la route.

Nuit noire et sans lune. A la lueur de sa lampe elle s'avança sur le côté gauche de la route en direction du village ; à un moment elle éclaira sa montre et vit qu'il était une heure vingt. Sous la vague clarté des étoiles, et aussi un peu grâce à sa lampe, elle distingua une maison au loin à gauche dans un champ — mais complètement sombre et si éloignée qu'elle pensa qu'il valait mieux poursuivre son chemin.

Elle continua. Route obscure. Le pas de plus en plus pesant. Est-ce que *tout le monde* se couchait tôt dans ce pays ?

Dans le lointain elle vit deux ou trois lumières blanches, les premiers lampadaires du village. Sûrement une voiture passerait avant qu'elle n'y arrive.

Il n'y eut pas une voiture. Ce fut à pied que Ginnie entra dans le village proprement dit, dont la limite était marquée de chaque côté de la route par un panneau blanc où on lisait EAST KINDALE.

Mon Dieu, pensa Ginnie. *Est-ce que tout cela est réel ? Suis-je en train de faire ce que je fais ? Que vais-je dire ?*

Aucune lumière n'était visible aux fenêtres des maisons coquettes, blanches pour la plupart. Pas même la moindre lueur au Connecticut Yankee Inn, le seul bar-hôtel-restaurant ouvert là-bas comme Stan l'avait une fois remarqué. Néanmoins Ginnie gravit les quelques marches et frappa à la porte. Puis, avec sa lampe de poche, elle éclaira un heurtoir en cuivre sur le bois peint en blanc, et s'en servit.

Toc-toc-toc !

Plusieurs minutes passèrent. *Patience,* se dit Ginnie. *Tu es exténuée.*

Mais elle se sentit poussée à frapper de nouveau.

— Qui est là ? cria une voix d'homme.

— Une voisine ! Il y a eu un accident !

Ginnie s'écroula pratiquement dans les bras de la silhouette qui ouvrit la porte. C'était un homme vêtu d'un pyjama et d'une robe de chambre écossaise. Elle aurait pu tout aussi bien se laisser tomber contre une femme ou un enfant.

Puis elle se retrouva assise sur une chaise dans une sorte de salon. Elle avait raconté toute l'histoire.

— Eh bien nous... nous allons appeler la police tout de suite, madame. Ou une ambulance, comme vous le suggérez. Mais d'après ce que vous avez dit...

L'homme paraissait la soixantaine.

Sa femme, qui semblait plus capable, l'avait rejoint pour écouter. Elle portait un peignoir et des mules roses.

— La police, Jake. L'homme a l'air mort, d'après ce que dit la dame. Même si ce n'est pas le cas, la police saura quoi faire.

— Allô, Ethel ! C'est toi ? dit l'homme dans le combiné. Écoute, nous avons besoin de la police immédiatement. Tu connais cette maison qui appartient aux Hardwick ?... Dis aux hommes d'y aller... Non, non ce n'est *pas* un feu. Pas le temps d'expliquer maintenant. Mais quelqu'un sera là pour ouvrir la porte dans... dans cinq minutes.

La femme plaça dans la main de Ginnie un verre d'alcool. Ginnie se rendit compte qu'elle claquait des dents. Elle avait froid, bien que dehors la température fût douce. On n'était qu'au début de septembre, se souvint-elle.

« Ils vont vouloir parler avec vous. » L'homme, tout à l'heure en robe de chambre écossaise, portait maintenant un pantalon et une veste de sport garnie d'une ceinture. « Vous devrez leur dire à quelle heure c'est arrivé et ainsi de suite. »

Ginnie comprenait. Elle remercia la femme et monta en voiture avec l'homme. C'était une berline ordinaire à quatre portes, et Ginnie remarqua en y entrant un vieil emballage de pochette-surprise sur le siège arrière.

Une voiture de police stationnait dans l'allée. Quelqu'un frappait à la porte de derrière, et Ginnie s'aperçut qu'elle avait laissé la lampe de la cuisine allumée.

« Salut, Jake ! Qu'est-ce qui se passe ? demanda un second policier, sortant de la voiture noire.

— Cette dame vient d'avoir un cambriolage dans sa maison, expliqua l'homme qui accompagnait Ginnie. Elle croit... Euh, vous avez les clés, n'est-ce pas, madame Brixton ?

— Oh oui, oui. » Ginnie fouilla dans ses poches. Elle haletait de nouveau, et se souvint que c'était le moment de rester calme, de répondre aux questions avec précision. Elle ouvrit la porte de la cuisine.

Un policier s'accroupit à côté de la silhouette étendue.

« Mort, dit-il.

— Le... Mme Brixton a dit qu'elle l'a frappé avec le tabouret de cuisine. Celui-là, madame ? L'homme prénommé Jake montra du doigt le tabouret en Formica jaune.

— Oui. C'est-à-dire qu'il *revenait*, voyez-vous ? Vous comprenez... » Ginnie suffoqua et abandonna pour le moment son récit.

Jake s'éclaircit la gorge et dit :

« Mme Brixton et son mari viennent d'emménager. Son mari est absent cette nuit. Elle avait oublié de verrouiller la porte de la cuisine, et deux... enfin, un type est entré, celui qui est là par terre. Il est sorti avec un sac d'objets qu'il avait pris, l'a chargé dans une voiture qui attendait, puis il est revenu pour emporter encore d'autres choses, et c'est alors que Mme Brixton l'a frappé.

— Hum-hum, fit le policier, toujours accroupi sur les talons. Impossible de toucher le corps avant l'arrivée de l'inspecteur. Puis-je utiliser votre téléphone, madame Brixton ?

— Ils ont coupé le téléphone, dit Jake. C'est pour ça qu'elle a dû marcher jusqu'à chez moi.

L'autre policier sortit pour téléphoner de la voiture. Celui qui restait mit de l'eau à chauffer pour préparer du café (ou bien avait-il dit du thé ?), et commença à bavarder avec Jake à propos des touristes, et d'un de leurs amis communs qui venait de se marier — comme s'ils se connaissaient depuis des années. Ginnie était assise sur une des chaises de la salle à manger. Le policier lui demanda où se trouvait le café instantané, si elle en avait, et Ginnie se leva pour lui montrer le bocal de café rangé dans un élément haut à côté de la cuisinière.

— En fait de pendaison de crémaillère, je dois dire que c'est plutôt épouvantable, remarqua le policier, tenant sa tasse fumante. Mais nous espérons tous très vivement...

Soudain ses paroles semblèrent se figer. Il battit des paupières et détourna le regard du visage de Ginnie.

Deux hommes en civil arrivèrent. On prit des photos du cadavre. Ginnie parcourut toute la maison en compagnie d'un des hommes qui prit note par écrit de tous les objets volés. Non, elle n'avait pas vu la couleur de la voiture, et encore moins sa plaque d'immatriculation. Le corps allongé dans la cuisine fut enveloppé et emmené dehors sur une civière. Ginnie ne fit qu'entrevoir la scène, car l'inspecteur essayait de détourner son attention. Elle se trouvait à ce moment dans la salle à manger, en train de faire le compte de l'argenterie disparue.

— Je ne voulais pas le tuer ! cria-t-elle soudain, interrompant l'inspecteur. Pas le *tuer,* sincèrement ! »

Stan arriva très tôt, vers huit heures du matin, avec Freddie ; il alla aussitôt chercher Ginnie à l'hôtel-restaurant d'East Kindale, où elle avait passé la nuit. Quelqu'un avait appelé Stan au numéro que Ginnie avait donné.

« Elle est encore sous le choc, dit Jake à Stan.

Stan avait l'air abasourdi. Mais au moins on lui avait déjà raconté ce qui s'était produit, et Ginnie n'eut pas à recommencer toute l'histoire.

— Toutes les belles choses que nous possédions ! dit-elle. Et notre chatte...

— La police retrouvera peut-être nos affaires, Ginnie. Sinon, nous en achèterons de nouvelles. Quoi qu'il en soit, nous sommes tous sains et saufs. » Stan serra fermement les mâchoires, mais il sourit. Il jeta un coup d'œil à Freddie qui se tenait dans l'embrasure de la porte, un peu pâle à cause du manque de sommeil. « Allez ! On rentre à la maison. »

Il prit la main de Ginnie. Au contact de sa chaleur, elle se rendit compte qu'elle avait de nouveau les mains glacées.

Tout le monde essayait de lui cacher l'identité du mort, Ginnie le savait, mais dès le second jour elle aperçut par hasard son nom imprimé — sur un journal plié déposé sur le comptoir d'une épicerie. Il y avait aussi une photo, représentant un garçon aux cheveux blonds et bouclés dont le visage exprimait une attitude de défi. *Frank Collins, vingt-quatre ans, demeurant à Hartford...*

Stan fut d'avis qu'ils devaient continuer à vivre dans la maison, en rachetant petit à petit ces « belles choses » dont Ginnie ne cessait de parler. Il lui conseilla de se remettre à travailler à son roman.

« Je ne veux plus avoir de belles choses chez moi. Plus jamais. » Elle disait la vérité, mais ce n'était qu'une partie du problème. Le pire était qu'elle avait tué quelqu'un, interrompu le cours d'une vie. Elle ne parvenait pas à s'en rendre pleinement compte, et en conséquence n'arrivait pas à le croire, ou à le comprendre.

— Nous pourrions au moins nous procurer un nouveau chat.

— Pas encore, répondit-elle.

Des gens (par exemple Mme Gladys Durham, qui vivait à deux kilomètres d'East Kindale mais dans la direction opposée) lui déclaraient : « Vous n'avez aucun reproche à vous faire. Vous étiez en état de légitime défense, et vous avez protégé votre maison. Ne croyez-vous pas que beaucoup d'entre nous aimeraient bien avoir votre courage, si un voleur s'introduisait dans leur propriété ?... »

« Je n'hésiterais pas une seconde — à agir comme vous ! » Tel fut le commentaire de la brune Georgia Hamilton. Mariée, très vite, active dans le cadre de la politique locale, la jeune femme habitait au centre d'East Kindale. Elle était venue spécialement pour réconforter Ginnie et pour faire connaissance avec elle et Stan. « Ces sales voyous qui viennent de si loin — de Hartford ! — pour nous cambrioler, simplement parce qu'ils croient que nous avons gardé des ménagères en argent massif et d'autres belles choses qui sont des souvenirs de famille... »

Encore une fois la même expression, des *belles* choses.

Un soir, Stan rentra avec une paire de chandeliers en argent destinés à orner la table de la salle à manger. « Moins de cent dollars... nous pouvons nous le permettre », dit-il.

A Ginnie, ce cadeau fit l'effet d'un appât pour un nouveau cambriolage. Les chandeliers étaient jolis, oui. Du plus pur style Regency. Copies modernes, mais très réussies. Elle n'en tira cependant aucun plaisir esthétique.

« Est-ce que tu t'es attelée un peu à ton bouquin cet après-midi ? », demanda joyeusement Stan. Il était sorti pendant près de trois heures. Avant de partir il s'était assuré que les deux portes étaient fermées à clé, par égard pour Ginnie. Il avait aussi acheté une brouette métallique pour le jardin, et celle-ci était encore attachée à la galerie de la voiture.

— Non, dit Ginnie. Mais je suppose que je suis en train de progresser. Il faut que je retrouve une certaine concentration, tu sais.

— Bien sûr que je le sais. Je suis écrivain, moi aussi.

La police ne retrouva jamais l'argenterie, ni l'écrin gainé de cuir qui contenait la bague de fiançailles de Ginnie (elle était devenue trop étroite, et Ginnie n'avait pas trouvé le temps de la faire agrandir) ainsi que le collier en or de sa grand-mère et tout le reste. Stan dit à Ginnie que les policiers avaient interrogé tous les amis et relations de l'homme qui avait pénétré dans la maison, mais qu'ils n'étaient parvenus à aucun résultat. A leur avis, cet homme avait sans doute fait la connaissance de son complice très récemment, peut-être même le soir du cambriolage.

— Ma chérie, dit Stan, est-ce que tu crois que nous devrions *déménager* de cette maison ? J'accepterais volontiers... si cela pouvait te rendre... moins...

Ginnie secoua la tête. Il ne s'agissait pas de la maison. Au bout de deux mois, elle ne pensait même plus au cadavre étendu par terre quand elle entrait dans la cuisine. Il s'agissait d'un trouble intérieur.

— Non, dit-elle.

— Eh bien... Je pense qu'il vaudrait mieux que tu en parles à un psychiatre. Ne serait-ce que pendant une seule consultation, ajouta Stan, interrompant une protestation de Ginnie. Il ne suffit pas que les voisins te disent que tu as fait ce qu'il y avait de plus naturel. Peut-être que tu as besoin qu'un spécialiste te le confirme.

Stan eut un petit rire. Il portait de vieux habits et des chaussures de tennis, et avait passé une bonne journée à sa machine à écrire.

Ginnie accepta, pour lui faire plaisir.

Le psychiatre, recommandé à Stan par un médecin local, avait son cabinet à Hartford. Stan y conduisit Ginnie, et l'attendit dans la voiture. Le rendez-vous devait durer une heure, mais Ginnie reparut au bout d'environ quarante minutes.

« Il m'a donné des pilules à prendre, dit-elle.

— C'est *tout ?...* Mais qu'est-ce qu'il t'a dit ?

— Oh », répondit Ginnie avec un haussement d'épaules, les mêmes banalités que les autres : personne ne me reproche rien, la police ne m'a pas cherché d'histoires, alors pourquoi s'en faire ?...

Elle haussa de nouveau les épaules, jeta un coup d'œil à Stan et vit la terrible déception qui se peignait sur son visage tandis qu'il se détournait d'elle pour regarder vers le lointain à travers le pare-brise.

Ginnie savait qu'il songeait à la « culpabilité », puis qu'il y renonçait, abandonnait une nouvelle fois ce mot. Elle avait déclaré que non, elle ne se sentait pas coupable, le problème n'était pas là, ç'aurait été trop simple. Elle se sentait plutôt ébranlée, comme elle l'avait indiqué à maintes reprises, et ne parvenait pas à se défaire de cette impression.

« Tu devrais absolument écrire un livre là-dessus, un roman, dit Stan — et c'était au moins la quatrième fois qu'il lui donnait ce conseil.

— Et comment veux-tu que je fasse, si je suis incapable de dominer la situation moi-même, si je ne peux même pas commencer par l'analyser ! » C'était la troisième fois, peut-être la quatrième, que Ginnie lui répondait de manière identique. Tout se passait comme si elle avait en elle un mystère insoluble. On ne peut pas écrire un livre simplement en noircissant du papier.

Stan fit tourner la clé de contact et démarra.

Les pilules consistaient en de légers tranquillisants, auxquels s'ajoutait un remontant assez anodin. Ce traitement n'apporta aucun changement sensible à l'état de Ginnie.

Deux mois passèrent. Comme Ginnie s'opposait à l'achat de nouvelles « belles choses », ils se contentèrent des deux chandeliers en argent. Ils mangeaient avec des couverts en inox. Freddie sortit de sa période de tension et d'excitation rentrée (il savait parfaitement ce qui s'était produit dans la cuisine), et aux yeux de Ginnie il sembla redevenu tout à fait normal, quelle que fût la valeur de cette notion de « normal ». Ginnie se remit à travailler au livre qu'elle avait commencé avant de s'installer dans la maison. Elle ne rêvait jamais au meurtre (ou plutôt à l'homicide involontaire), et en fait elle pensait souvent que cela lui ferait peut-être du bien d'en rêver.

Mais lorsqu'elle se trouvait en société — et la région était peuplée de gens fort sympathiques, Stan et elle avaient une vie sociale à la mesure de leurs souhaits — elle se sentait contrainte de dire parfois, quand la conversation retombait :

« A propos, savez-vous qu'il m'est arrivé une fois de tuer un homme ? »

Tout le monde la regardait, sauf bien sûr ceux qui l'avaient déjà entendue tenir ce propos — et certains connaissaient l'histoire par cœur.

Stan devenait brusquement tendu et son esprit se figeait dans une sorte de vide : une fois de plus il n'avait pas réussi à bondir à temps avant que Ginnie ne fût lancée. Il était toujours terriblement nerveux dans les réunions mondaines, essayant tel un escrimeur de parer le coup par une intervention quelconque avant que Ginnie ne porte sa botte fatale. *C'est simplement un état de choses qu'il faut assumer,* se disait Stan.

Et cela continuerait probablement à tout jamais, cela durerait encore quand Freddie aurait douze et même vingt ans. En fait, leur mariage en avait été à moitié démoli. Mais cela ne constituait nullement une raison valable pour divorcer, loin de là. Stan aimait encore Ginnie. Elle était toujours Ginnie, après tout. Elle se montrait juste un peu différente. Même Ginnie avait prononcé ce mot à propos d'elle-même.

« C'est un état de choses qu'il me faut assumer, murmura Stan pour lui-même.

— Quoi ? » C'était Georgia Hamilton, à sa gauche, qui lui demandait ce qu'il avait dit. « Oh, je sais, je sais. » Elle sourit d'un air compréhensif. « Mais peut-être que cela lui fait du bien. »

Ginnie était au milieu de son histoire. Au moins elle la racontait avec une certaine brièveté, et s'arrangeait même pour rire à un ou deux endroits.

L'épouvantail

Titre original de la nouvelle
SLOWLY, SLOWLY IN THE WIND

traduite par
ALAIN DELAHAYE

extraite de
L'ÉPOUVANTAIL

EDWARD SKIPPERTON (Skip pour les intimes) passait le plus clair de son temps à fulminer. Telle était sa nature. Dès son enfance il s'était montré batailleur et, à l'âge adulte, la lenteur, la stupidité ou l'inefficacité de ses semblables l'avaient rendu irascible. Skipperton avait cinquante-deux ans. Sa femme l'avait quitté deux ans auparavant, incapable de supporter plus longtemps ses éclats de colère. Elle avait rencontré à Boston un professeur d'université des plus paisibles, qu'elle épousa après avoir divorcé de Skipperton en alléguant l'incompatibilité d'humeur. Skipperton fit preuve d'une grande détermination pour obtenir la garde de leur fille Margaret, alors âgée de quinze ans, et il y réussit avec l'appui d'habiles avocats, en alléguant, lui, le fait que sa femme l'avait abandonné pour partir avec un autre homme. Quelques mois après le divorce, Skipperton fut victime d'une crise cardiaque, un véritable infarctus qui le frappa d'hémiplégie ; par miracle il se rétablit au bout de six mois, mais ses médecins l'avertirent du danger qu'il courait.

« Skip, c'est une question de vie ou de mort. Ou bien vous cessez immédiatement de boire et de fumer, ou bien vous ne verrez pas votre prochain anniversaire », lui déclara son cardiologue.

« Il faut penser à Margaret, dit son généraliste. Vous devriez prendre votre retraite, Skip. Vous remuez l'argent à la pelle ! Étant donné votre tempérament, je crois que vous vous êtes trompé de profession — encore que j'admette volontiers votre brillant succès. Mais le temps qu'il vous reste à vivre n'est-il pas plus important ? Pourquoi ne pas vous transformer en gentleman-farmer, par exemple ? »

Skipperton était conseiller en gestion d'entreprise. Dans les coulisses du monde des affaires, son nom était réputé. Il travaillait à son propre compte. Des sociétés au bord de la faillite faisaient appel à lui pour réorganiser, réformer, licencier du personnel — tout ce que Skip préconisait était bon. « J'arrive et je leur botte les fesses ! », telle était la manière inélégante dont il décrivait son travail quand on l'interviewait, ce qui n'arrivait pas souvent car il préférait jouer le rôle d'éminence grise.

Skipperton acheta dans le Maine la ferme de Coldstream Heights, qui comportait environ trois hectares de terre et une maison rénovée ; il engagea un homme des environs, Andy Humbert, pour travailler et habiter sur place. Skipperton acquit également des machines que le propriétaire précédent avait à vendre, mais pas toutes, parce qu'il ne tenait pas à devenir un fermier au vrai sens du terme. Si les médecins lui avaient recommandé un peu d'exercice, et défendu tout effort soutenu, ils savaient que Skip ne voudrait ni ne pourrait rompre brutalement tous ses contacts avec les entreprises qu'il avait aidées par le passé. Il se trouverait peut-être dans l'obligation de faire de temps à autre un voyage à Chicago ou à Dallas, mais officiellement il avait pris sa retraite.

Margaret quitta l'établissement privé qu'elle fréquentait à New York, et s'en alla poursuivre ses études dans un pensionnat suisse. Skipperton connaissait et aimait bien la Suisse, où il avait plusieurs comptes en banque.

Skipperton cessa effectivement de boire et de fumer. Sa volonté étonna ses médecins — et pourtant cela lui ressemblait tout à fait de s'arrêter du jour au lendemain, comme un soldat. Désormais Skip mordillait ses pipes, dont il transperçait en moyenne un tuyau par semaine. Il eut rapidement deux dents gâtées à la mâchoire inférieure, mais alla à Bangor les faire recouvrir de couronnes en acier. Skipperton et Andy avaient quelques chèvres pour tondre l'herbe, une truie qui était pleine quand ils l'avaient achetée et depuis avait mis bas douze porcelets. Margaret écrivait des lettres remplies d'amour filial où elle disait qu'elle se plaisait en Suisse et faisait de grands progrès en français. A présent, Skipperton portait des chemises en flanelle sans cravate, des demi-bottes garnies de lacets, et des vestes de chasse. Son appétit s'était amélioré, et il devait admettre qu'il se sentait mieux.

La seule épine au cœur de Skipperton — et il lui en fallait une pour qu'il se sente en forme — était que le propriétaire d'un terrain adjacent, un certain Peter Frosby, refusait de lui vendre une parcelle qu'il proposait de payer le triple de sa valeur. Ce terrain en pente descendait jusqu'à une petite rivière, la Coldstream, qui séparait au nord une partie de la propriété de Skipperton de celle de Frosby. Skipperton ne voyait aucun inconvénient à cela. Il s'intéressait à la portion de la rivière la plus proche de lui, celle que l'on voyait du haut de Coldstream Heights. Il voulait avoir la possibilité de pêcher un peu, et de dire qu'il possédait cette partie du paysage et avait la riveraineté. Mais le vieux Frosby s'opposait absolument à ce que quiconque vînt pêcher dans sa rivière : voilà ce que lui avaient dit les agents immobiliers ; pourtant la demeure des Frosby était située en amont, et on ne la voyait même pas de chez Skipperton.

Au cours de la semaine qui suivit le refus de Peter Frosby, Skipperton invita celui-ci à prendre un verre chez lui. « Simplement pour faire connaissance... en tant que voisins », lui dit-il au téléphone. Il y avait quatre mois que Skipperton vivait à Coldstream Heights.

Skipperton avait sorti son meilleur whisky et son plus vieux cognac, des cigares et des cigarettes — tout ce à quoi il ne pouvait toucher lui-même — quand Frosby arriva dans une Cadillac poussiéreuse mais neuve, conduite par un jeune homme qu'il présenta comme son fils Peter.

« Les Frosby ne vendent pas leurs terres, dit-il à Skipperton. Voilà presque trois siècles que notre famille garde ses propriétés intactes, et la rivière nous a toujours appartenu. » Frosby, un homme maigre mais d'apparence énergique, aux yeux gris et froids, fumait son cigare d'un air hautain, et au bout de dix minutes il n'avait pas encore terminé son premier whisky.

« Je ne vois vraiment pas pourquoi vous voulez m'acheter cette bande de terrain.

— Pour pêcher un peu, répondit Skipperton, en arborant un

sourire agréable. Je vois la rivière de ma maison. Peut-être simplement pour pouvoir barboter en été. »

Skipperton jeta un coup d'œil à Peter Frosby fils, qui restait assis, les bras croisés, à côté de son père, légèrement en retrait. Skipperton ne disposait en guise de soutien que du fidèle Andy, un excellent travailleur, mais plutôt pataud et qui ne faisait nullement partie de sa dynastie. Il aurait donné n'importe quoi (sauf sa vie) pour tenir dans une main un whisky bien tassé et dans l'autre un bon cigare.

« Eh bien, je suis désolé, dit finalement Skipperton. Mais vous admettrez, je crois, que je vous offre un assez bon prix : vingt mille dollars comptant pour devenir propriétaire riverain sur environ deux cents mètres. Je me demande si vous retrouverez jamais une occasion pareille... au cours de votre existence.

— Ne parlons donc pas de mon existence, dit Frosby avec un faible sourire. J'ai un fils. »

Le fils était un beau garçon aux épaules carrées et aux cheveux noirs, nettement plus grand que son père. Il avait toujours les bras croisés sur la poitrine, comme pour illustrer l'attitude négative de son père. Il ne s'était départi qu'un bref instant de sa raideur, pour allumer une cigarette qu'il avait vite éteinte. Néanmoins Frosby fils sourit quand son père et lui prirent congé :

« Vous avez accompli un travail remarquable ici, monsieur Skipperton, dit-il. Coldstream Heights a bien meilleure allure qu'avant.

— Merci », répondit Skip, agréablement surpris. Il avait installé un superbe salon en cuir, de lourdes tentures qui descendaient jusqu'au sol, ainsi que des chenets et des pincettes en cuivre dans la cheminée.

« Oui, vous avez ajouté quelques détails gentiment surannés, remarqua Frosby d'un ton qui parut à Skipperton mi-élogieux, mi-méprisant. Nous n'avons pas vu d'épouvantail dans cette région depuis... peut-être un demi-siècle.

— J'aime tout ce qui est un peu démodé — la pêche, par exemple, dit Skipperton. J'essaie de faire pousser du maïs dans ce champ, là-bas. Quelqu'un m'a affirmé que la terre était bonne pour cela. C'est bien là la place d'un épouvantail, n'est-ce pas ? Dans un champ de maïs ? »

Il maintenait une attitude aussi amicale que possible, mais sentait son sang bouillir de colère. Un vieux rentier du Maine, têtu comme une mule, ce Frosby ! Et veillant jalousement sur plusieurs centaines d'hectares que ses ancêtres encore plus acharnés avaient acquis pour lui !

Frosby fils contemplait une photo de Margaret placée dans un cadre en argent sur la table de l'entrée. Elle n'avait que treize ou quatorze ans quand on avait pris cette photo, mais son fin visage entouré de longs cheveux noirs laissait voir un nez et des sourcils frémissants de santé, et ce sourire subtil qui allait faire d'elle une jeune fille adorable. Aujourd'hui Margaret avait près de dix-huit ans, et les prévisions de Skip se trouvaient confirmées.

« Une bien jolie fille », dit Frosby fils, se tournant vers Skipperton, puis jetant un coup d'œil à son père, parce qu'ils s'attardaient tous les trois dans l'entrée.

Skipperton garda le silence. La rencontre s'était soldée par un échec. Skipperton n'avait pas l'habitude d'échouer. Il plongea son regard dans les yeux gris-vert de Frosby et dit :

« J'ai une autre idée. Supposez que nous fassions un arrangement : je vous paie un loyer pour cette bande de terrain pendant toute la durée de ma vie, et ensuite elle vous revient — à vous ou à votre fils. Je vous donne cinq mille dollars par an. Vous ne voulez pas y réfléchir encore une fois ?

Frosby afficha de nouveau son sourire glacial.

— Je ne crois pas, monsieur Skipperton. Merci quand même.

— Vous pourriez en parler à votre avocat. Pour ma part je ne suis pas pressé.

Frosby ne put réprimer un léger rire.

— Ici, sur le plan de la loi, nous en savons autant que les avocats. En tout cas, nous connaissons l'emplacement de nos clôtures. Ravi de vous avoir rencontré, monsieur Skipperton. Merci pour le whisky et... au revoir.

Personne ne se serra la main. La Cadillac s'en alla.

— Quel crétin ! Qu'il aille au diable ! », murmura Skipperton à Andy, mais il souriait. La vie n'était qu'un jeu, après tout. Tantôt on gagnait, tantôt on perdait.

Cela se passait au début de mai. Bientôt ce serait la saison du maïs, et Skipperton avait remarqué trois ou quatre vigoureuses pousses vertes qui sortaient de la terre beige bien labourée. Cette vision le comblait de plaisir, et évoquait dans son esprit les Indiens d'Amérique et les Mayas du temps jadis. Du maïs ! Il avait même un véritable épouvantail, qu'Andy et lui avaient fabriqué quelques semaines plus tôt. Ils avaient cloué ensemble deux bâtons pour former une croix, qu'ils avaient revêtue d'une vieille veste, puis avaient ajouté deux autres morceaux de bois en guise de jambes, et il y flottait à présent un pantalon brun. Skip avait déniché ces hardes dans le grenier. Un chapeau de paille fixé au sommet et maintenu par un clou complétait le tableau.

Skip s'en alla à San Francisco pour une intervention de cinq jours au sein d'une firme d'aéronautique mal en point à cause d'un procès, et qui avait une peur bleue des syndicats et de la réduction de ses contrats. Skip laissa derrière lui davantage de problèmes superflus, trois vice-présidents mis à la porte, mais une firme en meilleure forme, et reçut cinquante mille dollars d'honoraires.

Comme pour fêter cette réussite, ainsi que l'approche de l'été qui lui ramènerait sa fille Margaret, Skip tua d'un coup de fusil l'un des chiens de chasse de Frosby qui avait descendu le cours d'eau à la nage et s'était aventuré sur ses terres pour récupérer un oiseau. Ayant compris au vacarme des détonations qu'une partie de chasse se déroulait chez son voisin, Skipperton avait attendu patiemment à la fenêtre de sa chambre à l'étage, ses jumelles et un fusil à portée de la main. Que Frosby aille donc porter plainte ! Une violation de propriété, c'était une violation de propriété.

Cela fit presque plaisir à Skip quand Frosby le cita en justice. Andy, sur l'ordre de son maître, avait enterré le chien, mais Skipperton avoua sans difficulté avoir abattu l'animal. Et le juge trancha en faveur de Skipperton.

Frosby devint pâle de colère. « C'est peut-être la loi mais ce n'est pas humain. Ce n'est pas juste ! »

Et grand bien lui fit de dire cela...

Le maïs de Skipperton arriva au niveau de la ceinture de

l'épouvantail, et certaines tiges montaient même plus haut. Skip passait beaucoup de temps dans sa chambre, ses jumelles et son fusil chargé près de lui, pour le cas où une autre bête appartenant à Frosby se montrerait sur ses terres.

— N'allez quand même pas me tuer, lui dit Andy avec un rire embarrassé. Vous visez constamment du côté de la limite du champ de maïs là-bas, et de temps en temps j'y enlève les mauvaises herbes, vous savez.

— Vous croyez que ma vue baisse ? répondit Skip.

Quelques jours plus tard, Skip prouva qu'il avait toujours une vue aussi perçante. Il tira sur un chat gris épiant un oiseau ou une souris dans les hautes herbes de son côté de la rivière, et le tua net. Il n'était même pas sûr que le chat appartînt à Frosby.

Ce coup de feu provoqua le lendemain une visite de Frosby fils en personne.

— Je voudrais seulement vous poser une question, monsieur Skipperton. Mon père et moi avons entendu hier un coup de feu, et le soir un de nos chats n'est pas revenu prendre son repas ; nous ne l'avons pas revu ce matin non plus. Savez-vous quelque chose à ce sujet ? Frosby fils avait refusé de s'asseoir.

— C'est moi qui ai abattu le chat. Il se trouvait sur mes terres, répondit calmement Skipperton.

— Mais, un chat.. enfin, quel mal faisait-il ? Le jeune homme regarda Skipperton droit dans les yeux.

— La loi c'est la loi. La propriété c'est la propriété.

Frosby fils secoua la tête.

— Vous êtes un homme très dur, monsieur Skipperton.

Puis il s'en alla.

Peter Frosby obligea de nouveau Skip à comparaître en justice, et le même juge décida que selon la vieille jurisprudence anglaise, et aussi la législation américaine, un chat était par nature un animal vagabond, que l'on n'était pas obligé de tenir en laisse comme un chien. Il condamna Skipperton à l'amende maximum de cent dollars, et lui enjoignit de veiller désormais à ne plus se servir de son fusil pour un oui ou pour un non.

Cela contraria Skipperton, qui néanmoins pouvait rire — et il ne s'en priva pas — de la modicité de l'amende. Si seulement il trouvait une autre façon d'ennuyer le vieux Frosby, quelque chose de vraiment efficace, peut-être que celui-ci finirait par céder en acceptant au moins de lui louer une partie de la rivière — telles étaient les pensées qu'il roulait dans sa tête.

Mais il oublia cette querelle quand Margaret arriva. Skip alla la chercher à l'aéroport à New York, et ils firent la route en voiture jusqu'au Maine. Sa fille lui parut plus grande, moins maigre qu'avant, et ses joues roses respiraient la santé. Eh oui, une superbe jeune fille dans toute sa beauté !

— J'ai une surprise pour toi à la maison, dit Skip.

— Ho ho ! Un cheval, peut-être ? Je t'ai dit que j'ai appris à faire de la course d'obstacles cette année, non ?

Lui avait-elle écrit cela ?

— Bien sûr, répondit Skip. Mais il ne s'agit pas d'un cheval.

La surprise était une Toyota décapotable. Il s'était au moins souvenu qu'à son école Margaret avait appris à conduire. Celle-ci bondit de joie et jeta ses bras autour du cou de Skip.

— Tu es un amour, papa ! Et puis, tu sais, tu as l'air vraiment en très grande forme ! »

Margaret était déjà venue à Coldstream Heights passer deux semaines aux vacances de Pâques, mais à présent la propriété paraissait nettement mieux entretenue. Skip et elle arrivèrent aux alentours de minuit, mais Andy était encore en train de regarder la télévision dans sa petite maison de gardien, et Margaret insista pour aller le saluer tout de suite. Skip fut flatté de constater que les yeux d'Andy s'agrandissaient à la vue de sa fille.

Le lendemain, Skip et Margaret essayèrent la nouvelle voiture. Ils roulèrent jusqu'à une ville distante d'une trentaine de kilomètres, où ils déjeunèrent. Cet après-midi-là, de retour à la maison, Margaret demanda à son père s'il avait une canne à pêche, même une très simple, pour goûter aux joies de la rivière. Naturellement Skip possédait toutes sortes de cannes à pêche, mais il fut obligé de lui dire qu'elle ne pouvait pas ; il lui expliqua la raison de cette interdiction, et précisa qu'il avait même tenté de louer une partie de la rivière.

— Ce Frosby n'est qu'un vieux salopard, dit Skip. Il ne veut pas me céder un pouce de terrain.

— Eh bien, ça ne fait rien, papa. Il y a plein d'autres façons de passer le temps.

Margaret était le genre de fille qui aimait se promener à pied, lire, ou s'occuper dans la maison à enjoliver tel ou tel détail. Elle profitait pour cela des longs moments — parfois une heure entière — que son père passait au téléphone avec Dallas ou Detroit.

Skipperton fut un peu surpris quand Margaret revint un soir vers sept heures dans sa Toyota avec trois truites enfilées sur une ligne. Elle était pieds nus, et le bas de sa salopette bleue était mouillé.

— Où as-tu pris ça ? demanda Skip, croyant à première vue que malgré ses ordres elle lui avait emprunté une canne à pêcher et était allée à la rivière.

— J'ai rencontré le garçon qui habite là-bas, répondit Margaret. Nous étions tous les deux en train d'acheter de l'essence, et il s'est présenté... en disant qu'il avait vu ma photo chez toi. Et puis nous avons bu un café au snack-bar à côté de la station-service...

— Le fils Frosby ?

— Oui. Il est vachement sympa, tu sais, papa. Peut-être que c'est seulement le père qui n'est pas gentil. Quoi qu'il en soit, Peter m'a invité à pêcher avec lui cet après-midi, et j'ai accepté. Son père alevine la rivière en amont.

— Mais je ne veux pas... Sincèrement, Margaret, *je ne veux pas* que tu te mettes à fréquenter les Frosby !

— Ils ne sont que deux. Margaret paraissait déconcertée. J'ai à peine dit bonjour à son père. Ils ont une fort belle maison, papa.

— J'ai eu des rapports désagréables avec le vieux Frosby, je te l'ai dit, Margaret. Il serait tout bonnement anormal que tu deviennes copain-copain avec le fils. Accorde-moi cette unique faveur cet été, ma poupée chérie.

C'était ainsi qu'il l'appelait dans les moments où il voulait se sentir proche d'elle et la sentir proche de lui.

Margaret garda le silence quelques secondes. Puis elle dit :

— Très bien, papa.

Le lendemain même, Margaret fut absente de la maison pendant près de trois heures, et Skip le remarqua. Elle avait dit qu'elle voulait aller au village pour acheter des espadrilles, dont elle était effectivement chaussée à son retour, mais Skip se demandait pourquoi il lui avait fallu trois heures pour faire un voyage de sept ou huit kilomètres. Avec un énorme effort, il se retint de lui poser une question. Puis, le samedi matin, Margaret déclara qu'il y avait un bal à Keensport, et qu'elle irait danser.

— J'ai une idée précise de la personne qui t'accompagnera, dit Skip dont le cœur se mit à battre de colère rentrée.

— J'y vais seule, je te le jure, papa. Les jeunes filles n'ont plus besoin de cavalier aujourd'hui. Je pourrais même y aller en blue-jean, mais je n'y tiens pas. Je mettrai mon pantalon blanc.

Skipperton se rendit compte qu'il ne pouvait guère interdire à sa fille d'aller au bal. Mais il savait parfaitement que le fils Frosby y serait, et qu'il attendrait probablement Margaret à l'entrée. « Je serai content quand tu retourneras en Suisse. »

Skip était sûr de ce qui allait arriver. Il le voyait venir à un kilomètre. Sa fille s'était « amourachée ». Il pouvait seulement espérer que cela lui passerait, et que rien n'arriverait avant son retour à l'école (il restait encore un mois entier), parce qu'il ne tenait pas à la garder prisonnière à la maison. Il ne voulait pas paraître absurde à ses propres yeux ni même à ceux du fruste Andy, en lui imposant sa loi.

Margaret rentra évidemment très tard cette nuit-là, et si discrètement que Skip ne se réveilla pas, bien qu'il fût resté debout jusqu'à deux heures du matin, et se fût couché déterminé à garder l'oreille aux aguets. Au petit déjeuner, Margaret avait l'air fraîche et radieuse, ce qui surprit fort son père.

— Je suppose que le fils Frosby était au bal hier soir ?

Margaret, en attaquant avec appétit ses œufs au bacon, répliqua :

— Je ne comprends pas ce que tu as contre lui, papa... Simplement parce que son père a refusé de te vendre un terrain qui appartient à leur famille depuis une éternité !

— Je ne veux pas que tu tombes amoureuse d'un jeune péquenaud ! Je t'ai envoyée dans une bonne école. Tu as de l'instruction — ou du moins j'ai l'intention de t'en donner !

— Sais-tu que Peter a passé trois ans à Harvard, et qu'il suit un cours par correspondance pour devenir ingénieur électronicien ?

— Oh ! Je suppose qu'il apprend la programmation sur ordinateur ? C'est plus facile que la sténo !

Margaret se leva.

— Papa, j'aurai dix-huit ans dans un mois. Je n'ai pas de conseils à recevoir sur les personnes que je peux voir ou ne pas voir.

Skip se leva aussi et lui rugit à la figure :

— *Ces gens-là ne sont pas une bonne compagnie pour moi ni pour toi !*

Margaret quitta la pièce.

Dans les jours qui suivirent, Skip ne décoléra pas et rongea deux ou trois tuyaux de pipe. Andy remarqua sa nervosité, et Skipperton s'en rendit compte, mais Andy s'abstint de tout commentaire. Il passait ses heures de loisirs seul chez lui, à regarder n'importe quoi à la télévision. Skip préparait le petit discours qu'il adresserait à sa fille, tout en faisant les cent pas sur son domaine et en regardant sans les voir la truie et les gorets, ou le potager bien soigné d'Andy. Il cherchait à découvrir un levier quelconque — le genre d'arme qu'il trouvait toujours quand il était question d'affaires — qui forcerait la situation à basculer de son côté. Il ne pouvait pas renvoyer Margaret en Suisse, bien que son école restât ouverte durant l'été pour les jeunes filles qui habitaient trop loin. S'il la menaçait de la contraindre à interrompre ses études, il craignait que cela ne l'ennuie pas le moins du monde. Skipperton gardait à New York un appartement où vivaient deux domestiques, mais il savait que Margaret refuserait d'y aller ; d'ailleurs, lui non plus ne tenait pas à se rendre à New York. Un intérêt passionné le retenait sur les lieux de l'action, où il sentait l'imminence de la bataille.

Skipperton n'avait encore abouti à rien le samedi suivant, une semaine après le bal à Keensport, et il était épuisé. Ce soir-là, Margaret annonça qu'elle était invitée à une cocktail-party chez un garçon du nom de Wilmers, rencontré au bal. Skip lui demanda l'adresse, et elle la griffonna sur le bloc-notes placé à côté du téléphone dans l'entrée. Il fit bien d'exiger ce renseignement, car le dimanche matin, Margaret n'était pas rentrée à la maison. Skip se leva à sept heures, nerveux comme un chat, ne tenant pas en place ; à neuf heures il était toujours en rage, et jugea l'heure suffisamment décente pour téléphoner un dimanche matin, bien qu'il lui en eût coûté d'attendre si longtemps.

Une voix d'adolescent répondit que oui, Margaret avait passé la nuit là, mais qu'elle était partie très tôt.

« Était-elle seule ?

— Non, elle était avec Peter Frosby.

— C'est tout ce que je voulais savoir ! », dit Skip, sentant le sang lui refluer brusquement au visage comme s'il était frappé d'apoplexie. « *Oh !* Attendez ! Savez-vous où ils sont allés ?

— Absolument pas.

— Ma fille a pris sa voiture ?

— Non, elle est montée dans celle de Peter. La voiture de Margaret est encore là. »

Skip remercia le garçon et reposa le combiné d'une main tremblante ; en fait ce tremblement provenait seulement de l'énergie qui montait dans chacun de ses nerfs et de ses muscles. Il reprit le téléphone et composa le numéro des Frosby.

Ce fut le vieux Frosby qui répondit.

Skipperton se présenta, et lui demanda si par hasard sa fille ne serait pas chez lui.

— Non, elle n'est pas ici, monsieur Skipperton.

— Est-ce que votre fils est là ? J'aimerais...

— Non, il se trouve qu'il n'est pas là en ce moment précis.

— Que voulez-vous dire ? Il est passé chez vous puis il est reparti ?

— Monsieur Skipperton, mon fils est libre de faire ce qu'il veut, il a sa chambre, sa clé... il a sa vie à lui. Je ne vais pas me mettre...

Skipperton raccrocha brusquement. Il saignait du nez, et le sang tombait goutte à goutte sur le bord de la table. Il courut chercher une serviette humide.

Margaret ne réapparut ni le dimanche soir ni le lundi matin. Skipperton répugnait à avertir la police, horrifié à l'idée de voir son nom associé à celui des Frosby si les policiers la découvraient quelque part en compagnie du fils. Tout s'éclaircit le mardi matin, quand il reçut une lettre de Margaret postée à Boston. Celle-ci disait que Peter et elle s'étaient enfuis pour se marier, et pour éviter « des scènes pénibles ».

« *...Tu croiras peut-être que cette décision est fort soudaine, mais nous nous aimons vraiment et nous en sommes sûrs. Je ne tenais pas réellement à retourner à l'école, papa. Je te ferai signe d'ici une semaine environ. Je t'en prie, n'essaie pas de me trouver. J'ai vu maman, mais nous n'habitons pas chez elle. Je suis désolée d'avoir abandonné ma belle voiture neuve, c'était un merveilleux cadeau, mais une voiture en vaut une autre.*

Je t'embrasse affectueusement,

Margaret. »

Pendant deux jours Skipperton ne sortit pas de la maison et mangea à peine. Il se sentait aux trois quarts mort. Andy, qui se faisait beaucoup de souci pour lui, réussit finalement à le convaincre de l'accompagner au village en voiture, parce qu'ils avaient quelques provisions à acheter. Tout au long du trajet Skipperton demeura rigide, assis tel un cadavre vertical sur le siège arrière.

Lorsque Andy descendit pour entrer chez l'épicier et le boucher, Skipperton resta immobile dans la voiture, les yeux embués par les pensées qu'il ruminait. A ce moment, une silhouette avançant dans sa direction sur le trottoir le força à accommoder son regard. Le vieux Frosby ! Il déambulait d'un pas bien alerte pour son âge, se dit Skip. Il portait un costume de tweed visiblement neuf et un chapeau de feutre noir, et il tenait un cigare à la main. Skipperton espéra que Frosby ne le verrait pas dans la voiture, mais ce dernier l'aperçut.

Frosby ne ralentit pas, il lui adressa simplement un de ses insupportables sourires pincés accompagnés d'un bref hochement de tête, comme pour dire...

Eh bien, Skip *savait* ce que Frosby désirait peut-être lui dire, ce qu'il avait exprimé par ce sale sourire. Son sang bouillonna, et il se sendit redevenir lui-même. Quand réapparut Andy, Skip était debout sur le trottoir, les jambes écartées et les mains dans les poches.

« Alors, qu'est-ce qu'on mange ce soir, Andy ? J'ai une de ces faims ! »

Après le dîner, Skipperton persuada Andy de rester de repos pendant toute la journée du dimanche, en plus de son samedi soir habituel, et d'en profiter pour aller passer la nuit quelque part s'il le désirait. « Je vais vous donner une petite prime pour que vous puissiez vous payer une bonne partie de plaisir, mon vieux. Vous l'avez bien mérité. » Et, d'autorité, il lui fourra trois billets de cent dollars dans la main. « Prenez même le lundi, si ça vous chante. Je me débrouillerai. »

Andy partit le samedi soir avec la camionnette en direction de Bangor.

Skip alors téléphona au vieux Frosby et lui dit : « Monsieur Frosby, il est temps que nous fassions une trêve, dans ces circonstances. Vous ne croyez pas ? »

Frosby parut surpris, mais consentit à venir dimanche matin vers onze heures pour un entretien. Il arriva dans la même Cadillac, seul.

Et Skipperton ne perdit pas de temps. Il laissa Frosby frapper à la porte, ouvrit et, dès que Frosby fut à l'intérieur, lui assena plusieurs violents coups de crosse sur le crâne. Il traîna le corps jusqu'au milieu de l'entrée pour s'assurer que son ouvrage était terminé : il n'y avait pas de moquette dans l'entrée, et il ne voulait pas de traces de sang sur les carpettes. La vengeance était douce à Skip, et il souriait presque. Il enleva les vêtements de Frosby et enveloppa son cadavre dans trois ou quatre sacs de jute qu'il avait préparés à portée de sa main. Puis il brûla les habits dans la cheminée, où un petit feu crépitait déjà. La montre, le portefeuille, l'alliance et la chevalière, Skip les mit dans un tiroir avec l'intention de s'en occuper plus tard.

Il avait décidé qu'il valait mieux mettre son plan à exécution en plein jour : la nuit, il aurait été obligé de se servir d'une torche électrique dont le faisceau mobile aurait pu attirer l'attention. Skip plaça donc un bras autour du corps de Frosby et le traîna au milieu du champ vers son épouvantail. Il parcourut ainsi environ huit cents mètres. Dans ses poches revolver, il avait emporté de la ficelle et un canif. Parvenu à pied d'œuvre, Skip renversa à terre le vieil épouvantail, coupa les cordes qui retenaient les vêtements à la croix et habilla Frosby avec le vieux pantalon et la veste effilochée ; ensuite il noua un sac de jute autour de sa tête et de son cou, et enfonça le chapeau par-dessus. Mais comme cet accessoire ne tiendrait que si on l'attachait, Skip perça d'abord deux trous avec son canif dans le bord du chapeau, et l'assujettit solidement avec de la ficelle. Après avoir remis l'épouvantail dans sa position verticale, il ramassa ses sacs de jute et redescendit la pente en direction de sa maison, non sans se retourner à maintes reprises pour admirer son œuvre et sourire de satisfaction. L'épouvantail avait pratiquement le même aspect qu'avant. Il avait résolu un problème que beaucoup jugeaient difficile : comment se débarrasser du corps ? Qui plus est, il pouvait savourer le plaisir de le contempler à la jumelle du haut de sa fenêtre, à l'étage.

Skip brûla les sacs de jute dans sa cheminée, et s'assura que même les semelles des souliers étaient parfaitement calcinées. Quand les cendres seraient un peu refroidies, il chercherait les boutons et la boucle de ceinture et les retirerait. Il sortit prendre une fourche et se dirigea vers un endroit situé au-delà de la porcherie, où il enterra à un mètre de profondeur le portefeuille, la montre et les deux bagues. C'était un espace d'herbes folles qui ne servait que pour les chèvres, sûrement pas le genre de terrain à donner envie à quiconque de faire du jardinage.

Puis Skip se lava le visage et les mains, mangea une grosse tranche de rosbif, et se mit à réfléchir à la voiture. Il était maintenant midi et demi. Skip ignorait si Frosby avait un domestique, ou quelqu'un qui l'attendait pour le déjeuner, mais il valait mieux supposer que c'était le cas. Son aversion à l'égard de tout ce qui concernait Frosby l'avait empêché de poser la moindre question à Margaret à propos d'éventuels gens de maison. Skip monta dans la voiture de Frosby, avec dans sa poche un torchon pour effacer les empreintes, et roula en direction d'un bois qu'il connaissait pour l'avoir longé nombre de fois. A un moment, il quitta la route pour s'engager dans un chemin de terre assez large qui s'enfonçait au cœur du bois. Dieu merci, personne en vue, pas un bûcheron, pas un pique-niqueur. Skip arrêta la voiture et en descendit ; il essuya le volant, les clés même, et la portière, puis repartit à pied vers la route.

Il lui fallut plus d'une heure pour revenir chez lui. Il avait trouvé une longue branche qu'il utilisait comme un bâton, semblable en cela aux voyageurs d'autrefois, se disait-il, et il se promenait avec l'air d'un amoureux de la nature observant les oiseaux — tel était du moins l'effet qu'il devait faire aux occupants des quelques voitures qu'il croisa sans même leur jeter un coup d'œil. On était toujours à l'heure du déjeuner dominical.

La police locale téléphona vers sept heures du soir, pour demander si on pouvait lui rendre visite. « Mais bien sûr », répondit Skipperton.

Il avait retiré des cendres les boutons et la boucle de ceinture. Aux environs d'une heure et demie, une femme avait appelé de la résidence des Frosby (Skip avait supposé que c'était la gouvernante), en demandant si M. Frosby était là. Skipperton lui avait répondu que M. Frosby était parti un peu après midi.

— M. Frosby avait-il l'intention de rentrer directement chez lui, à votre avis ? demanda à Skipperton le policier bedonnant, qui avait probablement le grade de sergent et était accompagné d'un autre policier plus jeune.

— Il ne m'a rien dit quant à l'endroit où il allait, répondit Skipperton. Et je n'ai pas remarqué dans quelle direction sa voiture est partie.

Le policier hocha la tête, et Skip sentit qu'il était sur le point de lui dire une phrase du genre : « D'après les déclarations de la gouvernante de M. Frosby, j'ai l'impression que lui et vous n'étiez pas en très bons termes. » Au lieu de cela, il se mit à examiner silencieusement la salle de séjour de Skip, puis jeta un coup d'œil d'un air perplexe à la cour et à l'arrière-cour ; finalement les deux hommes en uniforme prirent congé.

Vers minuit, Skip fut réveillé par la sonnerie du téléphone installé sur sa table de nuit. C'était Margaret, qui appelait de Boston. Peter et elle venaient d'apprendre la disparition de Frosby.

— Papa, ils ont dit qu'il t'a justement rendu visite ce matin. Qu'est-ce qui s'est passé ?

— Il ne s'est rien passé du tout. Je l'avais invité pour un entretien amical — et effectivement nous avons eu une conversation des plus agréables. Après tout, nous sommes beaux-pères maintenant... Ma chérie, comment veux-tu que je sache où il est allé ?

Skipperton trouva étonnamment facile de mentir à propos de Frosby. D'une manière primitive il avait évalué et soupesé intuitivement la situation, et senti qu'il avait raison, qu'il avait accompli une juste vengeance. Le vieux Frosby aurait pu exercer un peu d'autorité sur son fils, et il ne l'avait pas fait. Quant à Skip, cela lui avait coûté sa fille — car c'était ainsi qu'il voyait les choses : Margaret était perdue pour lui. Il ne la considérait plus que comme une future mère dont les enfants porteraient sûrement la marque de l'esprit borné des Frosby.

Andy arriva le lendemain matin, lundi. Il dit qu'il avait déjà appris l'histoire au village, et aussi que la police avait retrouvé la voiture de Frosby pas très loin de là dans les bois. En entendant parler de la voiture, Skip feignit une légère surprise. Andy ne posa aucune question. Et s'il découvrait le contenu de l'épouvantail ? Skip fut d'avis qu'avec un peu d'argent il se tiendrait tranquille. Tout le maïs avait été récolté là-haut ; seuls demeuraient quelques épis de qualité inférieure destinés aux cochons. Skipperton les ramassa lui-même le lundi après-midi, au moment où Andy s'occupait des cochons et des chèvres.

Le grand plaisir de Skipperton consistait maintenant à observer de sa chambre le champ de maïs, à l'aide de ses jumelles à fort grossissement. Il aimait voir le vent agiter le haut des tiges de maïs autour du cadavre du vieux Frosby, aimait à s'imaginer celui-ci en train de se ratatiner, de sécher comme une momie en plein vent, comme des loques s'entortillant lentement, lentement dans le vent, comme un défenseur de Nixon avait dit à propos des ennemis du président. Frosby ne s'entortillait pas, mais il était suspendu, exposé aux regards. Aucun vautour n'apparut. Skip avait eu un peu peur des vautours. La seule chose qui le contraria un jour fut de voir, par un bel après-midi, quelques écoliers s'avancer sur la route située au loin à droite (sous laquelle coulait la rivière Coldstream) et montrer du doigt l'épouvantail. Se raidissant dans l'encadrement de la fenêtre, les bras serrés contre sa poitrine, pour maintenir les jumelles aussi fixes que possible, Skip remarqua que deux ou trois des garçons se mettaient à rire. Et l'un d'entre eux ne s'était-il pas pincé le nez ? Non, sûrement pas ! Il se trouvait bien à un kilomètre et demi de l'épouvantail. Tout de même, ils s'étaient arrêtés, un garçon frappait du pied, un autre continuait de rire en secouant la tête.

Comme Skip aurait aimé entendre ce qu'ils se disaient ! Dix jours avaient passé depuis la mort de Frosby. Des rumeurs circulaient, selon lesquelles le vieux Frosby avait été assassiné pour son argent par un auto-stoppeur, ou bien il avait été enlevé et on attendait toujours une demande de rançon. Mais à supposer qu'un de ces garnements aille dire à son père — ou à n'importe qui — que le cadavre de Frosby était peut-être dissimulé à l'intérieur de l'épouvantail ? Voilà précisément le genre d'idée que Skip aurait pu avoir du temps où il était petit garçon. En conséquence il se mit à redouter plus ces diables d'écoliers que la police.

Les policiers revinrent effectivement, accompagnés cette fois d'un inspecteur en civil. Ils examinèrent la maison de Skipperton et ses terres — peut-être à la recherche d'un endroit fraîchement remué. Si tel était le cas, ils n'en trouvèrent aucun. Ils regardèrent attentivement les deux fusils de Skip, et prirent note de leur calibre et de leur numéro de série.

— Simple routine, monsieur Skipperton, dit l'inspecteur.

— Je comprends parfaitement.

Ce même soir, Margaret téléphona et l'informa qu'elle était à la résidence des Frosby. Pouvait-elle venir le voir ?

— Mais pourquoi pas ? C'est ici ta maison, lui déclara Skip.

Quand elle arriva, Margaret dit :

— Je ne sais jamais de quelle humeur tu seras, ou dans quel état d'esprit.

— Eh bien, je suis plutôt de *bonne* humeur, je crois, répondit Skipperton. Et j'espère que tu es heureuse, Margaret — puisque ce qui est fait est fait.

Margaret portait sa salopette bleue, un chandail familier, et des chaussures de tennis. Il était dur pour Skipperton de se rendre compte qu'elle était mariée. Elle restait assise, les doigts entrecroisés, les yeux baissés vers le sol. Puis elle releva les paupières, le regarda en face et dit :

— Peter est complètement bouleversé. Nous ne serions jamais restés une semaine à Boston s'il n'avait pas eu l'assurance que la police faisait tout ce qu'elle pouvait ici. Est-ce que M. Frosby avait l'air... déprimé ? Peter ne le pense pas.

Skip rit de bon cœur.

— Non ! Je ne l'ai jamais vu aussi gai ! Il était très content du mariage et tout ça. » Skip attendit, mais Margaret garda le silence. « Tu vas habiter chez les Frosby ?

— Oui, fit-elle en se levant. J'aimerais bien emporter quelques affaires, papa. J'ai apporté une valise. »

La froideur de sa fille et sa tristesse firent de la peine à Skip. Elle avait parlé de venir lui rendre visite souvent, mais pas de l'inviter chez eux — ce n'était d'ailleurs pas qu'il eût l'intention d'y aller.

— Je sais ce qu'il y a dans cet épouvantail, dit un jour Andy, et Skip se retourna, les jumelles à la main, pour apercevoir Andy debout dans l'embrasure de la porte de sa chambre.

— Vraiment ?... Et qu'est-ce que vous allez faire ? demanda Skip, prêt à parer à toute éventualité. Il avait redressé les épaules.

— Rien, rien, répondit Andy avec un sourire.

Skip ne savait pas ce qu'il fallait entendre par là.

— Je suppose que vous ne refuseriez pas une petite somme d'argent, Andy ? Un petit cadeau... pour vous tenir tranquille ?

— Non, monsieur, dit Andy d'un ton calme, en secouant la tête. Son visage ridé et hâlé par le vent avait toujours la même expression légèrement souriante. Je ne suis pas un homme de ce genre-là.

Que devait-on en conclure ? se demanda Skip. Il était accoutumé à rencontrer des gens qui aimaient l'argent, qui en voulaient sans cesse davantage. Indubitablement, Andy était différent. Eh bien, tant mieux, s'il ne voulait pas d'argent, se dit Skip. Cela revenait moins cher. Il avait aussi l'impression qu'il pouvait faire confiance à Andy. C'était étrange.

Les feuilles se mirent à tomber de plus en plus. La fête

d'Halloween[1] arriverait bientôt, et Andy enleva à l'avance la barrière de l'entrée ; il la souleva simplement de ses gonds, en disant à Skip que si on ne le faisait pas les gosses la voleraient. Andy connaissait la région. Les enfants ne causaient guère de dégâts, mais ils exigeaient d'être accueillis avec de petits cadeaux à chaque maison — faute de quoi ils se vengeaient en jouant quelque tour pendable. Skip et Andy s'assurèrent qu'ils avaient une provision suffisante de menue monnaie, de sucres d'orge et de bâtons de réglisse ; ils disposèrent même sur le rebord d'une fenêtre deux potirons où Andy avait creusé des yeux, une bouche et un nez — ceci afin de prouver à tous les visiteurs qu'on les attendait dans l'esprit adéquat. Et puis, le soir d'Halloween, personne ne vint frapper à la porte de Skip. Il y avait une réception à Coldstream, chez les Frosby : Skip entendait la musique, que le vent poussait dans sa direction. Il songea à sa fille en train de danser, de s'amuser. Peut-être que les gens portaient des masques, des déguisements loufoques. Il y aurait de la tarte au potiron surmontée de crème fouettée, des jeux de devinettes, peut-être une chasse au trésor. Skip se sentait seul, pour la première fois de sa vie. *Seul.* Il avait bougrement envie d'un scotch, mais il décida de tenir son serment, et une fois cette décision prise il se demanda pourquoi. Il posa les mains à plat sur le haut de sa commode et contempla son visage dans le miroir. Il vit deux plis profonds qui descendaient de chaque côté de son nez et jusque sous sa bouche, et des rides multiples sous ses yeux. Il essaya de sourire, mais n'aboutit qu'à une moue qui lui parut factice. Il se détourna du miroir.

A cet instant, son œil fut attiré par un point lumineux. Celui-ci provenait de derrière la fenêtre, et il le vit se déplacer lentement sur le champ de maïs en pente. Une procession — du moins c'est ce qu'il lui parut, car il distingua bien huit ou dix silhouettes — s'avançait vers le point culminant de son champ avec des torches électriques ou des flambeaux, ou peut-être les deux. Skip entrouvrit la fenêtre. Il se raidit de rage et de peur. Ils étaient sur

1. Le 31 octobre, veille de la Toussaint ; ce soir-là les enfants se déguisent et vont frapper à toutes les portes pour recevoir des cadeaux ou « faire les petits fous » *(N.d.T.)*.

ses terres ! Ils n'avaient pas le droit ! Et c'étaient des gosses, comprit-il tout de suite. Malgré l'obscurité il se rendait compte, grâce aux flambeaux de la procession, que les silhouettes étaient bien trop petites pour qu'il s'agisse d'adultes.

Skip se retourna brusquement, prêt à appeler Andy, mais aussitôt il décida qu'il valait mieux s'en abstenir. Il descendit l'escalier quatre à quatre et saisit au passage sa puissante torche électrique. Il ne prit pas le temps de décrocher sa veste du portemanteau, bien que la nuit fût plutôt fraîche.

— *Hé là-bas !* cria Skip dès qu'il eut parcouru quelques mètres dans le champ. Déguerpissez de ma propriété ! Qu'est-ce que vous *faites* à vous promener là-haut ?

Les enfants braillaient à tue-tête une chanson apparemment inventée pour la circonstance. Leurs voix aiguës et criardes formaient un ensemble discordant, personne ne cherchant à chanter à l'unisson. Cela ressemblait davantage à une psalmodie frénétique et stridente. Skip reconnut le mot « épouvantail ».

— *On va brûler l'épouvantail...,* hurlaient-ils, ou quelque chose de ce genre

— Hé ! Vous, là-bas ! Foutez-moi le camp ! Skip trébucha et tomba sur un genou, puis se releva péniblement. Les gosses l'avaient entendu, il en était pratiquement certain, mais ils ne s'arrêtaient pas. Jamais encore personne ne lui avait désobéi — sauf bien sûr Margaret. *Foutez-moi le camp !*

Les enfants continuaient d'avancer, on aurait dit une chenille noire munie d'une lanterne orange à l'avant et de quelques autres lumières le long de son corps. A coup sûr, les deux derniers avaient entendu Skip, parce qu'il les avait vus se retourner, puis courir pour rattraper les autres. Skip ralentit son allure. La chenille se trouvait plus près que lui de l'épouvantail, et jamais il ne pourrait y arriver le premier.

Au moment même où cette idée lui venait à l'esprit, une clameur s'éleva. Un cri perçant, puis un nouveau hurlement, où se mêlaient l'effroi et le ravissement, fit voler en éclats leur psalmodie. Soudain toutes les voix se firent hystériques. De ce qui ne pouvait être que la gorge d'une petite fille sortit un son aussi suraigu que celui d'un sifflet à chiens. Leurs mains devaient avoir touché le cadavre, peut-être même l'os, se dit Skip.

Il fit demi-tour et revint vers la maison, tenant sa torche vers le sol. D'une certaine manière, c'était pire que la police. Chacun de ces marmots allait raconter à ses parents sa découverte. Skip comprit que sa fin était venue. Il avait vu des hommes d'affaires, et beaucoup de gens, rencontrer leur dernière heure. Il avait connu des hommes qui avaient sauté par la fenêtre, ou absorbé une dose massive de calmants.

Skip se dirigea immédiatement vers son fusil, qui était dans la salle de séjour au rez-de-chaussée. Il enfonça le canon dans sa bouche et appuya sur la détente.

Quand les enfants, quelques secondes plus tard, dévalèrent à toutes jambes la pente du champ en direction de la route, Skip était mort. Ils avaient entendu le coup de feu, et croyaient que quelqu'un essayait de tirer sur eux.

Andy aussi perçut la détonation. Il était en train de regarder la télévision dans sa chambre. Une minute auparavant, il avait instinctivement tourné la tête vers la lueur des lanternes des enfants, car il était assis tout près de la fenêtre, mais ensuite il n'y avait plus pensé. Ces gosses ne faisaient que s'amuser un peu, en se baladant avec leurs lampions le soir d'Halloween. La première supposition d'Andy fut que Skipperton avait peut-être tiré un coup en l'air pour fêter Halloween — ou bien pour faire peur aux enfants, on ne savait jamais avec lui. Mais ensuite il se demanda si son maître n'avait pas été victime d'un accident, par exemple en nettoyant son fusil.

Andy éteignit donc sa télévision et prit le chemin de la maison de Skipperton. Pas de réponse quand il frappa. Il frappa de nouveau et appela : « Monsieur Skipperton ? »

Alors Andy sortit de sa poche son trousseau de clés et ouvrit la porte de derrière. La maison était silencieuse, et il y régnait une faible odeur de poudre. Il trouva Skipperton étendu sur le sol de la salle de séjour, avec du sang qui coulait de sa bouche et le sommet du crâne complètement éclaté.

Soudain Andy comprit. Skipperton avait vu les enfants monter en direction de l'épouvantail, et avait cru qu'ils découvriraient le cadavre du vieux Frosby. Bien sûr, ce ne pouvait être que cela ! Et Skipperton s'était suicidé, en pensant probablement que sa vie serait fichue, terminée, s'il était reconnu coupable de meurtre.

« Bon sang, M. Skipperton… » murmura Andy, incapable de prononcer un mot de plus, abasourdi et même plein de tristesse. Andy aimait bien le vieux Skip, et son plus cher désir était de garder sa place chez lui.

Andy avait enlevé ce cadavre depuis déjà pas mal de jours, et l'avait enterré dans un endroit où la police ne le trouverait *jamais,* il en était sûr. Si seulement M. Skipperton avait su ça !

La proie du chat

Titre original de la nouvelle :
SOMETHING THE CAT DRAGGED IN

traduite par
ALAIN DELAHAYE

extraite de
LA PROIE DU CHAT

Les quelques secondes de silence méditatif qui ponctuaient une fois de plus la partie de Scrabble furent interrompues par un bruissement de lanières en plastique. Portland Bill, le chat, entrait à nouveau dans la maison, grâce à l'ouverture pratiquée au bas de la porte à son intention. Personne ne lui accorda le moindre intérêt. Michael et Gladys Herbert étaient en train de gagner, et Gladys se débrouillait même encore un peu mieux que son mari. Les Herbert jouaient fréquemment au Scrabble ; ils y avaient acquis une indéniable maîtrise. Le colonel Edward Phelps, un voisin et ami de longue date, suivait péniblement, et Phyllis, sa nièce américaine, âgée de dix-neuf ans, s'était montrée fort brillante au début, mais avait cessé de se passionner pour le jeu depuis dix minutes. L'heure du thé n'allait plus tarder. Le colonel semblait avoir sommeil et attendait ce moment avec une impatience mal dissimulée.

« Voilà, j'ai la possibilité de faire CANE, dit-il rêveusement, passant un index sur sa moustache à la Kipling. Dommage, j'aurais aimé aboutir à CANARDER...

— Mais si tu fais CANE, oncle Eddie, intervint Phyllis, comment peux-tu espérer écrire même CANARD ? »

Le chat émit un autre son prolongé : à présent, laissant voir sa queue et son arrière-train tacheté, il avançait à reculons entre les lanières en plastique de la chatière, et tirait quelque chose avec sa bouche. Quand il eut terminé, ce qu'il avait apporté devint visible : une vague forme blanchâtre, longue d'une quinzaine de centimètres.

— Encore attrapé un oiseau, dit Michael, qui avait hâte de voir Eddie se décider à jouer, car il s'apprêtait lui-même à un coup superbe.

— On dirait plutôt une autre patte d'oie, fit Gladys après avoir jeté un coup d'œil. Pouah !

Le colonel joua enfin, ajoutant un N à VA. Aussitôt après, Michael arracha un soupir d'admiration à Phyllis en accolant les trois lettres RIE à SINGE, pour ensuite former RAIDE à partir du R de RIE.

D'une secousse, Portland Bill envoya valser en l'air son trophée, qui retomba sur le tapis avec un bruit mat.

— Si c'est un pigeon, il est mort et bien mort, observa le colonel, qui se trouvait le plus près du chat, mais dont la vue n'était pas des plus perçantes. Ou bien c'est un navet, reprit-il, se tournant vers Phyllis. Un chou-rave. Ou encore une carotte un peu bizarre, ajouta-t-il avec un petit rire. Les carottes prennent parfois des formes très inattendues. Un jour j'en ai vu une qui ressemblait...

— Mais ce truc-là est blanc ! » s'exclama Phyllis, qui se leva pour aller examiner la chose, puisque Gladys devait encore jouer avant elle. A l'aise dans son pantalon et son pull, elle se pencha en avant, les mains sur les genoux. « Bon Dieu de... Oh ! Oncle Eddie ! » Elle se redressa vivement et mit une main sur la bouche, comme si elle venait d'apercevoir une horreur innommable.

Michael Herbert s'était à demi levé de sa chaise. « Que se passe-t-il ?

— Ce sont *des doigts d'homme !* dit Phyllis. Regardez ! »

Ils quittèrent tous la table de jeu et s'approchèrent, l'air incrédule. Le chat gardait fièrement les yeux levés vers les visages de ces quatre humains qui contemplaient sa proie. Gladys prit une profonde inspiration.

Les deux doigts, inertes, étaient blancs et boursouflés ; même à la base, qui comprenait aussi une partie de la main sectionnée, on ne distinguait aucune trace de sang. Le doute n'était plus possible : il s'agissait effectivement du majeur et de l'annulaire d'une main humaine, ce que confirmaient les ongles jaunâtres, racornis et d'apparence minuscule à cause des chairs gonflées.

— Que devons-nous faire, à ton avis, Michael ?

Gladys avait l'esprit pratique, mais elle aimait laisser son mari prendre les décisions.

— Je puis vous affirmer que ce machin date d'au moins deux semaines, murmura le colonel, qui avait à son actif un certain nombre de batailles.

— Cela ne proviendrait-il pas d'un hôpital des environs? demanda Phyllis.

— Tu as déjà vu un chirurgien amputer comme ça? répliqua son oncle avec un rire nerveux.

— L'hôpital le plus proche se trouve à trente kilomètres, déclara Gladys.

— Il ne faut surtout pas qu'Edna le voie, dit Michael, jetant un coup d'œil à sa montre. Naturellement, nous devrions...

— Appeler la police ? suggéra Gladys.

— J'y pensais justement. Euh, je... » Il fut interrompu dans son hésitation par l'arrivée d'Edna, qui remplissait à la fois les fonctions de cuisinière et de femme de ménage : elle venait de heurter légèrement la porte située à l'autre bout de la salle de séjour, avec le plateau supportant le thé. Les autres se dirigèrent discrètement vers la table basse placée devant la cheminée, et Michael Herbert resta planté là, s'efforçant d'adopter une allure décontractée. Les doigts étaient dissimulés juste derrière ses souliers. Il sortit une pipe de la poche de sa veste, la tripota un moment et souffla dans le tuyau. Ses mains tremblaient un peu. D'un mouvement du pied, il écarta Portland Bill.

Edna termina de disposer les assiettes et les serviettes, puis s'en alla en leur souhaitant bon appétit. C'était une brave dame d'une cinquantaine d'années, tout à fait digne de confiance, mais qui passait le plus clair de son temps à songer à ses enfants et petits-enfants — une chance en la circonstance, se dit Michael. Edna arrivait à bicyclette chaque matin à sept heures et demie, et repartait quand elle en avait envie, du moment qu'il y avait dans la maison de quoi manger pour le dîner. Les Herbert n'étaient pas des gens très collet monté.

Gladys regardait Michael d'un air angoissé. « Va-t'en donc, Portland Bill !

— Un petit travail s'impose d'urgence », murmura Michael. Avec détermination, il s'avança jusqu'au panier à vieux journaux placé à côté de la cheminée, en retira une feuille du *Times,* et revint aux doigts que Portland Bill était déjà sur le point de reprendre entre ses dents. Il précéda le chat de justesse, et s'empara des doigts en le recouvrant du journal. Les autres ne s'étaient toujours pas assis. D'un geste, Michael les invita à le faire, tandis qu'il enroulait et repliait la feuille autour des doigts. « Le mieux à présent, dit-il, serait bien sûr d'avertir la police, parce qu'il a pu se produire... un sale coup quelque part.

— Cela n'aurait-il pas pu tomber, commença le colonel en faisant claquer sa serviette, d'une ambulance ou d'une camionnette d'évacuation, vous voyez ce que je veux dire ? Il y a peut-être eu un accident de circulation dans les parages.

— Ou bien ne vaudrait-il pas mieux ne pas s'en occuper... et s'en débarrasser ? fit Gladys. Oh, j'ai grand besoin d'une tasse de thé ! » Elle avait fini de verser le breuvage et se mit à boire à petites gorgées.

Personne ne sut que répondre à sa proposition. On aurait dit que les trois autres demeuraient abasourdis, ou hypnotisés par leur présence mutuelle, figés dans l'attente d'une réaction qui ne vint pas.

— S'en débarrasser comment ? Le jeter à la poubelle ? demanda Phyllis. *L'enterrer,* voilà ce qu'il faut, reprit-elle après un instant, comme pour résoudre elle-même le problème posé.

— Je ne pense pas que ce serait convenable, répliqua Michael.

— Michael, prends donc un peu de thé ! le supplia sa femme.

— Je dois d'abord mettre ça de côté... pour la nuit, s'obstina-t-il, tenant toujours le petit paquet. A moins que nous n'appelions la police maintenant. Il est déjà cinq heures et nous sommes un dimanche.

— Les policiers anglais feraient-ils une différence entre le dimanche et les autres jours ? demanda Phyllis.

Michael se dirigea vers l'armoire située près de la porte d'entrée, avec le projet de mettre l'objet au-dessus, à côté de deux ou trois cartons à chapeaux. Le chat le suivit ; Michael comprit qu'en prenant suffisamment d'élan, celui-ci était bien capable de sauter au sommet du meuble.

— Il me semble que j'ai l'accessoire adéquat, articula le

colonel, ravi de son idée, mais gardant une attitude calme pour le cas où Edna ferait une seconde apparition. Hier, j'ai acheté des pantoufles dans la grand-rue, et j'ai gardé la boîte. Je vais la chercher, si vous permettez. » Il s'éloigna en direction de l'escalier, puis se retourna et ajouta à voix basse : « Nous pouvons aussi mettre une ficelle autour. Ça empêchera le chat d'attraper le contenu. » D'un pas souple, il gravit les marches.

— Et qui va la garder dans sa chambre ? demanda Phyllis avec un rire bref et sarcastique.

Les Herbert restèrent silencieux. Michael, toujours debout, tenait la chose dans sa main droite. Portland Bill, tranquillement assis, les pattes de devant jointes, l'observait, attendant de voir ce qu'il en ferait.

Le colonel Phelps redescendit avec sa boîte à chaussures en carton blanc. Le petit paquet y entra sans difficulté, et Michael laissa le colonel se débrouiller avec l'ensemble pendant qu'il allait se rincer les mains dans le cabinet de toilette proche de l'entrée. Lorsqu'il revint, Portland Bill rôdait encore dans la pièce et lui adressa un « miaou ? » rempli d'espoir.

— Mettons ça dans le buffet pour le moment », dit Michael, prenant la boîte des mains d'Eddie. Il avait l'impression qu'au moins celle-ci était relativement propre, et il la plaça à côté d'une pile de grandes assiettes qui servaient rarement, puis referma la porte à clé.

Phyllis mordit dans un biscuit et déclara : « J'ai remarqué qu'il y avait une sorte de profond repli dans la peau d'un des doigts. Si par hasard cela cachait une alliance, nous aurions peut-être déjà un indice. »

Michael échangea un regard avec Eddie, qui hocha la tête imperceptiblement. Eux aussi avaient vu ce repli. Par un accord tacite, les hommes décidèrent de remettre cette question à plus tard.

— Encore un peu de thé, ma chère ? » demanda Gladys. D'autorité, elle remplit à nouveau la tasse de Phyllis.

« M'raoû ! » fit le chat d'un ton plaintif et déçu. Il était maintenant assis face au buffet, et tournait la tête par-dessus l'épaule.

Michael, pour changer de sujet, interrogea le colonel sur

l'avancement des travaux de décoration dans sa maison. Ce dernier faisait repeindre toutes les chambres de l'étage, et c'était la principale raison qui l'avait poussé à profiter, avec sa nièce, de l'hospitalité des Herbert pendant quelque temps. Néanmoins, ce chapitre parut sans intérêt par rapport à la question que Phyllis posa brusquement à Michael :

— Ne devriez-vous pas vous renseigner pour savoir s'il n'y a pas quelqu'un de disparu dans les environs ? Ces doigts proviennent peut-être d'un *meurtre !*

Gladys secoua légèrement la tête et ne dit rien. Pourquoi les Américains pensaient-ils toujours aussitôt en termes de violence ? D'un autre côté, qu'est-ce qui avait pu trancher un morceau de main de telle manière ? Une explosion ? Une hache ?

Un bruit de grattements énergiques fit bondir Michael sur ses pieds.

— Bill, arrête tout de suite ! »

Il avança vers le chat et l'éloigna à grand renfort de sifflements. Portland Bill avait tenté d'ouvrir la porte du buffet.

L'heure du thé dura moins longtemps que d'ordinaire. Pendant qu'Edna débarrassait, Michael demeura adossé au buffet.

— Alors, quand vas-tu regarder cette alliance, oncle Eddie ? demanda Phyllis, qui était plutôt myope et portait des lunettes à monture ronde.

— Je ne crois pas que Michael et moi soyons tout à fait fixés sur la marche à suivre, ma chérie, répondit son oncle.

— Allons faire un tour dans la bibliothèque, Phyllis, dit Gladys. Vous m'avez manifesté tantôt votre désir de voir certaines photos, n'est-ce pas ?

Effectivement, Phyllis en avait parlé. Il s'agissait de clichés montrant sa propre mère ainsi que la maison où celle-ci était née, et qu'occupait à présent l'oncle Eddie. Eddie avait quinze ans de plus que sa mère. Phyllis aurait préféré ne pas avoir demandé à jeter un coup d'œil à ces photos, parce que les hommes allaient trafiquer quelque chose avec les doigts, et qu'elle aurait bien aimé assister à la scène. Après tout, elle avait l'habitude de disséquer des grenouilles et des roussettes dans le laboratoire de zoologie. Mais sa mère lui avait conseillé, à son départ de New York, de surveiller ses manières et de ne pas se montrer « brutale et insensible » — tels étaient les deux adjectifs qu'elle appliquait volontiers aux Américains en général. Phyllis examina donc consciencieusement les clichés, qui dataient tous d'au moins quinze ou vingt ans.

— Emmenons l'objet dans le garage, dit Michael à Eddie. J'ai un établi là-bas, vous savez.

Les deux hommes empruntèrent le sentier de gravier menant au garage pour deux voitures, à l'arrière duquel Michael avait un atelier équipé de scies et de marteaux, de ciseaux et de perceuses électriques, sans compter une réserve de bois et de panneaux de contreplaqué, pour le cas où la maison aurait besoin de petites réparations et où lui-même aurait simplement envie de bricoler. Michael était journaliste indépendant et critique littéraire, mais il aimait le travail manuel. Une fois dans cette pièce, il se sentit plus à l'aise avec sa boîte abominable. Ici, il pouvait en placer le contenu sur son établi comme s'il était un chirurgien face à un corps anesthésié ou à un cadavre.

« Que diable pensez-vous de toute cette histoire ? » demanda-t-il, tenant le papier journal par un bout pour faire tomber les doigts sur le bois de l'établi. Ceux-ci roulèrent avec un petit bruit sur la surface lisse et usagée, puis s'immobilisèrent, le côté de la paume tourné vers le haut. La chair blanche était déchiquetée à l'endroit de la coupure et, sous la lumière puissante du projecteur allumé au-dessus, ils distinguèrent deux fragments d'os métacarpiens, eux aussi déchiquetés, qui dépassaient un peu. Avec la pointe d'un tournevis, Michael retourna les doigts. Il enfonça le tournevis à l'endroit du repli, lui imprima un léger mouvement de rotation, et écarta la peau suffisamment pour apercevoir tout au fond le reflet brillant de l'or.

— Une alliance en or, dit Eddie. Mais il s'agissait plutôt d'un ouvrier ou d'un jardinier, vous ne croyez pas ? Regardez-moi ces ongles ! Petits et bien épais. Il y a même encore un peu de terre dessous — en tout cas ils sont sales !

— Je me pose un problème... Si nous informons la police, ne vaut-il pas mieux laisser ça tel quel ? Sans essayer de voir l'alliance de plus près ?

— Vous avez l'intention d'avertir la police ? demanda Eddie avec un sourire narquois, en allumant un petit cigare. Vous ne vous doutez pas des ennuis qui vous attendent, mon vieux.

— Des ennuis ? Je dirai que c'est le chat qui a rapporté ça, et voilà tout. Pourquoi aurais-je des ennuis ?... Mais cette alliance me rend curieux. Elle pourrait nous donner un indice.

Le colonel Phelps jeta un coup d'œil en direction de la porte du garage, que Michael avait refermée mais sans la verrouiller. En son for intérieur, il se disait qu'ils auraient d'ores et déjà remis les doigts à la police, si ceux-ci avaient appartenu à quelqu'un de distingué. « On trouve encore beaucoup d'ouvriers agricoles par ici ? murmura-t-il d'un ton rêveur. Oui, je suppose que c'est probable. »

Michael haussa les épaules nerveusement. « Bon, à propos de cette alliance, qu'est-ce qu'on fait, à votre avis ?

— Examinons-la de plus près. » D'un air serein, le colonel aspira une bouffée de fumée, et contempla les outils bien rangés de Michael.

— Je sais ce qu'il nous faut. » Michael tendit la main vers un cutter dont il se servait ordinairement pour découper du carton, en fit jaillir la lame d'un coup de pouce, et appuya de ses doigts sur les restes boudinés de la paume. Il pratiqua une incision juste au-dessus de l'alliance, puis une autre en dessous.

Eddie Phelps se pencha pour observer. « Pas la moindre goutte de sang, souffla-t-il. Complètement vidé ! Juste comme au bon vieux temps sur les champs de bataille. »

Mais non, ce n'est jamais qu'une grosse patte d'oie, se persuadait Michael pour s'empêcher de s'évanouir. Il renouvela ses incisions de l'autre côté du doigt portant l'alliance. Il avait envie de demander à Eddie s'il désirait terminer la besogne, mais se retint, de peur de paraître lâche.

— Mon Dieu, mon Dieu... », marmonna Eddie — paroles qui n'étaient d'aucun secours en la circonstance.

Michael fut obligé d'arracher plusieurs bandes de chair, puis il lui fallut toute la force de ses deux mains pour retirer l'alliance. Celle-ci était très certainement en or massif ; ni très épaisse ni particulièrement large, elle semblait néanmoins convenir à un homme. Michael la rinça au robinet d'eau froide de l'évier situé sur sa gauche. Quand il la plaça en pleine lumière sous le projecteur, des initiales devinrent lisibles : *W.R. M.T.*

Eddie regarda à son tour. « Eh bien, *voilà* un indice ! »

Michael entendit le chat gratter à la porte du garage, puis miauler. Immédiatement, il entreprit de cacher dans un vieux chiffon les trois lambeaux de chair qu'il avait arrachés, enroula fermement le tissu, et annonça à Eddie qu'il serait de retour dans une minute. Il ouvrit la porte, découragea Portland Bill par un « Pchcht ! » sonore, et alla fourrer le chiffon dans une poubelle munie d'un couvercle hermétique que le chat ne pourrait pas soulever. Il pensait maintenant avoir un plan précis à proposer à Eddie, mais quand il revint dans le garage, où Eddie inspectait encore l'alliance, il s'aperçut qu'il était trop ébranlé pour parler. Il aurait voulu lui exposer ses projets pour « se renseigner discrètement », mais au lieu de cela il lui dit d'une voix brusquement caverneuse :

« Assez travaillé pour aujourd'hui — à moins que nous n'ayons une idée géniale ce soir. Laissons la boîte ici. Le chat ne peut pas y entrer. »

Cependant, Michael ne tenait pas à garder la boîte sur son établi. Il y remit l'alliance avec les doigts, et plaça la boîte au sommet de quelques bidons en plastique installés le long du mur. Jusqu'à présent, il n'y avait jamais eu le moindre rat dans son atelier. Aucun animal ne risquait d'y pénétrer ni de mordiller le carton.

Lorsque Michael se coucha cette nuit-là, Gladys lui dit : « Si nous n'avertissons pas la police, il faut absolument enterrer cette chose quelque part.

— Oui », répondit Michael d'un ton vague. Sous un certain angle, le fait d'enterrer des doigts humains prenait toutefois des allures d'acte criminel. Il avait parlé à Gladys de l'alliance. Les initiales ne lui avaient rien rappelé de particulier.

Le colonel Phelps s'endormit fort paisiblement, après s'être souvenu qu'il avait vu bien pire en 1941.

Phyllis n'avait pas cessé de se moquer gentiment de son oncle et de Michael durant tout le dîner. Peut-être que l'énigme serait entièrement résolue dès le lendemain, et que d'une manière ou d'une autre l'histoire s'avérerait simple et anodine. En tout cas, elle aurait une aventure rudement intéressante à raconter à ses copines de collège ! Et à sa mère ! C'était donc ça, le calme de la campagne anglaise !

Le lendemain lundi, comme le bureau de poste était ouvert, Michael décida d'interroger Mary Jeffrey dans son petit établissement, où elle s'occupait à la fois du courrier et de la vente d'alimentation générale. Il acheta quelques timbres, puis demanda de son ton le plus dégagé :

— A propos, Mary, il n'y a personne qui manque ces jours-ci, dans le village ou dans les environs ?

Mary, une jeune fille au visage éveillé sous ses cheveux noirs bouclés, prit une expression stupéfaite. « Qui manque ? Comment ça ?

— Qui a disparu », ajouta Michael en souriant.

Mary secoua la tête. « Pas que je sache. Pourquoi cette question ? »

Michael avait prévu une telle réaction de sa part. « J'ai lu quelque part dans un journal que parfois des gens... disparaissent, tout simplement, même dans de petits villages comme celui-ci. Ils partent sans laisser d'adresse, changent de nom ou Dieu sait quoi. Et tout le monde se demande où ils ont bien pu passer. » Michael s'empressa de filer, conscient de s'être débrouillé très maladroitement. Mais au moins la question était posée.

Il parcourut à pied les quatre ou cinq cents mètres qui le séparaient de chez lui, regrettant de n'avoir pas eu le cran de demander à Mary si quelqu'un dans les parages avait la main gauche bandée, ou si elle avait entendu parler d'un accident de ce genre. Mary avait quelques amis qui fréquentaient assidûment le pub du coin. En cet instant précis, elle connaissait peut-être l'existence d'un homme à la main bandée, mais il ne pouvait décemment pas lui raconter que les doigts manquants se trouvaient dans son garage.

Le problème de ce que l'on ferait avec les doigts fut remis à plus tard ce matin-là, car les Herbert avaient prévu une promenade en voiture jusqu'à Cambridge, suivie d'un déjeuner chez un professeur d'université qui faisait partie de leurs amis. Impensable de devoir annuler ce rendez-vous parce que l'on était retenu par la police : personne ne fit donc allusion aux doigts durant toute la matinée. Pendant le trajet, ils bavardèrent de mille autres sujets. Avant de partir pour Cambridge, Michael, Gladys et Eddie avaient décidé de ne plus évoquer l'affaire des doigts devant Phyllis, et de laisser l'excitation tomber d'elle-même si possible. Eddie et Phyllis étaient censés rentrer chez eux mercredi après-midi, c'est-à-dire le surlendemain, et à ce moment-là la question serait soit déjà résolue, soit entre les mains de la police.

Gladys avait aussi conseillé aimablement à Phyllis de ne pas parler de « l'incident du chat » dans la maison du professeur, et Phyllis respecta cet avis. Tout se passa pour le mieux et dans la bonne humeur, et les Herbert, accompagnés d'Eddie et de Phyllis, rentrèrent chez eux vers quatre heures de l'après-midi. Edna annonça à Gladys qu'elle venait de s'apercevoir qu'il n'y avait plus de beurre. Or, elle était justement en train de surveiller la cuisson d'un gâteau dans le four... Michael, qui se trouvait dans la salle de séjour avec Eddie, entendit cette conversation et se porta volontaire pour aller jusqu'à l'épicerie-bureau de poste.

Il y acheta du beurre, deux paquets de cigarettes, et une boîte de caramels qui semblaient excellents ; Mary le servit comme toujours, avec sa modestie et sa politesse coutumière. Il espérait vaguement qu'elle lui apprendrait un élément nouveau. Il avait déjà repris sa monnaie et se dirigeait vers la porte, quand elle s'écria : « Oh, monsieur Herbert ! »

Michael se retourna.

« Juste ce midi on m'a appris la disparition de quelqu'un, dit-elle, penchée vers lui par-dessus le comptoir, le visage souriant. Il s'agit de Bill Reeves, le type qui vit dans la propriété de M. Dickenson, vous voyez ? Il travaille la terre, et occupe — ou du moins occupait — un petit pavillon là-bas. »

Michael ignorait l'existence de Bill Reeves, mais à coup sûr il connaissait le domaine de M. Dickenson, qui était vaste et situé au nord-ouest du village. Bill Reeves : si l'on se souvenait que Bill était le diminutif de William, le nom correspondait aux initiales W.R. de l'alliance. « Ah oui ? Il a disparu !

— Depuis environ quinze jours, à ce que m'a dit M. Vickers. Vous savez, M. Vickers, c'est celui qui tient la station-service près de chez M. Dickenson. Il est passé aujourd'hui et je lui ai posé la question à tout hasard. » Elle sourit de nouveau, comme si elle avait trouvé une réponse satisfaisante à la petite devinette de Michael.

Michael voyait fort bien la station-service, et se rappelait vaguement la silhouette de Vickers. « Intéressant. M. Vickers sait-il pourquoi il a disparu ?

— Non. D'après lui, c'est un mystère. La femme de Bill Reeves a également quitté le pavillon, il y a quelques jours, mais tout le monde sait qu'elle est allée à Manchester vivre avec sa sœur qui habite là-bas. »

Michael acquiesça. « Eh bien, eh bien. Ça prouve que ça peut arriver même ici, hein, des gens qui disparaissent ! » Il sourit et sortit du bureau de poste.

Le mieux à faire, se dit-il, était de téléphoner à Tom Dickenson pour lui demander ce qu'il savait. Michael ne l'appelait pas par son prénom, il ne l'avait rencontré que deux ou trois fois lors de réunions politiques locales. Agé d'environ trente ans, Dickenson était marié, avait hérité de la fortune familiale, et menait à présent la vie d'un gentleman-farmer. Sa famille était dans l'industrie lainière, elle possédait des filatures dans le Nord, et depuis des générations elle avait toujours été propriétaire du domaine qu'il occupait aujourd'hui.

Sitôt rentré chez lui, Michael demanda à Eddie de monter dans son bureau et n'invita pas Phyllis à les rejoindre, en dépit de la curiosité qu'elle manifesta. Il mit son ami au courant de ce que Mary avait dit sur la disparition depuis deux semaines d'un ouvrier agricole nommé Bill Reeves. Eddie conclut lui aussi qu'il valait mieux appeler Dickenson.

— Les initiales de l'alliance pourraient bien n'être qu'une coïncidence, déclara-t-il. D'après ce que vous dites, la propriété des Dickenson se trouve à une bonne vingtaine de kilomètres d'ici.

— Oui, mais je vais quand même lui passer un coup de fil.

Michael chercha le numéro dans l'annuaire. Il y en avait deux. Il essaya le premier.

Ce fut un domestique qui répondit — du moins il avait la voix d'un domestique ; il demanda qui était à l'appareil, et annonça qu'il allait voir si M. Dickenson était là. Michael attendit une bonne minute, avec Eddie à ses côtés. « Allô, bonjour monsieur

Dickenson. Je suis un de vos voisins, Michael Herbert... Oui, oui, nous nous sommes déjà vus plusieurs fois. Écoutez, je voudrais vous poser une question qui vous paraîtra peut-être bizarre, mais... si je ne me trompe pas vous aviez bien chez vous un ouvrier agricole du nom de Bill Reeves ?

— Euh... oui, et alors ? répondit Tom Dickenson.

— Où se trouve-t-il à présent ? Je vous demande ça parce qu'on m'a dit qu'il a disparu il y a une quinzaine de jours.

— Oui, c'est exact... Pourquoi cette question ?

— Savez-vous où il est allé ?

— Aucune idée, fit Tom Dickenson. Vous avez eu affaire à lui ?

— Non. Pourriez-vous me dire comment s'appelle sa femme ?

— Marjorie. »

Voilà qui correspondait à la première initiale. « Connaissez-vous son nom de jeune fille ?

— Ah, ça je ne crois pas », articula Tom Dickenson avec un petit rire.

Michael jeta un coup d'œil à Eddie, qui l'observait. « Savez-vous si Bill Reeves portait une alliance ?

— Non. Je n'ai jamais fait attention à lui à ce point-là. Pourquoi ? »

Oui, pourquoi, en vérité ? Michael remua nerveusement les pieds. S'il arrêtait là cette conversation, il n'aurait pas appris grand-chose. « Parce que... je viens de découvrir un objet susceptible de fournir des renseignements sur Bill Reeves. Je suppose qu'il y a quelqu'un qui le recherche, puisque personne ne sait où il se trouve.

— Pour ma part je ne le recherche pas, répliqua Tom Dickenson de sa voix flegmatique. Et je crains que sa femme ne s'en soucie guère non plus. Elle est partie d'ici depuis une semaine. Puis-je vous demander ce que vous avez découvert ?

— Je préférerais ne pas en parler au téléphone... Accepteriez-vous de me recevoir un moment ? Vous pouvez aussi venir chez moi, bien sûr. »

Après un instant de silence, Dickenson répondit ; « En toute sincérité, ce Reeves ne m'intéresse absolument pas. Pour autant que je sache, il n'a pas laissé de dettes derrière lui, et c'est la seule chose que je dirai en sa faveur. Vous excuserez ma franchise, mais je me fiche pas mal de ce qui a pu lui arriver.

— Je vois. Désolé de vous avoir dérangé, monsieur Dickenson. »

Ils raccrochèrent.

Michael se tourna vers Eddie Phelps : « Je crois que vous avez saisi l'essentiel. Dickenson se désintéresse totalement de Reeves.

— En effet, je ne vois pas tellement un grand propriétaire se tourmenter pour un ouvrier qui a disparu. L'ai-je entendu dire que sa femme aussi est partie ?

— Je pensais vous en avoir déjà informé. Elle est allée à Manchester chez sa sœur, c'est Mary qui me l'a dit. » Michael sortit une pipe du râtelier placé sur son bureau et commença à la bourrer. « Elle se prénomme Marjorie. Songez à l'initiale M de l'alliance.

— Évidemment, répondit le colonel, mais il y a beaucoup de Mary et de Margaret de par le monde.

— Dickenson ignorait son nom de jeune fille. Voyez-vous, Eddie, comme Dickenson ne nous sera d'aucun secours, je crois que nous devrions appeler la police et en finir avec cette histoire. A coup sûr je me sens incapable d'enterrer cette... chose, même dans le bois voisin qui n'appartient à personne. Je resterais à jamais hanté par ce souvenir abominable. Je me dirais constamment qu'un chien pourrait la déterrer, même s'il ne s'agit plus que de quelques os ou de restes en état de décomposition encore plus avancé. La police devrait alors probablement se débrouiller avec quelqu'un d'autre en plus de moi, et se lancer sur une piste infiniment moins fraîche.

— Vous pensez toujours à un mauvais coup ? J'ai une idée plus simple, intervint Eddie de son air calme et logique. Gladys a dit qu'il existait un hôpital à une trentaine de kilomètres, à Colchester, je suppose. Nous pourrions demander s'il ne s'est pas produit, au cours des deux dernières semaines, un accident où un homme aurait perdu deux doigts de la main gauche. Le nom de la victime serait sûrement inscrit sur les fichiers. C'est manifestement le genre d'accident qui n'arrive pas tous les jours. »

Michael se préparait à accepter cette suggestion, au moins avant d'appeler la police, lorsque le téléphone sonna. Il décrocha le combiné, et s'aperçut que Gladys avait déjà pris la communication au rez-de-chaussée. Elle parlait avec quelqu'un dont la voix ressemblait à celle de Tom Dickenson. « Veux-tu me le passer, Gladys ? » dit-il.

Tom Dickenson le salua aimablement. « J'ai... Euh, je me suis dit que si vous aviez réellement envie de me voir...

— J'en serais très heureux.

— J'aimerais mieux vous parler seul à seul, si c'est possible. »

Michael lui assura que cela ne posait aucun problème, et Dickenson répondit qu'il serait là dans une vingtaine de minutes. Michael reposa le combiné avec un certain soulagement. « Il va venir tout de suite, dit-il à Eddie et il tient à me voir seul. C'est la meilleure solution.

— Sans doute, fit Eddie, se levant du canapé, l'air un peu déçu. Il sera plus ouvert, s'il a quelque chose à dire. Avez-vous l'intention de l'informer non seulement de l'alliance mais aussi des doigts ? » Il lança à Michael un regard oblique, en haussant ses sourcils broussailleux.

— Ce ne sera peut-être pas nécessaire. J'écouterai d'abord ce qu'il a à me dire.

— Il vous demandera ce que vous avez découvert.

Michael le savait parfaitement. Ils descendirent ensemble.

Michael vit au passage Phyllis, qui jouait au croquet toute seule dans le jardin, et entendit la voix de Gladys dans la cuisine. Il la prit à part, hors de portée d'oreille d'Edna, pour l'informer de l'arrivée imminente de Tom Dickenson et lui en expliquer la raison : selon Mary, un certain Bill Reeves avait disparu, et c'était un employé de Dickenson. Gladys comprit aussitôt que les initiales correspondaient.

Et soudain apparut la voiture de Dickenson, une Triumph noire décapotable, qui avait plutôt besoin d'un bon lavage. Michael sortit pour lui souhaiter la bienvenue. Ils échangèrent quelques formules de politesse. Oui, ils se rappelaient s'être déjà rencontrés, sans pouvoir préciser où ni quand. Michael l'invita à entrer, sans laisser le temps à Phyllis de s'approcher et de se le faire présenter.

Tom Dickenson était blond et assez grand ; il portait une veste de cuir, un pantalon en velours et des bottes en caoutchouc vertes qui, affirma-t-il, n'étaient nullement boueuses. Il venait de travailler sur ses terres, et n'avait pas pris le temps de se changer.

« Montons », dit Michael, en le conduisant vers l'escalier.

Il offrit à Dickenson un fauteuil confortable, et s'assit sur son vieux canapé. « Vous m'avez dit... que la femme de Bill Reeves est partie également ? »

Dickenson eut un léger sourire, et ses yeux bleu-gris contemplèrent calmement Michael. « Oui, sa femme a quitté la propriété. Mais après sa disparition à lui. Marjorie est allée à Manchester, à ce qu'on m'a dit. Elle a une sœur là-bas. Les Reeves ne s'entendaient pas trop bien. Ils ont tous les deux environ vingt-cinq ans... et Bill est plutôt porté sur la boisson. Franchement, je serai content de prendre quelqu'un d'autre à sa place. Ce ne sera pas difficile. »

Michael attendit la suite. Elle ne vint pas. Il se demandait à présent pourquoi Dickenson avait tenu à venir lui parler d'un ouvrier agricole qu'il n'aimait pas beaucoup.

« Qu'est-ce qui vous intéresse tant ? » demanda Dickenson. Puis il éclata de rire, ce qui lui donna un air plus jeune et plus heureux. « Peut-être que Reeves a sollicité un emploi chez vous... sous un autre nom ?

— Pas du tout, répondit Michael, souriant à son tour. Je n'ai pas la place pour loger un ouvrier ici. Non.

— Mais vous m'avez dit que vous avez découvert quelque chose ? » Tom Dickenson fronça les sourcils dans une attitude à la fois polie et scrutatrice.

Michael regarda un instant le sol, puis leva les yeux et dit : « J'ai trouvé deux doigts provenant de la main gauche d'un homme, et l'un de ces doigts portait une alliance. Deux des initiales gravées sur l'alliance pourraient correspondre au nom de William Reeves. Les deux autres sont M. T., ce qu'il est possible d'interpréter comme Marjorie Machin-Chose. Voilà pourquoi j'ai eu l'idée de vous téléphoner. »

Le visage de Dickenson avait-il pâli, ou était-ce un effet de l'imagination de Michael ? Il gardait la bouche entrouverte, et son regard était incertain « Sacré bon Dieu, où donc avez-vous découvert ça ?

— C'est notre chat qui l'a rapporté, croyez-le ou non. J'ai dû mettre ma femme au courant, parce que le chat a amené la chose dans la salle de séjour, devant tout le monde. » Michael éprouvait une sorte d'immense soulagement en prononçant ces paroles. « Mon vieil ami Eddie Phelps et sa nièce américaine logent ici en ce moment. Eux aussi ont été témoins de la scène. » Michael se leva. Maintenant il avait envie d'une cigarette ; il alla chercher l'étui sur son bureau et le présenta à Dickenson.

Celui-ci déclara qu'il venait de cesser de fumer, mais qu'il en prendrait une volontiers.

— Ça nous a causé un fameux choc, poursuivit Michael, alors j'ai voulu me renseigner un peu dans le voisinage avant d'alerter la police. Cependant, je pense que c'est désormais la seule chose à faire. N'est-ce pas votre avis ?

Dickenson ne répondit pas tout de suite.

— Il m'a fallu découper un peu la chair du doigt pour enlever cette alliance... hier soir, avec l'aide d'Eddie. » Dickenson, toujours muet, se contenta de tirer sur sa cigarette, le front soucieux. « Je croyais que l'alliance nous donnerait un vague indice, ce qui fut d'ailleurs le cas, mais cela peut parfaitement n'avoir rien à voir avec Bill Reeves. Vous ignorez s'il portait une alliance, et vous ne connaissez pas le nom de jeune fille de Marjorie.

— Oh, ça, on peut toujours le retrouver, fit Dickenson d'une voix brusquement différente et plutôt rauque.

— Pensez-vous que nous devrions entreprendre des recherches de ce côté ? Mais peut-être savez-vous où habitent les parents de Reeves. Ou ceux de Marjorie. Il se peut que Reeves soit en ce moment chez les uns ou chez les autres.

— Sûrement pas chez ses beaux-parents, je vous en donne ma parole ! affirma Dickenson avec un sourire crispé. Sa femme commençait à en avoir assez de lui.

— Eh bien... Qu'en pensez-vous ? J'informe la police ?... Souhaitez-vous voir cette alliance ?

— Non. Je n'ai pas besoin de cela pour vous croire.

— Dans ce cas, je vais contacter la police demain... ou même ce soir. Je suppose que le plus tôt sera le mieux.

Michael remarqua que Dickenson parcourait des yeux la pièce, comme s'il s'attendait à voir les doigts posés quelque part sur une étagère de la bibliothèque.

La porte du bureau eut un mouvement, et Portland Bill entra. Michael ne fermait jamais sa porte complètement, et le chat avait une technique bien au point pour pénétrer où il voulait : il reculait un peu, puis donnait une vigoureuse poussée.

Dickenson regarda l'animal en clignant des yeux, avant de déclarer à Michael, en reprenant son ton assuré : « Excusez-moi, je boirais volontiers un scotch. Puis-je vous demander de m'en offrir un ? »

Michael descendit au rez-de-chaussée, et revint avec la bouteille et deux verres. Il n'avait vu personne dans la salle de séjour. Il versa deux grands whiskys, puis referma la porte de son bureau.

Dès la première gorgée, Dickenson vida une bonne moitié de son verre. « Voilà, autant vous avouer tout de suite que c'est moi qui ai tué Bill Reeves. »

Michael sentit un frémissement lui parcourir les épaules et la colonne vertébrale ; pourtant il s'en doutait depuis le début, ou du moins depuis que Dickenson l'avait rappelé « Ah oui ? articula-t-il.

— Vous comprenez, Reeves avait réussi... à séduire ma femme. Je n'appellerai même pas cela une liaison, le mot est encore trop noble. J'en veux beaucoup à ma femme, de s'être mise à flirter sottement avec lui. En ce qui me concerne, je le considérais simplement comme un rustre. Beau garçon et parfaitement idiot. Sa femme était au courant, et bien sûr elle était furieuse contre lui. » Dickenson tira une dernière fois sur sa cigarette avant de l'éteindre ; aussitôt, Michael retourna chercher l'étui et lui en offrit une autre, qu'il accepta. « Ce Reeves prenait des allures de plus en plus arrogantes. J'aurais aimé le congédier et l'envoyer au diable, mais c'était impossible à cause du bail qu'il avait signé pour le petit pavillon, et je ne tenais pas à entamer une action en justice, ce qui n'aurait servi qu'à mettre en lumière ma triste situation conjugale.

— Depuis combien de temps cela durait-il ? »

Tom Dickenson parut réfléchir un moment. « Peut-être un mois.

— Et votre femme... où en est-elle maintenant ? »

Tom Dickenson poussa un soupir et se frotta les yeux. En dépit de son fauteuil confortable, il restait assis le dos courbé en avant. « Nous allons essayer d'arranger la situation. Cela fait à peine un an que nous sommes mariés.

— Elle sait que vous avez tué Reeves ? »

A cette question, Dickenson s'appuya enfin sur son dossier, plaça une de ses bottes vertes sur le genou de l'autre jambe, et tambourina d'une main sur son accoudoir. « Je n'en ai pas la moindre idée. Elle pense peut-être que je l'ai simplement renvoyé. Elle ne m'a rien demandé à ce sujet. »

Michael comprenait sans difficulté, et voyait clairement que Dickenson préférait maintenir sa femme dans l'ignorance de ce qui s'était passé. En même temps il se rendait compte qu'il lui appartenait désormais de prendre une décision : livrer Dickenson à la police ou non. Peut-être Dickenson aimerait-il mieux être dénoncé, en l'occurrence. Car il s'agissait des aveux d'un homme qui avait un crime sur la conscience depuis plus de deux semaines, et qui avait manifestement gardé son secret pour lui seul, du moins pouvait-on le supposer. Et comment Dickenson s'y était-il pris pour assassiner Reeves ? « Quelqu'un d'autre est-il au courant ? demanda prudemment Michael.

— C'est-à-dire... oui, je ferais mieux de vous en parler. J'imagine que c'est indispensable. Eh oui...

La voix de Dickenson était redevenue rauque, et il avait terminé son whisky.

Michael se leva et lui remplit à nouveau son verre.

Dickenson se mit à boire à petites gorgées, en contemplant fixement le mur.

Portland Bill, assis non loin de Michael, concentrait son attention sur Dickenson, comme s'il comprenait chaque mot prononcé et attendait la suite avec impatience.

« J'ai dit à Reeves de cesser de s'amuser avec ma femme, faute de quoi je les chasserais de mon domaine, lui et *sa* femme ; mais il m'a répondu qu'il y avait le bail, et qu'il vaudrait sans doute mieux que je cause à *ma* femme. Il se montrait insolent, vous voyez, il avait l'air tellement content que l'épouse du maître ait daigné jeter un regard sur lui et... » Dickenson s'interrompit quelques secondes, puis reprit : « Le mardi et le vendredi je m'en vais à Londres pour m'occuper de la firme. A plusieurs reprises, Diane a déclaré qu'elle n'avait pas envie d'aller à Londres, ou qu'elle était retenue par un rendez-vous fixé d'avance. Ces jours-là, j'en suis sûr, Reeves s'arrangeait toujours pour avoir du travail à faire à proximité de la maison. Et puis, il y avait une autre victime... comme moi.

— Victime ? Que voulez-vous dire ?

— Peter. » A présent Dickenson faisait tourner le verre entre ses mains, la cigarette plantée dans sa bouche ; il regardait d'un air absent le mur à côté de Michael, et parlait comme s'il décrivait ce qu'il voyait là-bas sur un écran. « Nous étions en train de tailler des haies dans des prairies assez éloignées, et de couper des pieux pour installer de nouvelles clôtures. Reeves et moi. Avec des haches et des masses. Peter, lui, enfonçait des pieux, à une assez bonne distance de nous deux. Peter est un autre ouvrier agricole, à mon service depuis plus longtemps que Reeves. J'avais l'impression que Reeves était bien capable de m'attaquer, pour aller raconter ensuite qu'il s'agissait d'un accident. C'était l'après-midi, et il avait bu un certain nombre de pintes au déjeuner. Il était armé d'une hachette. Je le surveillais du coin de l'œil, sans jamais lui tourner le dos, et en même temps je sentais monter en moi une irritation croissante. Il arborait un sourire narquois, et il balançait sa hachette comme s'il voulait m'atteindre la cuisse, bien qu'il ne fût pas assez près. Brusquement, il pivota sur les talons, toujours avec son allure dédaigneuse, et j'ai profité de ce qu'il ne me voyait pas pour lui assener un grand coup de masse sur la tête. Je l'ai frappé une seconde fois pendant qu'il tombait, mais le coup l'a atteint dans le dos. J'ignorais que Peter se trouvait si près de moi, ou je n'y avais pas prêté attention. Peter est arrivé en courant, avec sa hache, et il s'est exclamé : “ Bravo ! Bien fait pour ce salopard ! ” ou une expression de ce genre. Ensuite...

Dickenson parut chercher ses mots en vain ; il observa le plancher, puis le chat.

— Ensuite ? Reeves était mort, n'est-ce pas ?

— Oui. Tout s'est passé en quelques secondes. En réalité, c'est Peter qui l'a achevé, d'un grand coup de hache sur le crâne. Nous nous trouvions à proximité d'un petit bois qui m'appartient. Peter a dit : “ On va vite l'enterrer, ce fumier! S'en débarrasser une fois pour toutes ! ” Il était dans une rage folle, et moi aussi j'avais un peu perdu l'esprit, je devais être en état de choc. C'est alors que Peter m'a confié, avec force jurons, que Reeves s'était attaqué à sa femme également, ou que du moins il avait essayé. Et Peter savait ce qui se tramait entre Reeves et Diane. Ensemble nous avons creusé une tombe dans le bois, en travaillant comme des fous : nous nous escrimions avec nos haches sur des racines d'arbres, et lancions en l'air de grandes poignées de terre. Finalement, juste au moment où nous allions jeter Reeves dans cette fosse improvisée, Peter a pris sa hachette et a dit... quelques mots sur l'alliance de cette crapule, puis il a abattu son arme plusieurs fois sur la main du cadavre.

Michael ne se sentait pas très bien. Il se pencha en avant, essentiellement pour cacher son visage, et caressa le dos musclé du chat. L'animal gardait toujours les yeux rivés sur Dickenson.

« Ensuite... nous l'avons recouvert de terre, et je me souviens que nous étions tous deux trempés de sueur. Peter m'a déclaré : “ Monsieur, vous pouvez être sûr que je n'en dirai jamais un mot à personne. Cette ordure n'a eu que ce qu'elle méritait ! ” Nous avons tassé la terre avec nos bottes au-dessus de la tombe, et Peter a craché dessus. Peter est un homme, vous savez, il n'a pas froid aux yeux.

— Un homme... Et vous ?

— Je n'en sais rien. » Le regard de Dickenson se fit plus grave quand il reprit le cours de son récit. « Cela s'est produit un jour où Diane était partie prendre le thé à un club féminin de notre village. Vers la fin de l'après-midi, j'ai pensé tout à coup : “ Mon Dieu, les doigts ! Peut-être qu'ils sont restés là-bas sur le sol ! ” En effet je ne me souvenais pas que ni Peter ni moi les eussions jetés dans la fosse. Alors j'y suis retourné. Je les ai retrouvés. J'aurais pu creuser un autre trou, mais je n'avais apporté aucun outil, et puis... je ne voulais plus rien laisser sur mes terres qui pût me rappeler Reeves. Je suis donc monté en voiture et j'ai roulé, sans trop me soucier de savoir où j'allais ; quand je suis arrivé à un autre bois, je suis descendu et j'ai lancé les doigts aussi loin que possible.

— Ce devait être à moins d'un kilomètre d'ici, répondit Michael. Portland Bill ne s'aventure guère plus loin. Il a été opéré, ce pauvre Bill. » En entendant son nom, le chat releva la tête. « Vous avez confiance en ce Peter ?

— Absolument. J'ai bien connu son père, que d'ailleurs mon père lui aussi respectait beaucoup. Et si l'on me posait la question... je ne saurais pas dire avec certitude qui, de lui ou de moi, a porté le coup fatal. Cependant, pour être juste, j'assumerais la responsabilité de cet acte, parce que j'ai quand même frappé deux fois avec la masse. Et je ne peux pas invoquer la légitime défense, car Reeves ne m'avait pas attaqué. »

Pour être *juste*. Drôle de mot, en la circonstance, songea Michael. Mais Dickenson était bien le genre d'homme à vouloir faire preuve d'équité. « Quelles sont vos intentions, maintenant ?

— Mes intentions ? A moi ? » Dickenson faillit s'étrangler de surprise. « Je ne sais pas, fit-il dans un souffle. J'ai avoué, voilà tout. En un sens mon sort est entre vos mains, et celles de... » D'un geste du bras il indiqua le rez-de-chaussée. « J'aimerais bien épargner Peter, le maintenir en dehors de cette histoire, dans la mesure du possible. Je crois que vous me comprendrez. A vous, je peux parler de tout cela. Vous êtes un homme comme moi. »

Michael n'était pas si sûr de cette dernière affirmation, mais il s'efforçait de se mettre à la place de Dickenson, d'imaginer comment il se serait comporté dans une situation identique s'il avait eu vingt ans de moins. Reeves avait agi comme un malpropre — même à l'égard de sa femme à lui — sans le moindre scrupule, et Dickenson, qui était jeune, devait-il laisser un type de cet acabit lui gâcher l'existence, ou la meilleure partie de celle-ci ? « Et la femme de Reeves ? » demanda-t-il.

Dickenson secoua la tête et fronça les sourcils. « Je sais qu'elle le détestait. En voyant qu'il a disparu sans donner de nouvelles, je gage qu'elle ne fera jamais aucun effort pour le retrouver. Dès à présent elle doit se réjouir d'être débarrassée de lui, j'en suis certain. »

Le silence s'installa, de plus en plus pesant. Portland Bill bâilla, cambra le dos et s'étira. Dickenson observa le chat comme s'il allait soudain se mettre à parler : après tout, c'était lui qui avait découvert les doigts. Toutefois, l'animal demeura muet. Ce fut Dickenson qui tenta maladroitement de briser cette atmosphère oppressante, par une question qu'il posa de son ton le plus courtois :

— A propos... pourriez-vous me dire où se trouvent les doigts ?

— Au fond de mon garage, qui est fermé à clé. Ils sont dans un carton à chaussures, répondit Michael, de plus en plus mal à l'aise. Écoutez, j'ai en ce moment deux invités chez moi.

Tom Dickenson se leva promptement. « Je sais. Désolé.

— Je ne vois pas pourquoi vous seriez désolé, mais il faut vraiment que je leur *dise* quelque chose, parce que le colonel, mon vieil ami Eddie, sait que je vous ai téléphoné au sujet des initiales sur l'alliance, et que vous deviez venir me voir. Il se peut même qu'il en ait parlé aux autres.

— Je comprends. Naturellement.

— Voulez-vous rester ici quelques minutes pendant que je vais discuter avec eux en bas ? Servez-vous de whisky à votre guise.

— Merci. » Ses yeux restèrent impassibles.

Michael descendit. Phyllis, à genoux près de l'électrophone, était sur le point de mettre un disque. Eddie Phelps, assis à un bout du canapé, lisait un journal. « Où est Gladys ? », s'enquit Michael.

Gladys coupait des roses dans le jardin. Michael lui cria de venir. Elle portait des bottes en caoutchouc comme Dickenson, mais les siennes étaient plus petites et rouge vif. Il jeta un coup d'œil dans la cuisine pour voir si Edna n'était pas derrière la porte. Gladys lui dit que celle-ci était partie faire quelques courses à l'épicerie. Alors Michael raconta l'histoire de Dickenson, en essayant de communiquer toutes les informations avec un maximum de brièveté et de clarté. A plusieurs reprises, Phyllis demeura bouche bée deux ou trois secondes. Eddie Phelps se frottait le menton à la manière d'un vieux sage, en émettant de temps à autre un « Hum-hum » méditatif.

« Pour ma part, je n'ai vraiment pas envie de le dénoncer, ni même d'avertir la police », hasarda Michael d'une voix à peine plus audible qu'un chuchotement. A la fin de son récit, personne n'avait pipé mot, bien qu'il eût patiemment attendu les réactions. « Je ne vois pas pourquoi nous ne laisserions pas cette affaire s'éteindre d'elle-même. Cela ne nuirait à personne.

— Eh oui, cela ne nuirait à personne, répéta Eddie Phelps, ce qui n'aida nullement Michael, car il aurait pu aussi bien s'agir d'un simple écho.

— J'ai déjà entendu parler d'histoires similaires, chez des peuples primitifs », déclara Phyllis de son ton le plus sérieux, comme pour dire qu'elle jugeait l'acte de Tom Dickenson parfaitement justifié.

Evidemment, Michael n'avait pas omis, dans son rapport, de signaler les faits et gestes de Peter. Etait-ce la masse de Dickenson qui avait porté le coup fatal, ou au contraire la hache de Peter ? « Ce n'est pas la morale primitive qui m'intéresse pour le moment », répliqua-t-il, et aussitôt il se sentit troublé. Car ce qui retenait son attention chez Tom Dickenson, ce n'était sûrement pas la mentalité primitive qu'il aurait pu avoir.

— De quoi d'autre s'agit-il ? demanda Phyllis.

— Eh oui, eh oui, fit le colonel, contemplant le plafond.

— Sincèrement, Eddie, intervint Michael, vous ne vous montrez pas très coopératif.

— Oh, quant à moi, je n'ai pas de grands discours à faire là-dessus. Enterrez ces doigts n'importe où, avec l'alliance. Ou bien enfouissez l'alliance à un autre endroit, pour plus de sécurité. Voilà. » Le colonel articula ces mots dans un murmure, quoiqu'en regardant Michael droit dans les yeux.

— Je ne sais pas si c'est la bonne solution, dit Gladys, l'air préoccupé par ses réflexions.

— Je suis d'accord avec l'oncle Eddie, décida Phyllis, consciente de la présence de Dickenson, qui attendait là-haut sa sentence. Ce M. Dickenson a été victime d'une provocation, *indubitablement*, et le type qui a été assassiné me semble d'un genre pas très recommandable !

— Ce n'est pas le point de vue de la loi, rétorqua Michael avec un sourire mi-figue mi-raisin. Beaucoup de gens sont victimes de provocations. Mais une vie humaine reste une vie humaine.

— Nous n'avons rien à voir avec la loi, *nous !* » lança Phyllis, comme si la petite assemblée, à ce moment précis, représentait une sorte d'instance supérieure.

Michael venait d'avoir la même idée : ils n'étaient pas la justice, et néanmoins ils avaient tendance à se prendre pour elle, et jouaient leur rôle à fond. De son côté, il inclinait à partager l'opinion de Phyllis et d'Eddie. « Très bien. Je ne me sens pas d'humeur à rendre public cet incident, étant donné les circonstances... »

Cependant, Gladys persévéra dans ses réticences. Elle n'était pas sûre. Michael connaissait suffisamment bien son épouse pour savoir que cela ne resterait pas un sujet de désaccord entre eux, même si leurs avis divergeaient momentanément. Aussi entreprit-il de la convaincre : « Tu es seule contre trois, Gladys. Tu tiens réellement à gâcher la vie d'un homme encore jeune à cause d'une histoire de ce genre ?

— C'est vrai, nous devrions voter en bonne et due forme, comme les membres d'un jury », renchérit Eddie.

Gladys comprit où ils voulaient en venir. Elle céda. Moins d'une minute plus tard, Michael gravit les marches menant à son bureau, où il aperçut, engagée dans la machine à écrire, la première feuille d'un article critique auquel il n'avait plus touché depuis l'avant-veille. Heureusement, il avait encore le temps de le terminer avant la date limite sans se tuer à la tâche.

« Nous ne désirons pas informer la police de cette affaire », dit-il.

Dickenson, debout, acquiesça solennellement, comme s'il recevait son verdict. Michael songea que son attitude aurait probablement été identique s'il avait entendu le contraire.

— Je vais me débarrasser de ces doigts, marmonna-t-il, tout en se penchant pour bourrer sa pipe de tabac.

— Non, à coup sûr c'est à moi que revient cette corvée. Laissez-moi les enterrer quelque part... ainsi que l'alliance.

Effectivement, cette responsabilité incombait à Dickenson, et Michael ne fut que trop heureux de s'épargner une telle besogne.

— D'accord. Eh bien... voulez-vous descendre avec moi ?...

Aimeriez-vous que je vous présente à ma femme et à mon ami le colonel...

— Non, merci. Pas maintenant, l'interrompit Dickenson. Une autre fois. Mais pourriez-vous leur transmettre... mes remerciements ?

Ils regagnèrent le rez-de-chaussée par un autre escalier situé au bout du couloir, puis sortirent et se dirigèrent vers le garage, dont Michael avait la clé sur lui. Un instant, il se dit que la boîte à chaussures avait peut-être disparu mystérieusement, comme dans les histoires policières, mais il la retrouva exactement où il l'avait laissée, au-dessus des bidons d'huile. Il la remit à Dickenson, qui s'en alla dans sa Triumph poussiéreuse en direction du nord. Puis Michael revint dans la maison en passant par la porte principale.

Les autres prenaient tranquillement un apéritif. Michael se sentit brusquement soulagé, et sourit. « A mon avis, Portland Bill a bien droit lui aussi à un petit extra en guise d'apéritif, pas vrai ? » lança-t-il, principalement à l'intention de Gladys.

Le chat contemplait sans grand intérêt un bol contenant des glaçons. Seule Phyllis poussa un « *Oh oui !* » enthousiaste.

Michael alla dans la cuisine et parla à Edna, qui étalait de la farine sur le plan de travail. « Resterait-il un peu de saumon fumé du déjeuner ?

— Juste une tranche, monsieur, répondit-elle, d'un air de dire qu'il était inutile de la servir, et qu'elle-même n'en avait pas envie.

— Puis-je la prendre pour ce brave Portland Bill ? Il adore le saumon. » Lorsque Michael revint dans la salle de séjour, portant la tranche rose sur une soucoupe, Phyllis était en train d'affirmer : « Je parie que M. Dickenson va se jeter contre un arbre en rentrant chez lui. C'est souvent comme ça que ça se passe. » Se souvenant tout à coup des bonnes manières, elle acheva à voix basse : « Parce qu'il se sent *coupable.* »

Portland Bill engloutit son saumon, avec un plaisir bref mais intense.

Tom Dickenson n'eut pas d'accident de voiture.

Entre les deux...

(Puzzle)

Titre original de la nouvelle
BLOW IT

traduite par
SYLVIE DURASTANTI

extraite de
LA PROIE DU CHAT

A son bureau, Harry Cowe passait pour un heureux gaillard, aux yeux des deux autres célibataires. Car une paire de jolies filles se disputaient ses faveurs. A l'occasion, l'une ou l'autre passait le prendre à son bureau, dans le centre de Manhattan, s'il devait encore y rester une demi-heure ou plus après la fermeture, sur le coup de dix-sept heures ou de dix-sept heures trente. L'une des jeunes femmes, Connie, pouvait sans problème quitter son propre bureau à dix-sept heures. Quant à l'autre, Lesley, elle avait des horaires de travail moins réguliers, étant mannequin ; mais elle aussi était venue à plusieurs reprises au bureau d'Harry. Et c'est ainsi que ses cinq collègues avaient appris l'existence des deux amies d'Harry. Sinon, Harry n'en aurait pas soufflé mot, ne les aurait jamais présentées à — disons, à personne, de crainte qu'un gaffeur n'aille révéler à l'une l'existence de l'autre. Toutefois, Harry n'était nullement gêné de savoir Dick Hanson au courant de sa situation. Dick avait trente-cinq ans, il était marié et on pouvait compter sur sa discrétion, car il avait dû expérimenter des situations semblables. D'ailleurs, présentement, il avait une maîtresse, et Harry ne l'ignorait pas. Dick était un des codirecteurs du cabinet d'expertise comptable Raymond et Hanson.

Entre les deux jeunes femmes, le cœur d'Harry balançait. Et il entendait prendre le temps de bien réfléchir avant de faire son choix. De nos jours, estimait Harry, beaucoup de filles ne songent pas au mariage et n'y croient pas, surtout à vingt-trois ans, comme ces deux-là. Pourtant, Connie et Lesley y songeaient sérieusement. Même si elles n'avaient pas abordé la question, il s'en était rendu compte. De quoi flatter encore le narcissisme d'Harry, qui estimait être un bon parti. Quel homme n'en aurait fait autant, dans les mêmes circonstances ? Il avait une belle situation, qui ne pourrait que s'améliorer. Il pouvait s'estimer séduisant et ne s'en privait pas. Il soignait son apparence pour plaire aux femmes — chemise toujours impeccable, cravate seulement si nécessaire, excentrique à l'occasion, mais de qualité, chaussures habillées ou sport, pantalons de style safari ou short pour les week-ends décontractés avec Lesley (le samedi) ou Connie (le dimanche). Harry était avocat et expert-comptable.

Lesley Marker, mannequin de mode, gagnait encore mieux sa vie que lui-même. Avec ses cheveux châtains et ses yeux noisette, elle avait une carnation éclatante et un corps divin, ne péchant pas par excès de maigreur, comme tant d'autres mannequins. Tous les dimanches, Lesley allait déjeuner en famille, avec ses parents et sa grand-mère, si bien qu'elle ne voyait jamais Harry le dimanche. Restaient le vendredi soir et le samedi. Quant aux autres nuits de la semaine, ils pouvaient les passer soit chez lui, soit chez elle, lorsqu'elle ne devait pas se lever trop tôt. Lesley était toujours gaie, mais jamais d'une gaieté forcée. Pour Harry, c'était un perpétuel émerveillement. Même au lit, elle gardait son sens de l'humour. Bref, une fille délicieuse.

Tout autre était Connie Jaeger : plus mystérieuse, plus renfermée, plus lunatique que Lesley. Face à Connie, Harry devait toujours faire preuve de délicatesse, de subtilité, d'intuition. Elle était directrice de collection dans une maison d'édition. Par ailleurs, elle écrivait des nouvelles qu'elle faisait lire à Harry et en avait même vendu deux ou trois à des revues. Connie semblait parfois préoccupée, sans jamais vouloir faire partager ses préoccupations à Harry. Et cependant, elle l'aimait ou était amoureuse de lui — Harry n'en doutait pas. Si on lui avait demandé laquelle des deux jeunes femmes lui semblait la plus intéressante, c'est vers Connie qu'il aurait penché.

A Greenwich Village, Harry occupait un appartement — un troisième sans ascenseur — dans un immeuble ancien, quoique doté d'une plomberie satisfaisante, d'une cuisine et d'une salle de bains fraîchement repeintes et d'un petit jardin suspendu de trois mètres carrés en terrasse, avec une rigole d'évacuation en angle. Harry avait acheté des transats, des chaises et une table de jardin, si bien qu'il pouvait déjeuner sur la terrasse avec Lesley ou Connie. Et si elles en avaient envie, elles pouvaient y prendre des bains de soleil toutes nues, dans un recoin à l'abri des regards indiscrets. Lesley ne s'en était pas privée, à la différence de Connie, qui n'en avait pris qu'un seul, et encore, en maillot de bain. C'est vers la même époque, quelques mois auparavant, qu'Harry avait rencontré les deux jeunes femmes. Laquelle préférait-il ? Laquelle aimait-il réellement ? Tout en restant incapable de le dire, Harry s'était tout de même aperçu que ses deux ou trois autres petites amies ne l'intéressaient plus depuis des semaines. Lui, ne les avait plus rappelées, et elles étaient sorties de son existence. A ce qu'il lui semblait, il avait deux amours. Jusque-là, il avait toujours entendu parler de telles situations sans y croire. De leur côté, Lesley et Connie pouvaient lui supposer d'autres petites amies, tout en ayant elles-mêmes d'autres aventures avec d'autres hommes. Toutefois, compte tenu du temps qu'elles lui consacraient, il ne devait guère leur rester de temps ni de nuits pour d'autres aventures.

De son côté, Harry s'évertuait à mener une double vie, n'oubliant jamais de changer les draps, ni de ranger le shampooing de Lesley ou l'eau de Cologne de Connie. A deux reprises, en changeant les draps, il y avait trouvé un des petits peignes à cheveux de Connie et l'avait fourré dans une poche de son imper pour le lui rendre à la première occasion. Il n'allait tout de même pas tomber dans le piège classique et banal de la malheureuse épingle à cheveux oubliée sur la table de nuit qui vient tout compromettre et bouleverse une existence parfaitement organisée !

« J'aimerais bien vivre à la campagne, lança un soir Connie en fumant une cigarette, nue sous le drap. Pas trop loin de New York, évidemment.

— Moi aussi », dit Harry. Il le pensait vraiment. Il était vautré en pyjama dans un fauteuil, les mains derrière la nuque. Une vision fugace lui traversa l'esprit, celle d'une maison de campagne, nichée dans le Connecticut ou le comté de Westchester, blanche sur une verdoyante pelouse et sous de vieux arbres, s'il pouvait se permettre de l'acheter. Et avec Connie. Parfaitement, avec Connie. Puisque tel était son désir. Lesley, elle, serait toujours dans l'obligation de dormir à New York, car tenue de se lever à six ou sept heures du matin pour ses photos de mode. D'un autre côté, combien de temps dure une carrière de mannequin ? Harry eut honte des idées qui lui venaient. Comment pouvait-il songer à Lesley, après avoir si merveilleusement fait l'amour avec Connie ? Seulement voilà, non seulement il venait d'y songer, mais il y songeait encore. Devrait-il renoncer à ces yeux enchanteurs, à ce sourire, cette chevelure soyeuse ? Eh oui, forcément, s'il épousait Connie et rentrait passer toutes ses nuits au fin fond du Connecticut.

« A quoi penses-tu ? lui demanda en souriant Connie, l'air ensommeillé. Elle était si jolie avec ses lèvres pleines, sans maquillage.

— A nous », dit Harry. C'était un dimanche soir. La nuit précédente, Lesley était dans ce même lit, qu'elle avait quitté le matin pour aller déjeuner en famille, comme tous les dimanches.

« Alors, décidons-nous », déclara fermement Connie de sa voix douce, avant d'éteindre sa cigarette. Elle serrait le drap contre sa poitrine, mais un de ses seins en dépassait.

Harry se mit à fixer ce sein comme un imbécile. Qu'allait-il bien pouvoir faire ? Berner indéfiniment les deux jeunes femmes ? Jouir de leur compagnie sans en épouser aucune ? Combien de temps cela durerait-il avant que l'une ou l'autre ne s'en lasse ? Deux mois, un mois de plus ? Il y a des filles qui ne font que passer, et d'autres qui s'accrochent. Connie était plutôt patiente, quoique trop intelligente pour perdre beaucoup de temps. Lesley, elle, le quitterait encore plus vite, songea-t-il, sitôt compris qu'il éludait la question du mariage. Lesley le quitterait avec un sourire, sans la moindre scène. En ce sens, elles se ressemblaient : ni l'une, ni l'autre ne patienterait éternellement. Pourquoi un homme ne pouvait-il avoir deux femmes ?

Le mardi soir suivant, Lesley lui apporta une plante en pot. « Un je-ne-sais-quoi japonais. Géranium japonais, peut-être. De toute façon, au studio, on l'aurait jeté. »

Ils allèrent ensemble sur la terrasse, pour trouver une place à la plante. Harry avait déjà un rosier grimpant et un gros pied de persil dont il coupait de temps à autre un brin pour la cuisine. Il en cueillit un peu, afin d'en agrémenter les darnes de flétan qu'il avait achetées pour dîner. Lesley adorait le poisson. Après-dîner, allongés sur le lit, main dans la main, ils essayèrent de regarder la télé : mais comme le programme était assommant, ils préférèrent infiniment faire l'amour. Lesley... C'était Lesley qu'il voulait, se dit Harry. Pourquoi en douter? Pourquoi tergiverser ? Elle était tout aussi jolie que Connie. Et plus gaie, plus équilibrée. Avec son tempérament lunatique, Connie risquait de lui compliquer la vie, car Harry ne savait jamais que dire ni que faire, quand elle se murait dans son silence ou se perdait dans des réflexions dont il ne pouvait la tirer.

Vers minuit, Lesley et Harry sortirent prendre un verre dans une boîte disco, à trois pas de chez lui, où la musique ne cassait pas les oreilles de l'assistance. Harry prit une bière et Lesley un tonic.

« C'est presque comme si nous étions mariés. » Lesley lança cette petite phrase à un moment où le niveau sonore se faisait discret. Elle avait un sourire frais, un sourire d'enfant. « Tu es exactement le type d'homme avec qui je pourrais vivre. Ça ne court pas les rues.

— Plutôt conciliant, hein ? Pas très exigeant », répliqua Harry d'un ton moqueur, quoique le cœur battant de fierté. A la table de droite, deux types, bien qu'accompagnés, jetaient des regards d'envie sur Lesley.

Quelques instants après, Harry mit Lesley dans un taxi, car elle devait se lever à sept heures trente et avait laissé chez elle sa trousse de maquillage. Tout en rentrant à pied chez lui, Harry se prit à songer à Connie. Esthétiquement parlant, Connie *était* tout aussi belle que Lesley, même si elle ne tirait pas ses revenus de son seul physique. Connie avait ses admirateurs, qu'elle écartait avec mépris, depuis qu'elle leur préférait Harry. Il avait été témoin de la chose. Pouvait-il réellement renoncer à *Connie ?* C'était impensable ! Était-il saoul ? Après deux malheureux gin-tonics et une bière ? Certainement pas. Mais il était incapable de se décider. Déjà minuit vingt. Il était fatigué. Rien de plus normal. Au bout d'une journée de seize heures, personne n'était plus en mesure de réfléchir. Personne. Autant remettre ça à demain, se dit-il.

Quand il rentra, le téléphone sonnait. Il se précipita : « Allô ?

— Allô, chéri ? Je voulais seulement te dire bonne nuit, dit Connie d'une voix tranquille et ensommeillée. Au téléphone, elle avait toujours une voix de gamine, et même, parfois, de gamine de douze ans.

— Merci, mon amour. Tout va bien ?

— Certainement. Je lisais un manuscrit positivement soporifique. » A l'entendre, elle devait être en train de s'étirer dans son lit. « Où étais-tu ?

— Sorti acheter des cigarettes et du lait.

— On se voit quand ? Vendredi ? J'ai oublié.

— Vendredi, mais oui. » Écartait-elle délibérément le samedi, la nuit de Lesley ? Avait-elle déjà fait cela ? Impossible de s'en souvenir. « Tu passes chez moi, vendredi ? Je serai rentré vers six heures et demie. »

Le lendemain, un mercredi, Dick Hanson appela Harry dans son bureau sur la ligne intérieure pour lui dire :

« J'ai une nouvelle susceptible de vous intéresser, Harry. Je peux vous voir un instant ?

— J'en serais flatté », dit Harry.

Dick entra, le sourire aux lèvres. Il tenait deux photos, une enveloppe de papier bulle et deux feuillets dactylographiés. « Une maison à vendre dans les bois, à un jet de pierre de chez moi, lui annonça-t-il après avoir refermé la porte. Nous en connaissons les propriétaires, les Buck. Enfin, regardez. Voyez si ça vous intéresse. »

Harry considéra les photos — une maison blanche, une pelouse, de grands arbres : la maison de ses rêves, celle à laquelle il songeait quand il était avec Lesley ou Connie. Dick lui expliqua que les Buck préféreraient se passer des services d'une agence immobilière, et escomptaient vendre rapidement à un prix avantageux, car la firme de Nelson allait l'expédier sous peu en Californie, ce qui les obligerait à s'y installer.

« Quatre-vingt-dix mille dollars, précisa Dick, autant dire cent cinquante mille en passant par une agence. Et à six kilomètres de chez nous. Je pourrais intervenir pour vous obtenir un prêt immobilier auprès de notre banque locale, que je connais bien. Qu'en pensez-vous ? » Durant quelques instants, Harry resta sans voix. En aurait-il les moyens ? Le courage ? Les yeux noisette de Dick le scrutaient avec bienveillance. Harry avait le sentiment d'hésiter à se jeter à l'eau. « Plutôt jolie, hein ? Hélène et moi connaissons bien la maison : nous étions bons amis avec les Buck. Elle ne peut que prendre de la valeur. De plus ma foi, chacun ici a l'impression que vous allez bientôt vous marier, Harry. Je ne précipite rien en vous disant ça, j'espère ? » Et d'ajouter, comme s'il se croyait obligé de lui assener ses félicitations prématurées : « Laquelle des deux allez-vous... sacré veinard ! fit-il avec entrain. Vous m'avez tout l'air d'un chat qui vient de gober une souris.

« *Laquelle, mais je n'en sais rien !* » se dit Harry *in petto,* en gardant un silence discret, comme si son choix était déjà fait.

— Ça vous intéresse ? lui demanda Dick.

— Et comment ! répliqua Harry, une photo dans chaque main.

— Réfléchissez-y un peu. Gardez les photos. Je vous ai apporté l'enveloppe. Et faites-les voir à — enfin, à qui vous savez. » A l'heureuse élue, voulait-il dire. « Ce serait merveilleux d'être voisins, Harry. Réellement. On pourrait s'offrir du bon temps et même bosser un peu durant les week-ends. »

Vers quinze heures, Dick lui fit passer sous pli les renseignements touchant le prêt immobilier, en ajoutant que, même s'il ne comptait pas se marier dans l'immédiat, l'occasion était des plus intéressantes. Une belle demeure datant de 1850, en parfait état, avec trois chambres, deux salles d'eau — bref, un excellent placement.

Cet après-midi-là, Harry se livra durant un bon quart d'heure à divers calculs — crayon, papier et machine à calculer à l'appui. Tout compte fait, il avait largement les moyens d'acquérir cette maison. Mais il ne tenait pas à aller s'enterrer là-bas seul. Lesley pourrait-elle y vivre avec lui, quitte à se lever aux aurores pour aller travailler à New York ? Peut-être ne serait-elle nullement tentée de s'installer à la campagne, vu les inconvénients de la chose. Et Connie, alors ? Oui, Connie, elle, serait sûrement d'accord. Rien ne l'obligeait à être au bureau avant neuf heures et demie, sinon dix heures du matin. Seulement, ce n'était pas sur de tels critères qu'un homme choisissait sa femme. C'était absurde.

Harry se reprit à songer au merveilleux week-end où, avec l'aide de Connie, il avait repeint la cuisine. Merveilleux. Il revit Connie pinceau en main, perchée sur l'escabeau, dans son vieux jean tout maculé de peinture, Connie faisant l'amour avec lui entre deux lampées de bière et deux éclats de rire. Bon sang ! Dans cette maison de Westchester, il voyait bien mieux Connie que Lesley !

Sur le coup de cinq heures, Harry avait tout de même pris une première décision. Celle de voir cette maison sitôt que possible. Il appela Dick à son bureau, le dérangeant en pleine discussion avec son associé pour lui glisser : « J'aimerais voir la maison. Pourrais-je partir avec vous ce soir ?

— Absolument ! Vous passerez la nuit à la maison, histoire de pouvoir la voir en plein jour. Je vais prévenir Hélène, elle en sera ravie, Harry. »

C'est ainsi qu'à six heures Harry montait dans la voiture de Dick. Le trajet, qui ne prit que quarante minutes, s'avéra très agréable, d'autant que Dick, d'excellente humeur, avait renoncé à percer l'identité de l'heureuse élue. Il fit remarquer combien la route était plaisante ; Harry songea aussitôt qu'il lui faudrait donc acheter une voiture, ce qui restait possible, financièrement parlant. D'ailleurs, s'il le leur suggérait, ses parents lui en offriraient certainement une en cadeau de mariage. De ce côté-là, pas de problème.

« Vous m'avez l'air plutôt tendu. Réaction classique, quand on enterre sa vie de garçon.

— Mais non », répliqua Harry avec un rire forcé, en se rendant compte qu'il n'avait pas desserré les dents depuis dix bonnes minutes.

Ils s'arrêtèrent d'abord chez les Buck, puisque c'était sur leur chemin, et que, de l'avis de Dick, la nuit porterait conseil à Harry. Dick avait négligé de prévenir Julie Buck, car elle ne s'embarrassait pas de formalités et ils étaient très liés.

Souriante, elle vint les accueillir sur la véranda. Harry et Dick pénétrèrent dans un vaste vestibule, sur lequel donnaient deux pièces, et une bibliothèque. Un grand escalier de bois ciré, recouvert d'un tapis, desservait l'étage. Julie avait commencé à mettre les livres dans des cartons, libérant les étagères mais encombrant le parquet. Jeans troués aux genoux et ballon de foot à la main, le fils des Buck les suivit de pièce en pièce, dévisageant Harry avec toute la curiosité d'un gosse de dix ans.

« De magnifiques pommiers. Ils donnent tant de pommes que vous serez obligés d'en offrir aux voisins », dit Julie en leur montrant le verger d'une fenêtre du premier. Derrière la maison, la pelouse descendait en pente douce vers un ruisseau délimitant la propriété. A l'étage, les chambres étaient carrées et spacieuses et les deux salles d'eau, sans être ultra-modernes, s'avéraient tout à fait correctes pour une maison située à la campagne. Quant au palier, il recevait le jour par deux fenêtres, l'une donnant sur le devant et l'autre sur le derrière de la maison. S'il ne le laissa pas voir, Harry fut immédiatement conquis.

« La maison me plaît. Mais, voyez-vous, il faut que je réfléchisse, dit-il, ne fût-ce que durant les deux jours à venir, comme me l'a proposé Dick.

— Oh, bien entendu. Voyez également d'autres maisons, dit Julie. Évidemment, nous aimons la nôtre. Aussi, préférerions-nous la revendre à un ami des Hanson. »

Julie tint à leur offrir un scotch avant de les laisser repartir. Le scotch était remarquable, et ils le prirent devant la cheminée du salon. Ce serait merveilleux d'être le maître d'une telle maison, se dit Harry. Mais qui serait la maîtresse de maison ? Il crut voir Lesley passer la porte du vestibule, un plateau en main, le sourire aux lèvres. Et aussitôt après, la blonde Connie, tout calme, toute douceur, passer la même porte et lever les yeux vers lui. Seigneur !

Ce soir-là, après avoir partagé le repas des Hanson, Harry se prit à espérer que la nuit lui porterait conseil, qu'un rêve viendrait le tirer de cet affreux dilemme : Connie ou Lesley. Mais il ne fit pas le moindre rêve, ou ne put s'en souvenir. Quand il se réveilla, le soleil inondait le papier peint à fleurs bleues et les meubles d'érable de sa chambre. Voilà la vie qu'il me faut, se dit-il. Une vie au grand air, loin des embarras de la capitale.

Il repartit à huit heures trente avec Dick et les encouragements d'Hélène qui espérait tout autant que son mari le voir reprendre la maison des Buck. A la lumière du matin, il fut encore plus séduit par cette maison blanche qui pouvait devenir sienne, grâce à un simple mot et à un simple chèque. Une des solutions, se dit-il, serait encore de parler aux deux filles et de leur demander si une telle maison, dans un tel site, leur plairait : l'une ou l'autre répondrait peut-être que non. Pour des raisons totalement différentes, d'ailleurs. Lesley jugerait peut-être cela incompatible avec son travail actuel. Quant à Connie, elle pourrait être plutôt tentée par une maison à Long Island. L'indécision où il se trouvait faisait enrager Harry, sans qu'il voie pour autant le moyen d'en sortir.

Dans les jours qui suivirent, à chaque fois qu'il tenta d'aborder la question avec l'une ou l'autre des jeunes femmes, il s'en trouva incapable. Il passa toute une nuit chez Connie dans son appartement croulant sous les livres et les manuscrits. Qui sait ? Peut-être voulait-il, sans en avoir conscience, en réserver la primeur à Lesley. Mais le vendredi, tout en déjeunant en vitesse avec Lesley, il ne put en dire un mot. Il devait pourtant donner sa réponse à Dick le jour même. Les Buck comptaient déménager mardi et, dès lundi, ils devraient mettre la maison en vente, avant de partir en Californie. Harry avait bien songé à aller voir d'autres maisons dans le coin ; mais, par comparaison, celle des Buck était une telle affaire que cette seule idée lui semblait absurde. Car, en regardant les petites annonces, il avait découvert que, terrain compris, cette propriété représentait une véritable aubaine. Comme le déjeuner tirait à sa fin, Harry finit par lâcher, après avoir rassemblé tout son courage :

— J'ai vu une maison...

Par-dessus sa tasse à café, Lesley leva les yeux vers lui.

— Oui ? Quelle maison ?

— Une maison à vendre, à Westchester. Dans le voisinage immédiat de celle de Dick Hanson. Tu sais, Dick, que tu as déjà vu au bureau.

Ces mots enfin prononcés, tout s'enchaîna. Harry lui raconta qu'il avait passé une nuit chez Dick, que la maison était une véritable aubaine, à trente-cinq minutes de Manhattan, à deux kilomètres de la gare ferroviaire comme de la gare routière. Lesley semblait dubitative ou hésitante. En fait, elle était surtout préoccupée par l'inconvénient de la distance. Ils passèrent sous silence la question du mariage : sans doute la tenait-elle pour réglée.

— L'ennui, c'est qu'il s'agit d'une telle affaire, qu'ils veulent une réponse immédiate : autrement, ils la mettront en vente lundi au prix fort.

Lesley déclara qu'elle aimerait voir l'endroit, puisqu'il plaisait tant à Harry. Pourquoi ne pas y aller le lendemain? Samedi? Harry lui dit qu'il pourrait sûrement arranger ça, en demandant à Dick ou aux Buck de passer les prendre à la gare ou à l'arrêt d'autobus. Dans l'après-midi, il demanda à Dick de prendre rendez-vous pour samedi après-midi avec les Buck. Dick répondit qu'il allait appeler Nelson Buck à son bureau de New York et arranger ça. A seize heures trente, c'était chose faite : Nelson passerait les prendre à la gare à quinze heures trente.

Ce soir-là, Harry avait rendez-vous avec Connie, chez lui. Il ne voulait pas lui parler dans un restaurant. Il fit donc quelques courses non loin de son appartement. Avant même qu'elle ne soit arrivée, il était si nerveux qu'une bouteille de vin lui glissa des mains et s'écrasa sur le carrelage de la cuisine. Par bonheur, il en avait une en réserve, moins chambrée toutefois. A ce compte-là, Connie pouvait préférer de la bière. Pourtant, la défunte bouteille était de qualité. En fin d'après-midi, juste avant de quitter le bureau, il s'était rangé à une conclusion aussi désespérée que bâtarde : inviter les deux jeunes femmes à visiter ensemble la maison de Westchester. Comme ça, il pourrait au moins comparer leur enthousiasme respectif. Belle occasion de provoquer une scène. Mais pas forcément. Peut-être refuseraient-elles l'une et l'autre. Au moins, cela assainirait l'atmosphère. Durant tout l'après-midi, incapable de se concentrer, Harry s'était contenté de bâcler un minimum de travail. Mais il avait fait le raisonnement suivant : à supposer qu'il montre la maison à chacune des deux séparément, et qu'elles soient aussi enthousiastes l'une que l'autre — il serait bien obligé de trancher lui-même. Impossible. D'une façon ou d'une autre, il fallait faire voir la maison aux deux, simultanément. Comme elles ne s'étaient jamais rencontrées, cela posait un autre problème : faire les présentations au départ de New York, quitte à effectuer tout le trajet ensemble. Impensable.

Harry se servit un petit scotch, sec, et prit son verre d'une main mal assurée. Dans certaines circonstances, il faut savoir souffler, se dit-il. Il se rappela avoir promis à Lesley, le déjeuner fini, de la rappeler, histoire de convenir d'une heure de départ pour le lendemain. Et pourtant, il ne l'avait toujours pas fait. Pourquoi ? En réalité, la plupart du temps, il ne savait où la joindre quand elle travaillait. Et s'il l'appelait chez elle ? Il considérait le téléphone en fronçant les sourcils quand celui-ci se mit à sonner.

C'était Lesley.

Harry sourit.

— J'allais précisément t'appeler.

— Tu as pris tes dispositions pour demain ?

Harry bredouilla un vague assentiment, et lui annonça qu'il y avait un train à quinze heures, ou quatorze heures cinquante huit. Lesley lui demanda pourquoi il était si nerveux.

— Je n'en sais rien, dit-il et Lesley rit.

— Si vous en êtes déjà convenus avec les Buck, ne change pas tes dispositions. Mais je sais qu'en ce qui me concerne, je ne pourrai jamais y être à quinze heures, dit-elle. Werner, tu sais, Werner Ludwig a besoin de moi à quatorze heures demain, et nous en aurons pour une bonne heure de travail. Mais il habite à proximité de la ville que tu as mentionnée...

— Gresham ?

— C'est ça, et il m'a dit qu'il serait ravi de me déposer en voiture. Il me semble qu'il connaît même la maison des Buck. Je pourrais donc y être vers seize heures, je crois.

Subitement, pour Harry, le problème se trouva résolu. Ou plutôt, cela repoussait la confrontation de Lesley et de Connie. Au moins, elle n'aurait pas lieu à la gare.

Il raccrochait à peine, qu'on sonna à la porte.

Tout comme Lesley, Connie avait sa propre clé, mais elle sonnait toujours quand elle le savait là.

Au cours de la soirée, la nervosité d'Harry ne fit qu'empirer. Il trouva le cœur de plaisanter et fit même rire Connie une fois, mais il croyait sentir ses mains trembler. Pourtant, quand il les regardait, ce n'était pas le cas.

« Tu es angoissé alors que tu n'as pas encore signé ? remarqua Connie. Tu n'es pas forcé de prendre cette maison. C'est la première que tu aies vue dans le coin, non ? Personne ne saute sur la première occasion venue. » Comme toujours, Connie voyait les choses avec le sérieux et la logique qui lui étaient propres.

Cette nuit-là, il se montra un piètre amant. Connie s'en étonna, quoique moins que ne l'aurait fait Lesley. Elle avait apporté deux manuscrits. Le dimanche matin, ils firent la grasse matinée. Harry avait mis des heures à s'endormir, sans s'agiter de peur de la réveiller. Ils prirent leur petit déjeuner sur le tard. Connie lut un des manuscrits jusqu'au moment de prendre un taxi pour la gare. Durant le trajet en train, Connie s'absorba dans la lecture de son second manuscrit et, travaillant aussi consciencieusement qu'à l'accoutumée, n'en était même pas à la moitié quand ils descendirent du train.

C'est Dick Hanson, et non Nelson Buck, comme l'escomptait Harry, qui vint les accueillir.

« Bienvenue, Harry », dit-il, tout sourires. Il regarda Connie : « Ainsi, c'est...

— Connie Jaeger, dit Harry. Vous vous êtes déjà rencontrés, je pense. »

Dick et Connie échangèrent un bonjour. Puis ils prirent place dans la voiture de Dick, Harry à l'arrière, avant de s'engager dans la campagne. Seize heures trente. Lesley serait-elle en avance ? Et serait-ce pire que si elle arrivait cinq minutes *après* eux ? Non. Devait-il annoncer dès à présent qu'il attendait quelqu'un d'autre ? Il essaya de formuler la chose et s'en trouva incapable. Après tout, peut-être Lesley ne pourrait-elle pas venir. Et si Werner avait eu un ennui mécanique ou était retardé ? Que se passerait-il alors ?

— Voilà la maison, annonça Dick en prenant l'embranchement du chemin privé.

— Ravissante, remarqua poliment et posément Connie.

Connie ne s'emballait jamais, songea Harry, ce qui le réconforta un peu.

Au bout de l'allée sablée, était garée une voiture. Puis Harry vit Lesley sortir sur la véranda avec Julie Buck.

— Tiens, tiens, de la visite, remarqua Dick en serrant le frein à main.

— C'est mon amie Lesley, marmonna Harry. Surmontant un bref éblouissement, il ouvrit la portière à Connie.

Bavardages, présentations.

— Connie, voici Lesley... Marker. Connie Jaeger, dit Harry.

— Comment allez-vous ? s'exclamèrent en chœur les deux filles, se fixant comme si chacune devait graver dans sa mémoire les traits de l'autre, tout en n'échangeant qu'un mince sourire de pure politesse.

Dick, qui se dandinait sur place, se frotta les mains sans raison, tout en lançant : « Eh bien, si on entrait jeter un coup d'œil sur la maison ? On peut y aller, Julie ?

— Bien sûr. Nous sommes là pour ça, non ? » lui répliqua-t-elle avec entrain, la situation lui échappant totalement.

A cet instant, Harry eut le sentiment de passer le seuil du purgatoire, de l'enfer, d'une autre vie ou de la mort même. Julie leur fit faire le tour du propriétaire, en leur signalant tous les avantages et les inconvénients de la maison. En somme, visite guidée et commentée des lieux, à l'intention des touristes. Et, comme c'est fréquemment le cas, il sembla à Harry que certains des touristes en question ne prêtaient au guide qu'une oreille distraite. Harry vit les jeunes femmes se jauger du regard à la dérobée, tout en affectant de s'ignorer par ailleurs. Même quand il regardait Harry, Dick avait l'air perplexe, les sourcils froncés.

— Que se passe-t-il ? souffla-t-il à Harry sitôt qu'il en eut l'occasion.

Harry eut un haussement d'épaules convulsif, tout en cherchant désespérément une réplique cohérente, sinon intelligente. Impossible. Dans cette situation invraisemblable, cette visite n'avait plus le moindre sens, et quand ils redescendirent les escaliers, cette déambulation parut à Harry aussi absurde que la répétition d'une pièce dénuée d'intérêt pour les acteurs mêmes.

— *Merci,* madame Buck, dit fort poliment Lesley, une fois dans le vestibule.

L'ami qui l'avait accompagnée devait être reparti, car Harry ne vit plus sa voiture. Connie regardait Harry, avec aux lèvres un sourire patient et entendu. Pas très tendre, mais plutôt amusé.

— Harry, si vous... fit Dick.

— Je crains que ça ne puisse marcher, l'interrompit Harry. Non, ça ne marche pas.

Dick semblait toujours aussi perplexe. Tout comme les Buck, Nelson surtout.

C'est fini, se dit Harry. *Foutu, terminé.* Il tenta de se raidir, alors qu'il se sentait effondré, tel un misérable vermisseau.

— Vous voudriez peut-être en discuter entre vous, proposa Nelson Buck à Harry et aux filles, en leur indiquant du geste et du regard la bibliothèque à leur droite. On avait presque débarrassé les étagères de tous les livres et le parquet était encombré de cartons.

Ce type s'imagine sans doute que j'entretiens un harem, se dit Harry.

— Non, répliqua calmement Lesley. Vous n'y êtes pour rien, monsieur Buck. Et c'est une ravissante maison, vraiment. Je vous remercie également, madame. A présent, je crois que je dois partir, car j'ai un rendez-vous à New York dans la soirée. Puis-je appeler un taxi ?

— Oh, je peux vous conduire à la gare, dit Nelson.

— Moi également, ajouta Dick. Sans problème.

Ils convinrent donc que Dick reconduirait Lesley. Harry la raccompagna jusqu'à la voiture de Dick, qui passa le premier et ouvrit sa portière.

— Qu'avais-tu donc en tête, Harry? s'enquit Lesley. Un système d'allers et retours alternés? » Et elle éclata d'un rire franc, quoique un peu amer. « Je savais que tu avais une petite amie, mais ça, c'est un peu exagéré, non? Au revoir, Harry.

— *Comment* l'as-tu su? lui demanda Harry.

Lesley était montée à l'avant.

— Sans difficulté, dit-elle du ton d'une femme qui ne faisait pas de difficultés.

— Vous ne venez pas, Harry ? demanda Dick.

— Non, je vais rester avec Connie. Au revoir, Lesley. »

Harry revint vers la maison tandis qu'ils démarraient. Rester avec Connie ? Mais allait-elle rester, *elle ?* Il regagna le vestibule. Julie et Nelson Buck y bavardaient gaiement avec Connie, parfaitement à l'aise, campée une main sur la rampe de l'escalier, un pied contre le pilastre. Elle tourna vers Harry son visage souriant et son regard calme. Les Buck s'éclipsèrent, Julie à l'autre bout de la maison, et Nelson dans le salon à droite.

— Je vais m'en aller, moi aussi, dit Connie sans changer de posture. J'espère que tu seras heureux avec Lesley.

— *Lesley ?* répéta Harry d'un ton stupéfait. Ça lui avait échappé. Après cela, il ne trouva rien à ajouter.

Avec un rire silencieux, Connie eut un haussement d'épaules.

— Ravie de l'avoir enfin rencontrée. Je n'ignorais pas son existence.

Harry crut sentir le rouge de la honte lui monter au front.

— Mais comment as-tu pu l'apprendre ?

— Par une foule de détails. Par les assiettes, toujours rangées d'une autre façon, quand je venais le dimanche. Pas comme le mercredi. Des détails. » Elle tira lentement une cigarette de la poche de poitrine de sa veste en toile, après avoir posé entre ses pieds la serviette contenant ses manuscrits. Harry s'empressa pour lui donner du feu mais, se détournant légèrement de façon à se trouver hors de sa portée, Connie alluma elle-même sa cigarette. Harry comprit alors qu'il venait de la perdre. « Je suis désolé, Connie.

— Vraiment ? Je me le demande. Tu ne t'es tout de même pas embrouillé dans tes *rendez-vous* », dit-elle d'un ton ambigu, ni interrogatif, ni affirmatif. Et Harry se sentit ébranlé des orteils aux cheveux par son simple hochement de tête et le regard franc de ses yeux bleus. En son for intérieur, Connie avait déjà fait une croix sur lui. « Mon taxi est là », dit-elle, en jetant un coup d'œil par la porte ouverte derrière lui. Elle alla faire ses adieux à Julie, sur la véranda, puis monta dans son taxi et échangea encore quelques mots avec les Buck avant qu'il ne démarre.

Les Buck rentrèrent dans la maison, l'air perplexe, Julie grimaçant un vague sourire qui ne collait guère avec sa mine sourcilleuse.

« Enfin ! » lança assez gauchement Nelson. Par bonheur, sur ces entrefaites, Dick vint se garer devant la maison dans un crissement de gravier. Les Buck l'accueillirent comme un véritable sauveur. Vivement qu'on puisse s'éclipser, se dit Harry. Grâce à Dieu, Dick allait le tirer de là. Il n'imaginait même pas de prendre le même train que l'une des jeunes femmes (ou les deux)...

« Harry, mon vieux ! lâcha Dick, avant d'ajouter, exactement sur le même ton que Nelson : Enfin !

— Vous aimeriez peut-être discuter seul à seul, proposa Nelson à Dick et Harry.

— Je dois m'en aller, dit Harry. Je vous remercie tous deux de m'avoir accordé tant de temps.

Après un bref échange de politesses, Harry se retrouva en voiture avec Dick, sur le chemin de la gare.

— Harry, au nom du Ciel ! lui lança alors Dick, du ton bourru d'un frère aîné ou d'un homme qui, s'il a beaucoup vécu et commis quelques erreurs dans sa vie, en a tout de même tiré de bonnes leçons.

— Je l'ai fait délibérément, je crois, lâcha Harry, étonné de s'entendre dire ça. Je n'arrivais pas à me décider. Il fallait bien que je me débarrasse de l'une et de l'autre. Car je les aime toutes les deux.

— Foutaises ! Enfin, ce n'est pas ce que je veux dire. Seulement, on peut toujours s'arranger. Mais, Seigneur ! les faire venir simultanément, comme ça ! J'ai eu l'impression qu'elles ne s'étaient jamais vues auparavant !

— Effectivement.

— Venez prendre un verre à la maison. Ça ne vous fera pas de mal.

— Non, merci, dit Harry, s'apercevant qu'ils avaient pris le chemin de la maison de Dick. Je préférerais aller directement à la gare, si ça ne vous dérange pas. »

Et il insista, en dépit des protestations de Dick, qui tenait absolument à ce qu'il passe la nuit chez lui, histoire de discuter d'homme à homme. Il connaissait l'horaire du prochain train. Comme la ligne était bien desservie, il était persuadé que les filles ne seraient pas dans celui-là, et qu'elles n'auraient d'ailleurs pas eu à prendre le même, ni à voyager dans le même compartiment. Sur le chemin de la gare, Dick se remit à lui faire la leçon : on pouvait toujours rattraper une bourde, et Harry pouvait bien arriver à savoir laquelle il préférait, quitte à laisser tomber l'autre ou à la voir en douce. « Ces deux filles sont *adorables,* lui dit Dick. Je comprends votre dilemme ! Croyez-moi, Harry. Mais ne vous tenez pas pour battu ! Ne soyez pas idiot. Vous avez la tête de quelqu'un qui a perdu une bataille. Mais vous n'avez pas perdu la guerre. Vous pouvez toujours réparer cette bourde.

— Pas avec elles. Non, dit Harry. C'est pourquoi elles me plaisaient tant. Elles ne sont pas comme les autres. »

Dick secoua la tête. Ils venaient d'arriver à la gare. Harry acheta son ticket. Puis Dick et lui échangèrent une poignée de main si virile que, deux minutes après, Harry en avait encore mal à la main. Il alla attendre son train sur le quai et rentra à New York. En un sens, il n'avait que ce qu'il avait cherché : une rupture. Mais que lui restait-il à présent ? A ce que disent les gens, les jolies filles courent les rues. C'est possible. Mais rares sont les filles aussi intéressantes que Connie et Lesley. Au cours de la semaine suivante, elles passèrent, chacune de son côté, prendre les rares effets qu'elles avaient laissés chez Harry, et chacune abandonna sa clé sous le paillasson.

Sincères condoléances

Titre original de la nouvelle
UNDER A DARK ANGEL'S EYE

traduite par
SYLVIE DURASTANTI

extraite de
LA PROIE DU CHAT

Il serait bientôt arrivé à destination : l'autobus qu'il avait pris à l'aéroport allait le déposer à Arlington Hills. Personne ne serait là pour l'accueillir à la gare routière, mais peu lui importait. Et même, Lee préférait autant cela. Sa petite valise à la main, il irait à pied jusqu'à l'hôtel Capitole, quatre ou cinq rues plus loin, et, si tant est qu'il fût toujours ouvert, il y prendrait une chambre. Après quoi, il appellerait Winston Greeves pour lui annoncer son arrivée. Il ne serait guère que seize heures et ils pourraient peut-être tout régler le soir même avec l'avoué. Tout, c'est-à-dire la signature de l'acte de vente de la demeure où Lee Mandeville était venu au monde. Elle lui appartenait, mais à présent qu'il avait besoin d'argent, il se voyait contraint de la vendre. Somme toute, cela lui était égal, car il n'était nullement attaché à cette maison blanche, ou du moins, il ne croyait pas l'être. Il n'y avait connu que de bien pénibles moments et de rares instants de bonheur, quand, tout gosse encore, il jouait pieds nus au foot sur la pelouse avec des copains du quartier. Et c'est là qu'il avait perdu Louise.

Lee se rencoigna dans son siège, et, une joue calée sur son poing gauche, regarda défiler le paysage de l'Indiana derrière la vitre. C'est à peine s'il reconnut la bourgade qu'il traversait. Il y avait neuf, non, dix ans, qu'il n'était pas revenu à Arlington Hills. Dix ans auparavant, il était allé à la maison de retraite voir sa mère, qui, soit ne l'avait pas reconnu, soit avait fait mine de ne pas le reconnaître, soit l'avait réellement pris pour quelqu'un d'autre. Mais quoi qu'il en fût, elle s'était arrangée pour lui lancer : « Ne reviens pas ! », alors qu'il passait le seuil de sa chambre. Winston, qui l'accompagnait, avait gloussé en secouant la tête, comme pour dire : « Que peut-on faire avec les vieux, hormis s'en accommoder ? »

Oui, de nos jours, les vieux avaient la vie dure. Tant qu'il y aurait des cachets, des piqûres, des reins artificiels et des médicaments nouveaux qui coûtaient une fortune, les médecins ne les laisseraient pas mourir. C'est pourquoi Lee devait vendre la demeure. Depuis douze ans, depuis que sa mère était en maison de retraite, la maison était louée à un couple dont les gosses devaient à présent aller sur leurs dix ans. Comme ces braves gens ne roulaient pas sur l'or, Lee ne leur avait jamais demandé qu'un loyer très raisonnable, préférant garder ces locataires sérieux qui lui convenaient parfaitement. Seulement, les frais occasionnés par sa mère se montaient désormais à cinq ou six cents dollars par semaine et les propres économies de la vieille dame étaient épuisées depuis cinq ans : il devait donc en régler le plus gros, même si la Sécurité sociale en payait une partie. Sans être vraiment malade, sa mère était dans un état nécessitant certains traitements, tranquillisants d'un côté, remontants de l'autre, sans parler des vitamines et des bilans de santé réguliers. La santé de sa mère, qui restait stationnaire d'une année sur l'autre, ne préoccupait guère Lee. Loin d'être impotente, Edna était en fait invivable et n'écrivait jamais à Lee, lui-même ne lui écrivant pas. Bien avant d'entrer en maison de retraite, elle lui reprochait sans cesse nombre de faits et de méfaits plus imaginaires les uns que les autres. Aussi se jugeait-il dégagé vis-à-vis d'elle de la moindre obligation, hormis de celle de régler ses frais. Lee estimait qu'un enfant doit bien cela à ses propres parents, tout comme les parents doivent à un enfant tout l'amour, toute l'attention et toute l'éducation qu'ils peuvent lui assurer. Les enfants coûtent du temps et de l'argent à leurs parents, mais ultérieurement, ceux-ci leur en coûtent autant. Toujours vieux garçon à cinquante-cinq ans, Lee était antiquaire et évoluait dans les meubles de style, tapis rares, vieilles toiles, cadres anciens, vieux cuivres et vieille argenterie. S'il ne brassait pas de très grosses affaires, il était connu et respecté sur la place de Chicago. Encore bien de sa personne, il avait un visage glabre. Chaque jour se creusait d'une ride d'expression et des sourcils fournis surmontaient ses yeux pensifs et chaleureux. Il prenait grand plaisir à accueillir chaque nouveau client et à le faire parler, histoire de voir s'il souhaitait simplement acquérir un objet purement décoratif ou s'il en était réellement tombé amoureux.

Sitôt que le bus entra en bringuebalant dans Arlington Hills, Lee se crispa, déjà mal à l'aise, déjà malheureux. Enfin... il n'avait nullement l'intention d'aller voir sa mère cette fois-ci. Il n'en avait ni l'obligation, ni l'envie. Depuis une dizaine d'années, elle était tellement dérangée que Lee avait tous pouvoirs. C'est Winston qui avait réussi à lui arracher sa signature, à force de patience, après qu'elle l'eut fait lanterner des mois et des mois, par pur esprit de contradiction, car elle adorait contrarier autrui.

Quinze heures quarante, constata Lee en jetant un coup d'œil à sa montre. Sans attendre l'arrêt du bus, il se leva et retira sa valise du filet.

— *Lee !* Ravi de vous voir !

Lee, extrêmement surpris de s'entendre interpeller, mit deux ou trois secondes à reconnaître Win dans le petit groupe de gens qui attendaient les arrivants. « Win ! *Bonjour !* Je ne m'attendais pas à te trouver là ! fit Lee avec un large sourire. Ils échangèrent une bourrade amicale. Comment ça va, par ici ?

— Oh, comme toujours, répliqua Win. Toujours le même train-train. C'est tout ce que vous avez comme bagages ? Ma voiture est là-bas. Et Kate et moi comptons bien que vous descendiez à la maison. D'accord ? » Win s'était déjà emparé de sa valise. Il avait la soixantaine et le cheveu toujours en bataille. Il portait une chemise sport bleue sur un pantalon marine. Win était à la tête d'une petite compagnie d'assurances qu'il avait fondée et, depuis des lustres, c'était chez lui que s'assuraient toujours les Mandeville.

— C'est très aimable à vous, Win, mais honnêtement, pour une nuit, je peux descendre au vieux Capitole, dit Lee, n'osant avouer qu'il préférerait carrément cette solution.

— Pas question. Kate a déjà préparé votre chambre.

Win se dirigea vers sa voiture et Lee lui emboîta le pas. Après tout, il avait beaucoup d'obligations envers Win, pour ce qui concernait Edna, et celui-ci semblait ravi de le recevoir.

— Gagné, Win, dit Lee, et merci. Comment va Kate ? et Mort ? Mort était leur fils.

— Oh... Win jeta la valise ultra-légère de Lee sur la banquette arrière de la voiture. A présent, Mort travaille à Bloomington. Il est vendeur de voitures.

— Toujours marié ? Pour autant qu'il s'en souvînt, Mort avait une vie conjugale plutôt pénible ; sa femme était partie avec un autre, abandonnant des enfants en bas âge, avant de revenir, lui semblait-il, reprendre la vie commune.

— Non, il a fini par — divorcer, dit Win en mettant le contact.

Doutant que des félicitations soient de rigueur, Lee s'abstint de tout commentaire. Et maintenant, se dit-il, autre sujet inévitable : sa mère. Il ne se souciait guère d'apprendre les dernières nouvelles, aussi s'empressa-t-il d'enchaîner : « J'espérais régler cette histoire de paperasses cet après-midi même, Win, du moment qu'il ne s'agit que d'une simple signature. » D'après la lettre qu'il avait reçue de l'agent immobilier, la maison de Barrett Avenue avait été vendue à un jeune couple, Ralph et Phillis Varick.

— Ou-oui », répondit Win, dont les grosses mains relâchèrent un instant leur prise sur le volant avant de l'empoigner à nouveau. « A mon avis, ça doit être possible. »

Lee supposa que Win n'était pas encore convenu d'un rendez-vous avec l'avoué. « C'est toujours le vieux Graham ? Il nous connaît bien tous deux, on peut sûrement passer à l'improviste.

— Bien sûr. D'accord, Lee. »

Win Greeves s'engagea en voiture dans la Grand-Rue où, en voyant les vitrines et les enseignes des magasins, Lee remarqua nombre de changements notables, mais pas très heureux. Les boutiques et, partant, les passants s'étaient apparemment multipliés. La vieille étude de Douglas Graham était toujours la même : en revanche Graham cumulait les charges d'avoué et de notaire. Des années auparavant, c'est lui qui, à la demande de Lee, avait établi la procuration donnant à Lee pouvoir de signer les chèques réglant les frais occasionnés par sa mère, et désignant également Win Greeves comme exécuteur. En effet, Greeves, résidant à Arlington Hills, passait parfois voir la vieille dame, même si, de son propre aveu, elle ne le reconnaissait pas toujours. Au cours des dernières années, le compte bancaire d'Edna s'était progressivement épuisé et Lee avait dû y virer entre cinq cents et mille dollars par mois pour le maintenir à flot. A présent que le compte était au nom de Lee, Win lui envoyait les relevés bancaires et les factures justificatives.

— La présence des Varick n'est pas nécessaire, j'imagine, dit Lee, lors de la signature, j'entends.

— A ce que je sais, Ralph Varick a déjà signé. Un beau couple, ces deux-là. Tu devrais faire leur connaissance, Lee.

— Ma foi, ce n'est pas nécessaire. Transmets-leur mes meilleurs sentiments. » Lee ne tenait ni à revoir la vieille maison, ni à les voir. Les sympathiques locataires, les Clark, qui n'avaient pas eu les moyens d'acquérir la maison, y resteraient jusqu'à la fin du mois ; mais Lee ne tenait pas à les voir non plus, ne fût-ce que pour leur dire bonjour, car il était désolé pour eux. Il se força donc à poser la question inévitable. « Et ma mère, elle n'a pas changé non plus, je suppose ? »

Win eut un gloussement et secoua la tête. « Elle... oui..., c'est à peu près ça. »

Ils ne finissent donc *jamais* par lâcher la rampe, se dit amèrement Lee, qui faillit rire de lui-même. Une fois qu'il aurait encaissé l'argent de la maison, combien de temps, combien d'années vivrait encore sa mère, pour lui dévorer cinq ou six cents dollars par semaine ? A présent, elle avait quatre-vingt-six ans. Vivrait-elle jusqu'à quatre-vingt-dix ou quatre-vingt-douze ans ? Ce n'était pas impossible. Pour autant qu'il s'en souvînt, trois de ses grands-parents (sans compter un oncle du côté de sa mère) étaient morts presque centenaires.

« Nous y voilà, dit Win en se garant le long du trottoir.

Lee chercha dans sa poche une pièce de monnaie, et, prenant Win de vitesse, la glissa dans le parcmètre. Doug Graham n'avait pas de secrétaire. En entendant tinter la sonnette, il sortit de son bureau pour les accueillir en personne dans la salle d'attente.

« Tiens, Lee et Win. Comment allez-vous, Lee ? Fort bien, à première vue », lança-t-il en lui donnant une chaleureuse poignée de main. Doug allait à présent sur ses soixante-dix ans. Il avait pris de la bouteille en dix ans et il était plutôt corpulent dans son complet beige informe.

« Très bien. Et vous-même ? » Lee aurait voulu trouver des mots plus chaleureux mais, Dieu sait pourquoi, il ne lui en vint pas à l'esprit. Par le passé, Doug avait pourtant rendu de fiers services à Lee et à sa mère. Ainsi, se remémora Lee avec une certaine gêne, une vingtaine d'années auparavant, c'est Doug qui avait dissuadé sa mère de déshériter Lee, son seul rejeton direct et proche parent, en faveur d'une jeune femme de charge noire qui s'était insinuée dans ses bonnes grâces.

Doug Graham écarta posément quelques paperasses sur son bureau et montra à Lee où apposer sa signature. « Après lecture, évidemment, Lee », fit-il en souriant.

Lee parcourut le papier. C'était l'acte de vente de la maison de Barrett Avenue. Il le signa. Il y avait également le titre de propriété, portant la signature du père de Lee et celle de son grand-père, précédé d'un nom étranger à la famille. Le dernier nom porté était celui de Ralph David Varick. Mais là, sa signature n'était pas nécessaire.

« Vous n'en êtes pas trop chagriné, j'espère, Lee, laissa tomber Doug de sa voix grave. Après tout, on ne vous a guère vu ici, au cours des dernières années. Vous nous avez bien manqué. »

Lee secoua la tête. « Pas trop chagriné, non. »

Il passa le stylo à Winston Greeves, qui se leva pour signer en qualité de témoin.

— Dommage d'en arriver là, remarqua Doug. Et désolé pour votre mère. »

Encore une fois, Lee sentit la honte l'envahir : comme tout le monde, Doug savait que sa mère était non seulement sénile mais encore passablement dérangée. « Ma foi... ce sont des choses qui arrivent. Au moins, elle ne souffre pas, répliqua-t-il maladroitement.

— C'est vrai. Merci, Win. Avec ça, la question est réglée, je crois. Combien de temps comptez-vous rester, Lee ? »

Lee répondit qu'il comptait rentrer dès le lendemain à Chicago, où l'appelaient ses affaires. Puis il demanda ce qu'il devait, et, devant la réponse négative de Doug, il éprouva une fois de plus de la honte : Doug devait savoir que c'était la nécessité qui l'avait contraint à vendre.

— Nous méritons bien un petit verre, à présent, fit Doug en sortant une bouteille de whisky du dernier tiroir de son bureau. De toute façon, c'est l'heure de fermer l'étude.

Sans prendre la peine de s'asseoir, ils prirent chacun un whisky sec. Mais l'atmosphère resta tendue et plutôt triste, au sentiment de Lee.

Dix minutes plus tard, ils étaient chez les Greeves, dans une maison plus imposante que celle que venait de vendre Lee, dotée d'une belle pelouse et d'arbres magnifiques. Kate Greeves accueillit Lee comme s'il faisait partie de la famille, serrant sa main entre les siennes, et l'embrassant sur la joue.

— Je suis si contente que Win vous ait persuadé de rester, Lee ! Venez, je vais vous montrer votre chambre.

Elle le conduisit à l'étage.

Un arôme de cannelle montait de la cuisine. Impeccable, la chambre était banalement meublée, mais Lee avait vu pire. Les Greeves faisaient de leur mieux pour lui être agréables.

— J'ai envie d'aller me promener, leur annonça Lee en redescendant. A peine six heures. Il fait encore jour et...

— Oh, non ! Restez, que nous parlions un peu, Lee. Ou, si vous tenez à revoir la vieille ville, je peux vous emmener en voiture. » Win semblait tout prêt à l'obliger.

Mais sa proposition ne tenta guère Lee. Il souhaitait se dégourdir les jambes tranquillement, mais il sentit Win prêt à lui soutenir qu'il lui faudrait marcher un bon quart d'heure pour sortir du quartier résidentiel de Rosedale, et ainsi de suite. Si bien qu'il se retrouva installé au salon, un scotch bien tassé à la main. Kate apporta une coupe d'amuse-gueule.

A cet instant, le téléphone sonna : les Greeves échangèrent un regard, puis Win alla répondre dans le vestibule.

Lee souleva, sur la table basse, un vieux presse-papier de verre, avec un papillon aux ailes déployées pris dans la masse. Il s'apprêtait à demander à Kate d'où elle le tenait quand un « non » retentissant, lancé par Win, le décida à garder le silence.

« *Non,* j'ai dit, reprit Win un ton plus bas, mais avec des accents de colère étouffée, et ne rappelle pas ce soir, tu m'entends ? » Il raccrocha bruyamment l'appareil. Une fois revenu au salon, ce fut d'une main légèrement tremblante qu'il se saisit de son verre. « Désolé de cette interruption », dit-il à Lee avec un sourire nerveux.

Encore des problèmes à cause de Mort, songea Lee. Sinon avec Mort lui-même. Lee jugea préférable de ne pas s'appesantir là-dessus. Kate aussi avait l'air tendu. Mort devait avoir la quarantaine à présent. Véritable chiffe molle, ce garçon avait, dès son adolescence, fait bêtise sur bêtise : emboutissant une voiture, se faisant ramasser ivre mort sur la voie publique, se retrouvant forcé d'épouser une fille qu'il avait engrossée, celle-là même dont il venait de divorcer, au dire de Win. Lee jugeait toutes ces histoires stupides, car parfaitement évitables, par comparaison avec les problèmes que lui causait une mère dérangée, fermement accrochée à la vie.

— Il ne va pas passer, non ? souffla Kate à Win en se penchant pour lui offrir les amuse-gueule.

Win secoua lentement la tête.

C'est tout juste si Lee avait pu saisir le murmure de Kate. Durant le dîner, ils parlèrent de choses et d'autres, sans s'attarder sur le problème de la mère de Lee. Elle allait bien, se promenait un peu dans le parc et descendait prendre ses repas dans la salle à manger. En guise de distractions, il y avait chaque mois une petite fête à la maison de retraite pour célébrer tous les anniversaires tombant dans le mois, et il y avait aussi la télé, sinon dans chaque chambre, du moins dans la salle commune, au rez-de-chaussée.

« Elle lit toujours la Bible ? demanda Lee avec un petit sourire.

— Oh, je suppose : là-bas, il y en a une dans chaque chambre », répliqua Win en jetant un coup d'œil à sa femme qui, réagissant aussitôt, s'empressa de demander à Lee comment marchait le commerce à Chicago.

Tout en lui répondant, Lee revit sa mère, lisant sa Bible, les lèvres pincées. Qu'en avait-elle tiré, de la lecture de la Bible ? Sûrement pas le lait de l'humaine tendresse — encore que la formule soit de Shakespeare... à moins que ces mots n'aient été prononcés par Jésus ? Le Dieu de l'Ancien Testament était un dieu vengeur, assoiffé de sang, souvent cruel. « Lis la Bible, Lee », lui avait souvent dit sa mère, quand elle le voyait déprimé, découragé ou le savait tenté, vers dix-sept ou dix-huit ans, par exemple, d'acheter à crédit une belle voiture en deuxième main. Quelle peccadille, vraiment, en comparaison avec ce qu'avait fait sa mère quand il avait vingt-deux ans ! Il était fiancé à Louise Watts, et follement amoureux d'elle. Sur cet amour, il aurait pu fonder un solide mariage. Or sa mère avait raconté à Louise que Lee courait les femmes, de préférence les prostituées, et partait en voiture se payer du bon temps à droite et à gauche. Entre autres fariboles... Et Louise, qui n'avait que dix-neuf ans, l'avait crue, et en avait souffert. *Au diable ma mère,* se dit Lee. Qu'avait-elle gagné avec ses mensonges, sa mère ? L'avait-elle seulement gardé sous sa coupe ? Non. Une année ne s'était pas écoulée que Louise avait épousé un autre homme et déménagé, sans doute pour habiter New York. De son côté Lee était parti s'embaucher comme garde-côte, d'abord à San Francisco, puis à La Nouvelle-Orléans. Si seulement Louise ne s'était pas mariée, il aurait encore tenté sa chance auprès d'elle car, pour lui, Louise était la seule fille au monde. Évidemment, il en avait connu d'autres, quatre ou cinq. Il avait songé à les épouser, sans jamais pouvoir se persuader, ni les persuader, que leur mariage pourrait marcher. Puis, vers la trentaine, il était parti s'installer à Chicago.

— Tu n'aimes pas ma tarte, Lee ? demanda Kate.

Lee s'aperçut qu'il avait à peine touché à la tarte aux pommes chaude et qu'il tordait sa serviette dans sa main gauche, comme s'il tordait le cou à quelqu'un. « Mais si, beaucoup », répliqua-t-il calmement, avant de s'évertuer à la terminer.

Cette nuit-là, Lee ne dormit pas très bien. Mille idées lui tournaient dans la tête, sans qu'il puisse en saisir aucune. C'est avec soulagement que dès l'aube, il se leva, s'habilla en silence et, sans prendre la peine de se raser, descendit à pas de loup l'escalier pour aller faire un tour, avant que les autres ne soient debout. En moins de dix minutes, il était sorti des limites du quartier résidentiel. Il faisait un temps doux et clair, un peu frisquet pour un mois de mai. La ville s'éveillait : les laitiers faisaient leurs livraisons, les facteurs leur tournée, les ouvriers sautaient dans les premiers bus.

— Lee ? Vous êtes bien Lee Mandeville, pas vrai ?

Lee vit devant lui un jeune homme brun d'une vingtaine d'années, en chemise blanche et cravate sous un costume de tweed. Cette tête lui était vaguement familière ; mais, quand bien même sa vie aurait été en jeu, il aurait été incapable de mettre un nom dessus.

« Charles Ritchie ! se présenta le jeune homme en riant. Vous vous rappelez, je livrais ses commandes d'épicerie à votre mère !

— Mais oui, Charlie... » Lee sourit, en se rappelant le gamin maigrichon de douze ans qui buvait parfois un soda dans la cuisine. « N'êtes-vous pas en train de rater votre bus, Charlie ?

— Aucune importance, dit le jeune homme, en n'accordant qu'un vague coup d'œil au bus qui démarrait. Qu'est-ce qui vous amène ici, Lee ?

— J'ai dû vendre la maison. Vous vous souvenez de la maison ?

— Si je m'en souviens ! Désolé que vous deviez vendre. Je pensais qu'un jour ou l'autre, vous viendriez vous retirer ici ou Dieu sait quoi. »

Lee eut un sourire.

— A dire vrai, j'ai besoin d'argent. Ma mère vit toujours, et ça représente de gros frais. Non que je m'en plaigne...

Il vit l'expression de Charlie changer subitement.

— Je ne comprends pas, dit Charlie. Mme Mandeville est morte il y a — oui, il y a bien cinq ans de cela. Oui et je — j'étais moi-même à son enterrement, Lee, fit-il, les yeux fixés sur ceux de Lee.

Lee comprit que c'était la stricte vérité. Voilà pourquoi Win tenait tant à ce qu'il passe la nuit chez lui : de peur qu'il ne tombe sur quelqu'un risquant de lui révéler la vérité.

— Que se passe-t-il, monsieur ? Je suis désolé d'avoir mentionné ça. Mais *vous* disiez...

Le jeune homme venait de lui empoigner le coude, et Lee lui sourit, en se dégageant sans brusquerie.

— Désolé. Vous avez dû croire que j'allais m'évanouir. Évidemment... Lee prit une profonde inspiration, tout en s'efforçant de rassembler ses esprits. Évidemment, qu'elle est morte. Je ne sais ce qui m'est passé par la tête, Charlie.

— Oh, ne vous excusez pas, Lee. Ça va mieux, vous en êtes sûr ?

— Mais oui. Voilà votre bus.

Dans le timide soleil brouillé du matin qui pâlissait les frondaisons des arbres, le bus approchait. Lee recula, agita vaguement la main, sans prêter attention aux derniers mots que lui disait Charlie. Puis, sans hâte et sans se soucier de savoir où le menaient ses pas, il marcha un bon quart d'heure.

En y réfléchissant, il comprit que Win devait avoir été de mèche avec quelqu'un de la maison de retraite, l'intendant, par exemple. Car, durant les cinq dernières années, Lee avait vu des factures parfaitement authentiques. Il avait du mal à avancer comme s'il pataugeait dans la boue, comme s'il n'était pas en train de marcher sur le trottoir. Que diable allait-il pouvoir y faire ? Cinq ans ! Soit, à raison de vingt ou vingt-quatre mille dollars par an... Avec un sourire sans joie, Lee renonça à calculer. En regardant la plaque de la rue, il vit qu'il se trouvait à l'angle des rues Elmhurst et Billigham. Il prit par la rue Elmhurst pour regagner Rosedale. La seule chose qu'il voulait des Greeves, c'était sa valise.

Quand Lee rentra dans la maison, il trouva la porte déverrouillée. Un arôme de café et de jambon frit lui monta aux narines. Win descendit précipitamment l'escalier pour venir l'accueillir.

« Lee — nous nous faisions du souci ! Nous imaginions que vous étiez peut-être somnambule ! lança-t-il en grimaçant un sourire.

— Non, non, j'étais juste allé faire un tour, comme j'en avais envie hier soir. » Win le dévisageait. A n'en pas douter, il devait être blême. Mais il pouvait encore se montrer poli envers ces gens-là, sans trop se forcer. C'était plus prudent, et plus conforme à ses penchants naturels, d'ailleurs. « J'espère ne pas vous avoir retenu, Win ? dit-il en consultant sa montre. Déjà huit heures dix !

— Ab-so-lu-ment-pas ! lui assura Win. Venez déjeuner. »

Il sentit que le petit déjeuner aurait du mal à passer, mais, sans se départir de sa politesse, il fit descendre son café à petites gorgées, tout en chipotant ses œufs brouillés. Il remarqua que Kate et Win échangeaient des regards entendus, même si Win s'efforçait, sans y parvenir, d'éviter le regard de sa femme.

— Et vous... euh... vous avez fait une bonne promenade? interrogea Win.

— Très agréable, merci. J'ai rencontré Charles Ritchie, lâcha-t-il, prononçant ce nom avec un respect accru, comme si Charles Ritchie venait d'être élevé du modeste statut de garçon de courses à celui d'ange annonciateur. Il faisait les livraisons à ma mère. » Il remarqua que Win semblait n'avoir guère plus d'appétit que lui-même.

La tension monta de façon nettement perceptible quand Kate déclara :

— Win dit que vous avez l'intention de nous quitter aujourd'hui. Vous ne voulez pas changer d'avis, Lee?

Cette remarque sonnait tellement faux qu'en son for intérieur, Lee crut exploser. Mais, extérieurement, il resta maître de lui, à ceci près qu'il rejeta sa serviette sur la table. « Désolé, cela m'est impossible. Non », dit-il d'une voix cassée et sonnant creux. Puis il se leva. « Si vous voulez bien m'excuser. » Il quitta la table et monta à sa chambre. »

Il refermait sa valise quand Win entra dans la pièce. Pâle comme un linge, il accusait dix ans de plus.

Lee en fut aussitôt presque désolé. « Oui, j'ai tout appris, pour ce qui est de ma mère... C'est ce qui vous tracasse, non, Win? » Sa valise à la main, il s'apprêtait à quitter la chambre.

A pas de loup, Win alla jusqu'à la porte et la referma. Après en avoir lâché la poignée d'une main tremblante, il se couvrit le visage. « Lee, je tiens à ce que vous sachiez que j'ai honte de moi. »

Lee eut un bref hochement de tête impatient, qui échappa évidemment à Win.

— Morton avait tellement d'ennuis! Cette maudite femme qu'il a, elle ne l'a pas lâché, ils n'ont toujours pas divorcé, c'est un épouvantable gâchis. Et cette fille, je veux dire, sa femme est encore enceinte, de lui, à ce qu'elle prétend, mais j'en doute, j'en doute réellement. Mais elle exige constamment de l'argent et légalement...

— Que voulez-vous que ça me fasse ? l'interrompit Lee.

Il serrait la poignée de sa valise, impatient de s'en aller, et la masse de Win lui barrait le chemin. Win ouvrit de grands yeux effarés, qui rencontrèrent les siens.

Lee crut avoir devant lui une bête qu'on mène à l'abattoir, encore qu'il n'en ait jamais vu en de telles circonstances.

— J'imagine, dit il, que vous êtes de mèche avec la maison de retraite, puisque j'ai souvenance de factures assez récentes.

— Oui, oui, convint lamentablement Win.

Alors revinrent à l'esprit de Lee les paroles de Doug Graham, quand il avait répondu, à son affirmation qu'au moins sa mère ne souffrait pas : « C'est vrai. » Doug, sachant sa mère morte, avait passé le fait sous silence, en le supposant au courant. Lee se dirigea vers la porte.

« Lee ! », s'écria Win, qui avança une main dans l'intention de le retenir par la manche et la retira aussitôt, comme s'il craignait de le toucher. « Qu'allez-vous faire ?

— Je n'en sais rien. Je suis très secoué.

— J'ai eu tort, je le sais. Je suis le seul coupable. Mais si vous saviez dans quelles impasses je me suis trouvé et je me trouve *encore*. Du chantage. D'abord la femme de Mort, qui l'a fait chanter, et à présent... »

Lee avait compris. Mort faisait maintenant chanter son propre père, en le menaçant de révéler toute la combine. Jusqu'où pouvaient donc tomber des êtres humains ? Réaction curieuse, Lee faillit sourire. « Comment est-elle morte ? s'enquit-il d'un ton courtois. D'une attaque, je suppose ? — Morte dans son sommeil, souffla Win. Rares sont les gens qui ont assisté à son enterrement. Vous comprenez, elle s'était fait des ennemis, avec sa mauvaise langue... Quant à cet homme...

— Quel homme ? s'enquit Lee, comme Win s'était subitement tu.

— L'homme de Hearthside, la maison de retraite. Il s'appelle Victor Malloway. Il... il est tout aussi coupable que moi. Mais personne d'autre. Il jeta encore un regard pitoyable à Lee. Que comptez-vous faire, Lee ? »

Lee prit une profonde inspiration. « Ma foi, qu'est-ce que je pourrais bien faire ? » Win ne répondit pas. Lee ouvrit la porte. « Au revoir, Win, et merci. »

Au bas de l'escalier, Lee réitéra ses remerciements et fit ses adieux à Kate. Son esprit était incapable d'enregistrer ce qu'elle disait. Sans doute lui offrait-elle de le conduire à la gare routière ou d'appeler un taxi. « ... Ça ira très bien, s'entendit-il lui répondre. Je préfère me débrouiller. »

Il partit seul, libéré, vers le centre et la gare routière, sa valise à la main. Il fit tout le chemin sans se presser, d'un pas régulier, et arriva à la gare routière vers dix heures. Là, il attendit patiemment le prochain autobus pour l'aéroport. Il se sentait encore l'esprit confus, quoique agité de pensées, de tristes, d'amères pensées, se mêlant en lui comme des eaux troubles, qu'il se prit à exécrer.

Tandis que l'autobus roulait, lui vinrent à l'esprit d'autres pensées, tels les souvenirs des odieuses prétentions de sa mère, du temps où elle était plus jeune, des tracasseries qu'elle avait fait subir à son père, du mépris et des critiques systématiques dont elle accablait les filles qu'il avait jamais amenées à la maison. Tout comme elle disait pis que pendre de ses propres voisins et connaissances, même des mieux intentionnés à son égard. Aux yeux de sa mère, personne ne trouvait jamais grâce. Et voilà que, chose terrible, elle avait vraiment eu une fin digne d'une tragédie classique, une fin survenue dans les coulisses, à l'insu de tous. C'étaient de minables escrocs qui l'avaient achevée, ces Greeves père et fils et ce Victor... Mallory, ou quelque chose comme ça. De fait, il y avait cinq ans qu'ils se repaissaient de ses restes, ces rapaces.

Ce n'est qu'une fois passé le seuil de sa boutique, une fois retrouvé son univers familier, la luisance des meubles cirés, le chatoiement chaud des cuivres astiqués et les courbes douces du merisier, que Lee put se détendre. Sitôt rentré, il verrouilla la porte derrière lui, en laissant la pancarte « FERMÉ ». Il voulait retrouver son état normal, recommencer à vivre comme si de rien n'était, oublier Arlington Hills. Autrement, il risquait de s'en rendre malade, de s'empoisonner l'existence, à remâcher les idées qui l'avaient assailli dans l'autocar et dans l'avion. Il prit un bain et se rasa.

Vers cinq heures de l'après-midi, il ôta la pancarte. Après quoi, il eut un client, si l'on peut dire, car l'homme, ayant tout regardé, repartit sans avoir rien acheté. Mais peu importait à Lee.

De temps à autre, dans des moments de lassitude ou de déception, il lui arriva de repenser à Win, et de souhaiter du mal à cct ami indignc. *Œil pour œil, dent pour dent,* disait la Biblc, ou du moins, l'Ancien Testament. Mais Lee ne souhaitait rien de tel : car sinon, il aurait pu traîner Winston Greeves devant les tribunaux, histoire de lui rendre la pareille. Il pouvait l'attaquer, avoir gain de cause à tout coup, rentrer dans ses frais et contraindre les Greeves à vendre leur belle maison, puis, une fois son argent récupéré, racheter la maison familiale. Mais, il s'en rendit compte, il ne tenait pas à la maison où il avait vu le jour, empoisonnée qu'elle était pour lui par le sale esprit de sa mère.

De son côté, Winston Greeves ne se manifesta pas, ne lui envoya ni une lettre, ni un mot d'explication et ne lui offrit pas de rendre l'argent qu'il lui avait volé. De temps en temps, Lee l'imaginait angoissé, redoutant ses représailles. Un bon mois s'était déjà écoulé depuis son retour d'Arlington Hills. Peut-être Win, Kate et Mort se figuraient-ils qu'il avait pris un avocat pour attaquer Win et son complice d'Hearthside.

C'est alors qu'à sa grande surprise, Lee reçut une lettre d'Arlington Hills, dans une enveloppe portant son adresse tapée à la machine et, dans l'angle supérieur gauche, le nom de la compagnie d'assurances de Win et son emblème, un aigle aux ailes déployées. En retournant l'enveloppe, Lee ne vit pas de nom d'expéditeur et se demanda un instant ce qu'elle pouvait bien contenir. De répugnantes excuses, ou bien un chèque, fût-il dérisoire ? Quelle absurdité ! A moins qu'il ne s'agisse d'une ultime traite d'assurances, pour la maison de sa mère. Cette idée lui sembla risible. Il décacheta l'enveloppe. La lettre, tapée à la machine, n'était pas longue.

Cher Lee,

Après tous les ennuis que nous avons eus, il nous en est arrivé un dernier. Mort s'est tué en voiture mardi dans la nuit; après avoir renversé un piéton (qu'il a grièvement blessé, mais qui a survécu, Dieu merci), en s'écrasant contre un arbre. Je pourrais dire que c'est presque une bénédiction, compte tenu des ennuis qu'il a eus et nous a causés. J'ai pensé que cela vous interesserait de l'apprendre. Nous en sommes tous deux très affectés.

Bien à vous,

Win

En poussant un soupir, Lee haussa les épaules. Bon. Qu'était-il censé répondre, penser ou éprouver en apprenant une telle nouvelle ? Win pouvait-il attendre des condoléances de sa part ? Il constata que cette nouvelle le laissait profondément indifférent. Que Mort Greeves soit mort ou vivant, il s'en moquait.

Un peu plus tard, dans la journée, alors qu'il ôtait ses bottes de caoutchouc, après avoir repeint l'allée au jet, il imagina Mort agonisant, perdant son sang, dans une voiture écrasée contre un arbre. Bien, se dit-il. *Œil pour œil...* Durant un bref instant, il eut le sentiment de tenir là sa vengeance. Mort était le fils unique de Win, son unique enfant. Et voilà qu'après une vie inutile, il était mort. Bien. Bien. A présent qu'il venait lui-même de toucher l'argent de la vente de la maison, libre à lui de s'offrir la propriété qu'il avait en vue, au bord d'un lac, à proximité de Chicago. Avec une barque de pêche.

Or, ce soir-là, en se déshabillant pour se coucher, il crut voir sa mère, sa mère lisant la Bible au salon, dans son grand fauteuil à bascule, puis le fixant, avant de lui demander de ses lèvres pincées pourquoi il ne la lisait pas plus souvent, lui ! La Bible ! Comme si la Bible l'avait rendue meilleure, ou plus compréhensive envers autrui, elle ! D'ailleurs, le puritanisme de la Bible n'était plus à démontrer — ni celui de sa mère. Mais, s'il était tellement répréhensible de faire l'amour, comment sa propre mère avait-elle pu le concevoir, et même songer à se marier ?

Non, fit-il à haute voix, en s'ébrouant comme pour se débarrasser de telles pensées. Non, il n'allait cultiver des idées de vengeance, biblique ou pas, ni envers les Greeves, ni envers l'homme d'Hearthside dont le nom de famille lui échappait, ce Victor. Il eut un sourire, en prenant conscience de l'absurdité de ce prénom prétentieux.

Lee avait quelques amis dans le voisinage et l'un d'eux, Edward Newton, homme de son âge, libraire de son état, passa un après-midi prendre un café avec lui dans l'arrière-boutique, selon son habitude. A Edward et à tous ses autres amis, Lee avait raconté que sa mère, déjà malade lors de son passage à Arlington Hills, s'était éteinte peu après. Edward avait un journal à la main.

— Tu connaissais ce type ? J'ai pensé à te le montrer, car je me rappelais que ta mère était à Hearthside, dit-il en désignant du doigt un entrefilet intitulé : « SUICIDE DU DIRECTEUR D'UNE MAISON DE RETRAITE ».

D'après l'article en question, Victor C. Malloway, directeur de la maison de retraite et de vieillesse d'Arlington Hills, Indiana, avait mis fin à ses jours par asphyxie dans son propre garage. Aucune lettre ne justifiait son geste. Il laissait une femme, Mary, un fils, Philip, une fille, Marion, et trois petits-enfants.

— Non, dit Lee. Je ne l'ai jamais rencontré, mais je le connaissais de nom, effectivement.

— C'est sûrement assez déprimant de vivre entouré de vieillards. C'est être constamment dans l'idée de la mort, en somme.

Lee en convint et changea de sujet.

Au tour de Win, à présent. Qu'allait-il lui arriver ? Ou qu'allait-il faire ? Peut-être rien, après tout. Son propre fils était mort — s'il ne s'était suicidé, comme le soupçonnait Lee. Par son père, Mort avait sûrement appris que la plaisanterie était finie, qu'il n'était plus question de continuer à extorquer de l'argent à Lee. Quant à Victor Malloway, il avait probablement eu, lui aussi, une ou deux discussions assez désespérées avec Win. Lee revit les traits défaits et hagards de Win, dans leur chambre d'amis. Assez, c'est assez, se dit-il. Win était un homme à terre.

Lee investit une partie de ses fonds dans l'achat de dix tapis dc Turquie, dont il appréciait tout particulièrement les coloris et la qualité. Sûr de pouvoir en revendre cinq ou six à un bon prix, il mit en vitrine une pancarte signalant l'aubaine. Quant aux autres, ils iraient dans la maison près du lac qu'il venait d'acquérir. De plus en plus heureux, Lee donna une petite fête pour son anniversaire, invitant une dizaine d'amis au restaurant, avant de les ramener chez lui. Puis, dans la boutique illuminée, l'un d'eux se mit à taper sur le piano qui était légèrement désaccordé, provoquant une franche gaieté. Enfin, tout le monde sabla le champagne à la santé de Lee.

Lee entreprit de meubler sa nouvelle maison, qui, quoique moins vaste que la demeure familiale d'Arlington Hills, comptait un étage et un ravissant verger. Toutefois, comme elle se trouvait à une quarantaine de kilomètres de la boutique, Lee n'y allait pas quotidiennement, encore qu'en partant en fin d'après-midi, il pût aisément y être dans la soirée, s'il en avait l'envie. De temps en temps, et non sans un choc, il repensait à sa mère, morte depuis *six ans* déjà, et non depuis huit ou dix mois, comme il l'avait raconté à ses amis. Il songeait sans aigreur aux centaines de milliers de dollars envolés, empochés par Win et consorts. A présent, ils étaient à égalité. Oui, même si Lee ne s'intéressait guère au jeu, ni à l'enjeu. Autant oublier. Une mort, c'est toujours triste. Le fils de Win et Victor étaient morts, sans qu'il ait eu à aller leur arracher les yeux.

Puis vint l'automne. Lee s'affairait à colmater portes et fenêtres, quand il entendit prononcer le nom d'Arlington Hills à la radio : malheureusement, il avait manqué le début de l'information, une vague histoire de mort, accidentelle ou non, d'un simple particulier, causée par une arme à feu. Vaguement troublé, Lee poursuivit sa tâche. Aurait-il en fait entendu le nom de Win Greeves ? A genoux, en blue-jean, il continua à mesurer, découper, coller la bande isolante.

« S'il s'agit de Win Greeves, c'est trop », se dit-il. C'était assez de vengeance. Plus qu'assez. Heureusement, Arlington Hills était grand : ce ne serait pas forcément Win. Pourtant, Lee était bizarrement troublé, rageur et nerveux. Tandis qu'il poursuivait sa besogne, le temps lui parut long jusqu'aux nouvelles de dix-sept heures, qu'il suivit attentivement. Ce fut juste avant le bulletin météo que l'on annonça la mort de Win Greeves, survenue à l'âge de soixante et un ans, à la suite d'une blessure dont on ne savait s'il se l'était infligée volontairement ou non. D'après les déclarations de sa femme, il venait d'acheter ce pistolet pour s'entraîner au tir.

Après avoir entendu la nouvelle, Lee baissa la tête, et ses épaules s'affaissèrent. Il sentit ses forces le quitter, puis lui revenir peu à peu, avec l'espèce de rage qu'il avait éprouvée une heure plus tôt. C'en était trop. « *Ma coupe déborde...* » Non, ce n'était pas ça. Cela, c'était le Christ qui l'avait dit, et le Christ n'aurait pas approuvé cette... chose. Lee esquissait le geste de se couvrir le visage des deux mains, quand il revit Win dans la même attitude. Il laissa retomber ses bras et se redressa. Puis il descendit au salon.

A gauche et à droite de la cheminée, il y avait des étagères encastrées dans le mur. Il y prit un livre relié de cuir noir. C'était la Bible, la propre Bible de sa mère, si usée que la tranche du dos en paraissait brune. Lee trouva rapidement le début et la fin de l'Ancien Testament : alors, de la main gauche, il l'arracha de la reliure, pour le jeter dans l'âtre vide comme une véritable ordure, avant d'essuyer sa main gauche sur son jean. Les pages s'étaient éparpillées en tombant. Il frotta une allumette.

Puis il regarda les pages flamber et se réduire en cendres, tout en prenant conscience de l'inutilité de son geste. Il existait bien d'autres exemplaires de l'Ancien Testament au monde. Ce mouvement de colère ne servait à rien et était d'ailleurs loin de le satisfaire, de le purifier ou d'alléger sa conscience.

Il devait envoyer ses condoléances à Kate. Oui, il lui écrirait dès ce soir. Et pourquoi pas dès maintenant? Comme il se dirigeait vers le bureau où étaient rangés son papier à lettres et son stylo, des phrases lui vinrent à l'esprit. Bien entendu, il allait rédiger sa lettre à la main. En l'espace de quelques mois, Kate venait de perdre son fils et son mari.

Chère Kate,

Je viens d'apprendre par hasard à la radio cet après-midi la triste nouvelle. J'imagine que si peu de temps après la mort de Morton, le coup doit être d'autant plus terrible. Sachez que je vous adresse mes sincères condoléances et que je mesure votre peine...

Lee acheva posément sa lettre. Fait étrange, il plaignait réellement Kate. Même si elle s'était prêtée aux manigances de son mari, il avait cessé de lui en vouloir. Car, en un sens, Kate n'était à ses yeux qu'une vague entité. De ce fait, elle se trouvait absoute de toute culpabilité. Le pardon n'était plus nécessaire. Lee apposa sa signature au bas de la page. Il n'y avait pas un seul mot de sa lettre qui ne fût sincère.

Pour le restant de leurs jours

Titre original de la nouvelle
OLD FOLKS AT HOME

traduite par
SYLVIE DURASTANTI

extraite de
LA PROIE DU CHAT

— Eh bien, finit par dire Loïs, faisons-le sans tarder.

C'est avec une grande conviction qu'elle prononça ces mots, tout en regardant son mari d'un air sérieux et vaguement inquiet.

— D'accord, convint Herbert d'une voix tendue.

Ils venaient de décider d'adopter un couple de personnes âgées qui vivraient désormais avec eux. De personnes âgées ou de vieillards. C'était une décision mûrement réfléchie : les Mac Intyre la pesaient depuis des semaines. Ils n'avaient pas d'enfants et n'en voulaient pas. Herbert était expert en logique stratégique auprès d'un organisme gouvernemental du nom de Bayswater, situé à cinq kilomètres de leur résidence ; Loïs était historienne, spécialiste des XVIIe et XVIIIe siècles européens. A trente-trois ans, elle avait déjà publié trois livres et bon nombre d'articles. Herbert et elle avaient une agréable villa dans le Connecticut, avec une véranda servant à la fois de bibliothèque et de bureau à Herbert. La magnifique pelouse et les superbes plates-bandes ombragées d'arbres et d'arbustes étaient entretenues par un jardinier qu'ils employaient à mi-temps. La plupart de leurs voisins, amis et relations avaient des enfants, petits ou grand, si bien que les Mac Intyre commençaient à se reprocher de n'en pas avoir. Quelques mois auparavant, ils étaient allés rendre visite, avec d'autres collègues de travail, à Eustache Vickers, dans la maison de retraite où il était hospitalisé à la suite d'une attaque. Inventeur détaché auprès de Bayswater, fort actif jusque-là et très aimé de tous, Eustache devait malheureusement y décéder.

C'est précisément là-bas qu'Herbert et Loïs avaient appris que beaucoup de familles de la région accueillaient des vieilles gens le temps d'un week-end et surtout vers Noël ou Pâques, afin de leur offrir un petit changement, de leur permettre de retrouver une « vie de famille », ne fût-ce que quelques jours, mais toujours pour leur plus grand bien. « Et il y a même des gens assez gentils pour adopter une personne âgée ou un vieux couple, pour le restant de leurs jours », leur avait dit une infirmière.

Loïs se souvenait avoir frissonné à cette idée, non sans un sentiment de culpabilité. Les vieux ne sauraient vivre éternellement. Peut-être Herbert et elle-même se retrouveraient-ils un jour dans la même situation : quasiment réduits à dépendre de la charité publique et totalement à la merci des infirmières pour satisfaire leurs besoins les plus élémentaires. Et pourtant, les vieux adoraient se rendre utiles dans une maison, dans la mesure de leurs moyens !

« Il faudrait aller voir », dit Herbert à Loïs, avant d'ajouter avec un sourire : « Exactement comme si on allait se choisir un petit orphelin, hein ? »

Loïs rit également de bon cœur et non sans un certain soulagement, après une discussion aussi grave. « Tu plaisantes ? Mais à l'orphelinat, tu ne choisis pas, tu prends ce qu'on te donne. De quel genre de gosse crois-tu qu'on hériterait, Herbert ? Blanc ? Surdoué ? En bonne santé ? Ça m'étonnerait.

— Moi aussi, ça m'étonnerait, compte tenu qu'on n'est ni bons chrétiens, ni bons citoyens. On ne va pas à l'église et on ne vote pas.

— Dans le doute, on s'abstient.

— C'est à cause du travail que tu fais. Et du travail que je fais. Sans compter que moi, je dors à des heures impossibles et que parfois, à quatre heures du matin, je suis encore devant la télé. Mais enfin, tu parlais sérieusement tout à l'heure, Loïs ?

— On ne peut plus sérieusement. »

Loïs appela donc la maison de retraite Hilltop et demanda à parler au directeur où à la directrice, si tant est que ce fût le titre qu'on leur donnait. A l'homme qui lui répondit, elle expliqua en termes mesurés ses intentions et celles de son mari. « J'ai entendu dire que de tels arrangements sont possibles pour une durée de six mois, par exemple. » Elle s'entendit prononcer ces derniers mots, sans trop savoir comment ils lui étaient venus à l'esprit.

L'homme eut un rire des plus brefs. « Ma foi, oui, c'est chose possible, et généralement fort pratique pour tous les intéressés. Voudriez-vous passer nous voir avec votre mari, madame Mac Intyre ? »

Le soir même, Loïs et Herbert se rendirent donc en voiture à la maison de retraite. Vers les sept heures, ils furent accueillis par une jeune infirmière en uniforme bleu et blanc, qui s'assit avec eux dans la salle d'attente durant quelques instants, pour leur annoncer qu'elle avait transmis leur offre à trois ou quatre des divers couples non impotents dînant au réfectoire : deux s'étaient déclarés intéressés.

— Ces vieilles gens ne voient pas toujours où est leur bien, leur dit-elle en souriant. Comment envisagez-vous l'avenir, votre mari et vous, madame Mac Intyre ?

— Ma foi — encore faut-il que nous leur convenions, je suppose ? dit Loïs.

L'infirmière fronça les sourcils d'un air méditatif ; cependant, Loïs eut la nette impression que, loin de réfléchir à sa question, elle cherchait simplement une réponse toute prête. « Je vous demande cela, car, à moins que la ou les personnes hébergées ne manifestent le désir de revenir chez nous, nous considérons généralement de tels arrangements comme définitifs. »

Cette seule idée glaça Loïs qui supposant qu'elle glaçait tout autant Herbert, n'osa le regarder. « C'est déjà arrivé ? Qu'ils veuillent revenir ?

— Rarement ! » dit l'infirmière avec un rire gai mais un peu forcé.

Puis elle leur présenta Boris et Edith Basinsky. Les présentations eurent lieu dans la salle de télévision, une vaste pièce où deux postes de télé diffusaient chacun un programme différent. Boris Basinsky avait la maladie de Parkinson, leur spécifia l'infirmière, à portée d'oreille du malade. Il avait le teint plutôt terreux, mais il sourit en tendant une main tremblotante à Herbert qui la serra fermement. Quant à sa femme, Edith, elle semblait plus âgée que lui, avec des traits presque émaciés, même si elle fixait sur la télé des yeux bleus pleins de vivacité. Le bruit de la télé couvrit tous les propos qu'échangèrent les deux couples, propos du type : « Nous résidons non loin d'ici... nous pensions... » et, pour les Basinsky : « Oui, l'infirmière nous a parlé de vous aujourd'hui... »

Puis ce fut au tour des Forster, Albert et Mamie. Mamie s'était cassé la hanche l'an passé, mais marchait de nouveau avec une canne. Quant à son mari, c'était un grand vieillard efflanqué, assez dur d'oreille pour devoir porter un appareil auditif dont le cordon disparaissait dans le col ouvert de sa chemise. A part une récente attaque qui l'obligeait à marcher lui aussi avec une canne, il était en bonne santé.

« Les Forster ont un fils, mais il vit en Californie et il n'a pas les moyens de les prendre chez lui. Même situation en ce qui concerne leurs deux ou trois petits-enfants, poursuivit l'infirmière. Mamie adore tricoter. Et vous adorez jardiner, n'est-ce pas, Mamie ? »

Mamie hocha la tête, en plongeant son regard dans ceux des Mac Intyre.

Prise d'un vertige subit devant ces têtes chenues et ces faces ridées s'esclaffant au spectacle de la télé, Loïs agrippa Herbert par une manche de sa veste de tweed.

Le soir même, vers minuit, leur choix se porta sur les Forster. Ultérieurement, ils devaient se demander si ce n'était pas justement ce nom si courant de Forster, de consonance typiquement anglo-saxonne, qui avait déterminé leur choix. Les Basinsky auraient peut-être été plus vivables, même si lui avait la maladie de Parkinson, et donc besoin de lavements réguliers, comme les en avait prévenus l'infirmière.

Quelques jours après, les Forster s'installèrent chez les Mac Intyre. Au cours de la semaine précédente, une femme d'âge mûr envoyée par la maison de retraite était venue voir quelle hospitalité pouvaient offrir les Mac Intyre. Elle était repartie apparemment enchantée. Les Forster prirent la plus agréable des deux chambres d'amis de l'étage, dont les fenêtres ouvraient sur la pelouse. Sans oser le leur demander, les Mac Intyre craignaient pourtant qu'ils ne puissent s'accommoder d'un grand lit. Loïs débarrassa le placard et la commode de la chambre d'amis et y installa un fauteuil confortable qu'elle prit dans l'autre chambre, afin que chacun ait le sien. La salle de bains se trouvait de l'autre côté du couloir. Il y avait également un cabinet de toilette avec douche au rez-de-chaussée. Les Forster emménagèrent sur le coup de cinq heures. Des voisins de Loïs et Herbert, les Mitchell, qui n'habitaient qu'à un kilomètre de chez eux, les avaient invités à passer prendre un verre ce samedi ; mais, sachant qu'ils voudraient les retenir à dîner, comme à chaque fois, Herbert avait décliné leur invitation par téléphone, en expliquant quel empêchement ils avaient. « Je comprends, avait répondu Pete Mitchell. Dans ce cas, nous pourrions passer nous-mêmes prendre un verre, sur le coup de sept heures ? Nous ne resterions qu'une demi-heure.

— Avec plaisir. » Herbert sourit, comprenant que les Mitchell étaient tout simplement curieux de voir leurs chers petits vieux. Pete Mitchell était professeur d'histoire à la fac et venait fréquemment discuter boutique avec Loïs.

C'est ainsi qu'ils se retrouvèrent au salon, autour d'un verre de scotch pour Pete, de Dubonnet pour Ruth qui arborait un air amusé.

— Sérieusement, dit Pete qui ne s'était pas assis. Pour combien de temps vous êtes-vous engagés ? Vous avez signé un papier ?

Pete chuchotait presque, comme si les Forster risquaient de l'entendre, depuis l'autre bout du couloir, à l'étage.

— Un papier... engageant notre responsabilité, oui. Sans préciser pour quelle durée, à perpétuité ou Dieu sait quoi.

— A perpétuité ! répéta Ruth Mitchell en éclatant de rire, bien carrée dans son fauteuil.

— Mais où est passée Loïs ? s'enquit Peter.

— Oh, elle est... » A cet instant, Herbert la vit entrer dans la pièce, repoussant d'une main une mèche de cheveux et elle lui parut fatiguée. « Tout se passe bien, chérie ?

— Bonjour... vous deux ! dit Loïs. Oui, tout se passe très bien. Je les aidais simplement à défaire leurs bagages, à ranger leurs affaires dans le placard et dans l'armoire à pharmacie de la salle de bains. J'avais oublié d'y libérer une étagère.

— Des tas de médicaments, j'imagine, dit Pete, les yeux toujours brillants de curiosité. Enfin, tant qu'ils ne sont pas impotents, passe encore.

— Évidemment, dit Loïs. En fait, je leur ai proposé de descendre nous rejoindre, ils aimeraient peut être — Oh, il y a sûrement du vin blanc au frigo, Herbert ? Et du tonic ?

— Tu crois qu'ils pourront descendre sans encombre ? » demanda Herbert, se rappelant quel mal ils avaient eu à monter. Il se précipita vers l'escalier.

Loïs le suivit.

Mamie Forster était précisément en train de descendre les escaliers, marche après marche, en s'appuyant d'une main au mur, son mari sur ses talons, lui-même aidé de sa canne. Comme Herbert se précipitait pour offrir son bras à Mamie, Albert se prit un talon dans le tapis d'escalier et alla bousculer sa femme qui tomba sur Herbert. Albert retrouva son équilibre en prenant appui sur sa canne, Herbert retint Mamie par un bras, mais sans pouvoir l'empêcher de basculer en avant et de heurter de front Loïs, venue à la rescousse. Loïs tomba à la renverse par terre, en donnant de la tête contre le mur. Mamie poussa un cri de douleur.

— Mon bras ! gémit-elle.

Mais Herbert l'avait retenue, et elle n'était pas tombée. Aussi lui lâcha-t-il le bras pour voir comment allait Loïs. Loïs se releva en se frottant le crâne, tout en s'efforçant de sourire.

— Ça va, Herbert, ne t'inquiète pas.

— Riche idée, marmonna Albert qui entrait d'un pas traînant dans le salon.

— Comment ? dit Herbert. Il suivait de près Mamie, laquelle marchait sans difficulté, mais se frottait toujours le bras.

— Riche idée, de mettre une *rampe* d'escalier !

Albert avait plutôt tendance à crier, sans doute parce qu'articulant à peine, il avait du mal à se faire entendre.

Loïs présenta Mamie et Albert Forster et Pete et Ruth, qui se leva pour céder son fauteuil à l'un ou à l'autre. Les Mitchell souhaitèrent aimablement aux Forster de se plaire dans leur nouveau cadre, tout en examinant la coiffure flatteuse de Mamie qui donnait du volume à ses cheveux gris clairsemés, le tablier rose qu'elle portait sur sa robe de cotonnade, ses mules de cuir à pompons rouges et le pantalon de velours sans plis, la chemise de flanelle, le vieux paletot et les charentaises d'Albert. Lui affichait une mine mi-sourcilleuse, mi-inquisitrice, comme pour se montrer plus vivant, consciemment ou non.

La demie de sept heures approchait. Ils demandèrent qu'on allume la télé, pour ne pas manquer une émission qu'ils avaient l'habitude de regarder à la maison de retraite.

— Vous n'aimez pas la télévision ? demanda Mamie à Loïs, qui venait de l'allumer. Mamie s'était assise et se frottait toujours le coude droit.

— Oh, mais si ? Pourquoi pas ? repartit gaiement Loïs.

— Nous nous — nous nous demandions simplement pourquoi... puisque vous en avez une... elle n'était pas *branchée*, dit Albert, en articulant à peine.

Il salivait en abondance, comme s'il chiquait. Au moment où Loïs se faisait cette réflexion, un filet de bave lui coula des lèvres, qu'il essuya d'un revers de main. A présent, ses yeux bleu pâle écarquillés étaient braqués sur l'écran de télé. Herbert revint de la cuisine, avec, sur un plateau, un verre de vin blanc pour Albert, un jus de tomate pour Mamie et un bol de noix de cajou.

— Vous pouvez monter le *son,* monsieur Mac Intyre ? demanda Albert.

— Ça ira comme ça ? demanda Herbert, après s'être exécuté.

Sans lui répondre, Albert se mit à rire en voyant un des personnages du feuilleton de série Z glisser et tomber par terre, puis jeta un coup d'œil à sa femme pour voir si elle partageait son hilarité. Un sourire vide aux lèvres, elle se frottait toujours machinalement le bras, sans quitter l'écran des yeux ni regarder son mari. « Plus — *plus fort,* s'il vous plaît, si ça ne vous dérange pas », dit Albert.

Tout en échangeant un rapide sourire avec Pete Mitchell, Herbert augmenta encore le son. Désormais, plus question de discuter entre eux. Herbert chercha le regard de sa femme, et lui indiqua la véranda d'un mouvement de tête. Puis les quatre amis gagnèrent la pièce, sourire aux lèvres et verre en main.

— Ouh ! lança Ruth.

Peter s'esclaffa, comme Herbert refermait la porte du salon.

— Il faudra bientôt une autre télé, Herbert. Pour leur chambre.

Loïs sut immédiatement qu'il avait raison. Les Forster pourraient avoir celle du salon ; il y en avait une autre dans le bureau d'Herbert. C'est ce qu'elle allait suggérer quand il lui sembla entendre Mamie l'appeler. Le feuilleton se terminait et, sur l'infernal bruit de fond du générique musical de fin, elle vit Mamie, qui l'appelait effectivement, derrière la porte vitrée. Quand Loïs rentra au salon, Mamie lui dit :

« Nous avons l'habitude de manger à sept heures et même avant. A quelle heure vous mangez, vous autres ? »

Sans tenter de se faire entendre par-dessus le son de la télé tonitruante, Loïs hocha la tête et leva un index pour signifier qu'elle allait immédiatement s'atteler à la tâche, avant de foncer à la cuisine. Elle avait compté faire des côtelettes d'agneau pour le dîner; mais, de toute évidence, une solution d'urgence s'imposait.

Au bout d'un moment, Herbert vint voir ce que faisait Loïs et la trouva en train de préparer des œufs brouillés et des toasts qu'elle comptait servir aux Forster avec une assiette de jambon froid, sur une table roulante.

— Tu veux bien prendre cette assiette? demanda-t-elle à Herbert.

— Les Mitchell pensent que nous sommes toqués. Ils disent que ça n'ira qu'en empirant. Alors, que ferons-nous ?

— Ça *n'empirera* peut-être pas, dit Loïs.

Avant d'emporter la table roulante, Herbert prit le temps de demander : « Crois-tu que nous pourrons aller dîner chez les Mitchell après les avoir fourrés au lit ? Ils nous ont invités. Crois-tu que ce soit dangereux de les laisser seuls ? »

Loïs hésita, sachant qu'Herbert jugeait effectivement la chose un peu risquée. « Non. »

Ils déplacèrent la télévision du salon vers la chambre des Forster. Pour autant que Loïs put en juger, la télévision constituait l'occupation ou le passe-temps essentiel — sinon le seul — des Forster. Elle marchait du matin au soir et Loïs devait parfois se glisser dans leur chambre pour l'éteindre à onze heures ou plus, en partie pour économiser de l'électricité et en partie parce qu'elle faisait un boucan infernal, qu'ils entendaient de leur propre chambre à coucher, Herbert et elle. Pour se livrer à cette opération, Loïs prenait une lampe de poche. Généralement, les Forster laissaient leurs dentiers dans un verre sur leur table de nuit respective — exception faite du soir où elle les avait vus dans un verre à dents de la salle de bains, qu'Herbert et elle leur avaient sur-le-champ abandonnée pour se contenter du cabinet de toilette. A chaque fois qu'elle devait éteindre la télé, ces dentiers lui faisaient horreur, même si elle prenait bien garde à diriger ailleurs le rayon de la lampe de poche. Elles les savait là, ou dans la grande salle de bains, et cela suffisait. Par ailleurs, elle s'étonnait que les vieilles gens pussent s'endormir dans un tel boucan, et que le silence subit ne les réveillât jamais. Mamie et Albert ayant déclaré qu'ils seraient mieux dans des lits jumeaux, Herbert et Loïs avaient dû permuter les lits des deux chambres.

Ils avaient également fait poser une rampe d'escalier assez fine, en fer forgé. Toutefois, les Forster descendaient désormais rarement et Loïs montait leurs repas dans leur chambre sur un plateau. Ils adoraient la télévision des Mac Intyre, qui était en couleurs, à la différence de celle de la maison de retraite. C'était généralement Loïs qui les servait — se réservant plus ou moins cette tâche « féminine », même si Herbert la relayait à l'occasion.

« Quelle corvée ! », grommela un beau matin Herbert, encore en pyjama et robe de chambre, juste avant de leur monter leur lourd plateau de petit déjeuner : œuds durs, tartines grillées et thé. « Enfin, mieux vaut ça que de les voir se casser une jambe en tombant dans l'escalier.

— Franchement, si l'un des deux avait une jambe de cassée, je ne vois pas quelle différence ça ferait ! », répliqua Loïs en pouffant nerveusement.

Les travaux de Loïs commençaient d'ailleurs à en souffrir. Toutes ces corvées l'empêchaient de terminer un article destiné à une revue d'histoire, qu'elle devait rendre sous peu — ce qui l'angoissait. Elle travaillait au rez-de-chaussée, dans un petit bureau attenant au salon : mais, trois ou quatre fois par jour, elle était dérangée par les cris de Mamie ou d'Albert, lui demandant de leur monter de l'eau chaude si le thé était trop fort, ou de retrouver les lunettes d'Albert si Mamie s'en avérait incapable. Parfois, il arrivait que ni Herbert, ni Loïs ne puissent rester à la maison, lui devant aller travailler à Bayswater et elle à la bibliothèque. Loïs n'éprouvait plus le même plaisir que par le passé à revenir à la maison, qui n'était plus vraiment leur foyer, à Herbert et à elle, car, à tout instant, les Forster pouvaient exiger à grands cris un service quelconque. De temps à autre, Albert fumait un gros cigare qui empestait, au goût de Loïs, et qu'elle flairait du rez-de-chaussée, sitôt qu'il l'allumait. A la vive contrariété de Loïs, il y avait déjà deux trous de brûlures dans le couvre-lit jaune et marron tissé main qu'elle avait rapporté de Santa Fe. Loïs avait pourtant sermonné Albert et Mamie sur les risques que présentaient de telles négligences. Elle n'avait cependant pu déterminer, d'après les excuses d'Albert, si cela s'était produit par pure négligence ou tout bonnement parce qu'il s'était assoupi.

Un jour, en rentrant de la bibliothèque où elle était allée emprunter des livres et prendre des notes, Loïs entendit Mamie l'appeler. Quoique habillée de pied en cap, Mamie était allongée sur son lit, adossée à des coussins. Albert, lui, semblait somnoler sur le lit jumeau et la télévision marchait moins fort qu'à l'ordinaire.

« Chai perdu mon chentier ! ragea Mamie, les larmes lui montant aux yeux. Loïs put constater de ses propres yeux la véracité de la chose.

— Mon Dieu, ça doit pouvoir se retrouver. » Loïs alla à la salle de bains, mais ne vit ni verre à dents ni dentier sur l'étagère au-dessus du lavabo. Après avoir même vérifié qu'il n'était pas par terre, elle retourna à la chambre des Forster. « Vous ne l'auriez pas ôté pendant que vous étiez au lit ?

— Non », répliqua Mamie, fatiguée de chercher, en spécifiant à Loïs qu'il s'agissait de la mâchoire inférieure. Loïs regarda sous le lit, autour du poste de télévision, sur les étagères, sur le siège des fauteuils et tâta même les poches du tablier de Mamie, encore que celle-ci lui assurât qu'il n'y était pas. Tout en se demandant si le vieil Albert ne faisait pas semblant de dormir, pour lui jouer un tour, Loïs prit conscience d'une chose : en fait, ces vieillards restaient des étrangers pour elle.

— Vous ne l'auriez pas laissé tomber dans les toilettes, sans le faire exprès ?

— Non ! Et je suis fatiguée de chercher, dit Mamie, fatiguée !

— Vous êtes descendue ?

— Non !

Avec un soupir, Loïs redescendit au rez-de-chaussée. Elle avait besoin d'un bon café bien fort. Tout en s'en préparant une tasse, elle remarqua que le couvercle de la boîte à biscuits n'était pas bien refermé et que pas mal de biscuits avaient disparu. Cela, Loïs s'en moquait : mais c'était un indice. Le dentier pouvait se trouver au rez-de-chaussée. Loïs savait que Mamie, sinon Albert, y descendait parfois quand Herbert et elle-même étaient de sortie. Elle retrouvait le grand cendrier carré de la table basse disposé en losange, ce qu'elle détestait, ou le fauteuil de cuir qu'Herbert repoussait toujours machinalement, légèrement en retrait de son bureau — comme si Mamie ou Albert l'avaient essayé. Pourquoi ne pas faire preuve de la même mobilité pour venir prendre leurs repas au rez-de-chaussée ? Sa tasse à café à la main, Loïs inspecta du regard la cuisine, cherchant toujours le dentier. Puis elle jeta un coup d'œil dans son propre bureau, où tout semblait en place, et enfin au salon et dans le bureau d'Herbert. Bien que son fauteuil ne semblât pas avoir été déplacé, elle vérifia néanmoins. On finira bien par le retrouver, se dit-elle, s'il n'est pas au fond des cabinets. Finalement, Loïs s'assit sur le sofa, sa tasse à la main et s'adossa confortablement, histoire de se détendre.

« Seigneur ! » s'exclama-t-elle en se redressant d'un bond, tout en reposant si brusquement sa tasse sur la table basse qu'elle faillit renverser son contenu. Le dentier était là, parmi les revues traînant sur le plateau inférieur de la table basse. Curieusement étroit, le dentier lui rappela les dents d'un petit lapin. Loïs prit une profonde inspiration. Elle allait devoir le manipuler. Elle alla dans la cuisine et y prit une serviette en papier.

En apprenant toute l'histoire, Herbert rit comme un bossu. Ils la racontèrent à leurs amis, car ils en avaient encore, rien n'ayant changé de ce côté-là. Au bout de deux mois, les Mac Intyre avaient donné deux ou trois dîners assez bruyants, qui s'étaient prolongés jusqu'à une heure avancée. Avec le boucan de la télévision, les Forster n'avaient sûrement rien entendu : du moins ne s'en plaignirent-ils pas ni n'en soufflèrent-ils mot. Quant aux amis des Mac Intyre, bien qu'ils aient tous su qu'il y avait un couple de vieillards à l'étage, ils semblaient pouvoir en faire abstraction. Loïs prit conscience qu'il n'était plus question d'inviter des amis de New York à passer le week-end chez eux : personne ne voudrait partager la salle de bains avec les Forster, ni supporter le vacarme de leur télévision. Christopher Forster, leur fils, avait envoyé une longue lettre manuscrite de Californie, courtoise et visiblement inspirée par la maison de retraite, où il leur exprimait sa gratitude, en espérant papa et maman heureux dans leur nouveau foyer.

« *J'aimerais les prendre avec moi, mais c'est pratiquement impossible, car ma femme et moi ne disposons que d'une chambre d'amis pour recevoir nos enfants et parents éloignés... Je demanderai aux petits-enfants de leur écrire, bien qu'on ne soit pas très porté à écrire dans la famille...* »

Le papier était à l'en-tête de la teinturerie où Christopher Forster n'était que simple employé. Pour autant que Loïs s'en souvienne, Albert Forster avait été voyageur de commerce.

Albert se mit à mouiller son lit, et Loïs dut acheter une alèse caoutchoutée. Albert se plaignit alors de douleurs rhumatismales dans le dos, provoquées par l'humidité. Aussi Loïs lui offrit-elle de prendre le grand lit de l'autre chambre durant les deux jours où elle aérerait le matelas du lit jumeau. Elle téléphona à la maison de retraite pour demander s'il existait des médicaments qu'Albert pourrait prendre, et s'il avait déjà souffert de semblables douleurs. On lui répondit que non, en lui demandant si Albert était heureux. Loïs alla voir le médecin de service à la maison de retraite, qui prescrivit des comprimés dont l'efficacité restait douteuse, la prévint-il, si le sujet n'avait pas conscience de s'être mouillé jusqu'à son réveil.

La seconde histoire de dents devait s'avérer moins drôle, même si Herbert et Loïs commencèrent par en rire. Mamie prétendit un jour avoir laissé tomber son dentier — inférieur, une fois de plus — dans la bouche du chauffage sur le sol de la salle de bains. Impossible d'y voir quoi que ce soit, même avec une lampe de poche, hormis un peu de poussière noirâtre ou de mousse.

— Vous en êtes bien sûre ? demanda Herbert à Mamie, qui surveillait l'opération.

— Ils m'ont échappé *chous les deux,* mais cheul chelui d'en bas est paché ! répliqua Mamie.

— Cette saleté de grille est tellement étroite, grommela Herbert.

— Son dentier aussi, remarqua Loïs.

Herbert dévissa la grille avec un tournevis, tâtonna doucement dans la poussière duveteuse, d'abord à main nue, puis avec un hérisson, de crainte de faire tomber le dentier tout au fond. Finalement, Loïs et lui durent se rendre à l'évidence : le dentier devait être tombé au fin fond du tuyau de section carrée qui était coudé un mètre plus bas. Le dentier serait-il tombé directement dans le fourneau de la chaudière ? Herbert descendit seul à la cave et considéra avec un sentiment de totale impuissance le gros conduit de section carrée riveté au foyer de la chaudière, et ramifié en six tuyaux dispensant la chaleur dans les différentes pièces. Comment savoir lequel pouvait correspondre à la salle de bains ? Cela valait-il la peine de démonter toute la chaudière ? Sûrement pas. La chaudière brûlait comme à l'accoutumée, et le dentier était peut-être d'ores et déjà en cendres. Herbert remonta et entreprit d'expliquer la situation à Mamie.

« Nous allons vous en faire un autre, Mamie. Peut-être mieux adapté. Ne disiez-vous pas que celui-là vous faisait mal et que c'est pourquoi... » Devant le regard tragique de Mamie, il n'alla pas plus loin. Elle pouvait prendre un air misérable qui le bouleversait ou le troublait, même s'il estimait que c'était de la comédie.

Cependant, entre Loïs et lui, ils réussirent à la consoler. Pendant qu'on faisait refaire son dentier, elle n'aurait qu'à manger des choses « pas dures ». Loïs vit là l'occasion de ramener Mamie à la maison de retraite, qui devait avoir un dentiste attitré, soit sur place, soit en ville. Mais, comme elle n'obtint qu'une réponse négative, Herbert et elle durent emmener Mamie chez leur propre dentiste, à Hartford, soit à une trentaine de kilomètres de chez eux — expédition qui leur sembla interminable, mais à laquelle Mamie sembla trouver grand plaisir. Il y eut d'abord la question du moulage des gencives inférieures, puis la fabrication du dentier proprement dit, et enfin, au moment où Herbert et Loïs, qui se dévouaient à tour de rôle pour emmener Mamie, allaient se féliciter de la rapidité de l'exécution, vint la question de l'adaptation et des divers essayages.

« La mâchoire inférieure s'adapte toujours plus difficilement que la supérieure, leur expliqua en semblant s'en excuser le Dr Feldman. Et ma cliente me semble passablement tatillonne. »

Les Mac Intyre avaient parfaitement compris : Mamie prétendait que son dentier la gênait ou la faisait souffrir, à seule fin de faire l'aller et retour. Tous les quinze jours, il fallait l'emmener chez le coiffeur, mais à Hartford, qu'elle préférait à celui de la bourgade la plus proche. Or, le montant de la pension et de la Sécurité sociale que faisait suivre la maison de retraite permettait de régler plus de la moitié des frais, mais non les notes du dentiste et du coiffeur, qui restaient à la charge des Mac Intyre. Que ce soit par téléphone ou de vive voix, les Mitchell compatissaient aux malheurs des Mac Intyre, sans se priver d'en rire, comme si les Mac Intyre étaient affligés des tourments de Job. Tel était d'ailleurs le sentiment d'Herbert. Tout en enrageant de perdre tant de temps sans pouvoir travailler, et en étouffant sa rage, Herbert ne pouvait se résoudre à laisser Loïs perdre plus de temps que lui et accompagnait donc Mamie une fois sur deux. De même que sa femme, il prenait toujours un livre pour patienter dans la salle d'attente du dentiste. A deux reprises, et sur sa demande, ils avaient emmené Albert. Mais, une fois qu'il eut uriné dans la salle d'attente avant qu'Herbert n'ait pu lui indiquer les toilettes toutes proches, ou qu'il n'ait pu le comprendre, ce qui lui arrivait fréquemment, vu sa surdité, Loïs et Herbert refusèrent carrément de l'emmener désormais, en lui disant sans méchanceté, quoique avec une certaine sévérité, qu'il ne devait plus s'exposer au risque de devoir aller aux toilettes en catastrophe, dans un lieu public Albert arracha alors son appareil, coupant ainsi tout contact avec le monde extérieur.

On était à la mi-mai. Comme chaque année, les Mac Intyre comptaient partir en avion pour Santa Barbara, où les parents d'Herbert avaient une grande propriété, y louer une voiture et rallier le Canada. C'est toujours avec grand plaisir qu'ils allaient rituellement rendre visite aux parents d'Herbert. Désormais, c'était impossible : impossible de laisser Mamie et Albert se débrouiller ; et difficile, sinon impossible, de trouver quelqu'un pour s'occuper d'eux sur place, à plein temps. Quand ils avaient pris les Forster chez eux, ils se débrouillaient tout de même mieux. Mamie avait parlé à Loïs des travaux de jardinage qu'elle faisait à la maison de retraite ; pourtant, en plein mois d'avril, Loïs n'avait pu l'amener à faire quoi que ce soit dans leur propre jardin, ne fût-ce que s'y asseoir pour la regarder jardiner elle-même. Elle s'en était ouverte à Herbert.

« Je sais, et ça ne fera qu'empirer, répliqua-t-il.

— Que veux-tu dire par là ?

— Cette histoire de mouiller le lit : les enfants finissent par s'en corriger, eux. Et quand ils perdent leurs dents, il leur en pousse d'autres, dit-il en riant comme un fou. Mais en ce qui concerne ces deux-là, leur décrépitude ne fera que s'aggraver. » Il prononça ce mot, décrépitude, avec une amère ironie, en regardant Loïs dans les yeux. « Tu as remarqué avec quelle violence Albert cogne sa canne sur le sol, à présent ? Ils ne sont pas contents de nous. Mais enfin, ils sont dans la place. On ne pourra même pas prendre de vacances, cette année, à moins de les renvoyer à la maison de retraite pour un mois. Crois-tu que ça vaille la peine de tenter le coup ?

— Mais oui ! dit Loïs, dont le cœur ne fit qu'un bond. Peut-être. Quelle bonne idée, Herbert !

— Prenons un verre pour fêter ça ! » Ils étaient dans la cuisine et s'apprêtaient à dîner, les Forster ayant déjà été servis. Herbert versa un scotch à Loïs et s'en versa un second. « Et à ce propos, poursuivit-il en détachant bien ses mots, comme à son habitude, lorsque son sujet l'intéressait vivement, le Dr Feldman m'a appris aujourd'hui que le dentier de Mamie est si parfaitement adapté que non seulement il ne lui irrite pas les gencives, mais qu'il a même du mal à le lui ôter. Ha ha ha ha », s'esclaffa Herbert en se tenant les côtes. Il venait de perdre trois bonnes heures à accompagner Mamie chez le dentiste. « Pour la *dernière fois,* bon Dieu ! Je gardais cette bonne nouvelle pour la fin. » Là-dessus, il leva son verre et le vida.

Quand Loïs appela la maison de retraite, le lendemain matin, on lui répondit que les lieux étaient plus que bondés, avec jusqu'à quatre vieux par chambre, car beaucoup de gens y plaçaient leurs parents âgés pour pouvoir partir en vacances. Loïs aurait juré que cette voix désincarnée lui mentait. Mais que pouvait-elle y faire ? Elle avait peine à croire que de nos jours, tant de gens vivaient avec leurs parents ou leurs grands-parents. Et dans ce cas, qu'en faisaient-ils donc ? Loïs imagina une tribu précipitant ses vieux du haut d'une falaise, puis, secouant la tête pour chasser cette idée, s'éloigna du téléphone. Elle n'en dit rien à Herbert.

Malheureusement, de son côté, Herbert qui leur avait porté le déjeuner sur un plateau, annonça par-dessus le boucan de la télévision, aux Forster, qu'ils devraient retourner durant deux mois de l'été à la maison de retraite. Il éteignit l'appareil et leur répéta la nouvelle avec un grand sourire. « Encore un agréable changement de *décor.* Vous allez pouvoir revoir de vieux amis ! » Cependant, au premier coup d'œil, il vit que l'idée ne les enchantait guère.

Mamie échangea un regard avec son mari. Tous deux étaient allongés sur leurs lits jumeaux, déchaussés, face à la télévision. « Pas d'amis, *là-bas* », dit Mamie.

Dans son regard perçant, Herbert lut une hostilité qui lui glaça le sang. Mamie savait déjà qu'on ne l'emmènerait plus à Hartford, ni chez le dentiste, ni chez le coiffeur. Herbert ne rapporta pas cette conversation à Loïs. Or, tout en déjeunant, Loïs lui raconta que la maison de retraite ne pouvait les accueillir pour l'été. Jusque-là, elle s'était abstenue de lui apprendre cette mauvaise nouvelle pour ne pas le contrarier alors qu'il travaillait.

— C'est le bouquet, dit Herbert. Bon sang, j'aimerais pouvoir partir en vacances cet été, ne fût-ce que *deux* semaines.

— Eh bien, tu pourras toujours, toi... Moi, je...

Herbert secoua lentement et amèrement la tête. « A tour de rôle ? Non, chérie. »

C'est alors qu'ils entendirent Albert descendre l'escalier, ou du moins le bruit reconnaissable de sa canne. Puis le bruit de celle de Mamie. Les Forster descendaient ensemble, événement rarissime. Loïs et Herbert s'apprêtèrent à soutenir l'attaque.

— Nous ne voulons pas aller à la maison de retraite cet été, dit Mamie. Vous...

— Non ! tonna Albert en frappant le sol de sa canne.

— Vous deviez nous *garder* avec vous. Mamie avait son regard pleurnichard et implorant, alors que celui d'Albert était empli d'un noir soupçon, et sa bouche tordue dans une moue interrogative.

— Eh bien, dit Loïs, gênée, avec une lâcheté qu'elle se reprocha aussitôt, il n'y a pas lieu de vous inquiéter. Tout est arrangé.

— Mais vous avez *essayé,* dit Mamie.

— Nous avons essayé de prendre de *petites vacances,* clama Herbert pour être sûr de se faire entendre d'Albert, tout en ayant grande envie d'assommer ce vieux salopard de pisse-au-lit sans le moindre égard pour son âge. Comment cet éternel assisté osait-il le regarder comme si lui, Herbert, était un véritable escroc ou une sombre brute ?

— Nous ne comprenons pas, dit Albert. Tentez-vous de...

— Vous restez *ici,* l'interrompit Loïs avec un grand sourire forcé, destiné à détendre l'atmosphère.

Mais Mamie repartit de plus belle et Herbert blêmit. Mamie et lui se mirent à crier en chœur. Albert s'y mit également et, dans le vacarme ambiant, Loïs entendit son mari assurer d'une voix exaspérée aux Forster qu'ils *resteraient* et les Forster répliquer que les Mac Intyre étaient revenus sur l'engagement qu'ils avaient pris envers eux-mêmes et envers la maison de retraite. « ... Pas *juste* », répétèrent en chœur Mamie et Albert, jusqu'au moment où, après avoir lâché un terrible juron, Herbert leur tourna carrément le dos. Dans le silence qui tomba alors, on aurait pu entendre une mouche voler. Par bonheur, Albert décida de tourner les talons pour quitter la cuisine, mais il s'arrêta dans le salon, où, Loïs s'en aperçut subitement, il se mit à uriner. « *Le fait-il exprès ?* » se dit-elle en se précipitant pour l'entraîner vers le cabinet de toilette, juste à droite de la cuisine, après les étagères de livres. Trop tard, malheureusement : la moquette vert pâle fut copieusement éclaboussée entre la cuisine et le cabinet de toilette dont elle n'avait même pas eu le temps d'ouvrir la porte. Elle lâcha le bras d'Albert, dégoûtée de l'avoir ne serait-ce que touché et passa devant Mamie pour rejoindre son mari.

« Seigneur ! », lui souffla-t-elle.

Herbert était toujours campé au même endroit, bras croisés, pieds écartés et sourcils froncés. « On va arranger ça », dit-il à sa femme, et, joignant le geste à la parole, il prit une serpillière dans le placard sous l'évier et se mit à éponger la moquette.

Albert remontait péniblement les escaliers. Avant de l'imiter, Mamie se tourna encore une fois pour infliger à Loïs la vision de ses traits ravagés. Herbert ne le remarqua pas, trop occupé qu'il était à éponger la moquette à quatre pattes. Loïs se plongea dans la contemplation de la cuisinière. Quand elle se retourna, Mamie allait entamer l'escalade.

Tout en rinçant la serpillière, tâche qu'il se refusait à laisser à sa femme, Herbert marmonnait divers plans. Il irait en personne à la maison de retraite pour informer qui de droit que, dans la mesure où Loïs et lui travaillaient généralement chez eux, la solitude et le silence leur étaient indispensables : rien ne les obligeait à payer par-dessus le marché quelqu'un pour préparer et monter leurs repas aux Forster et changer les draps d'Albert chaque jour. Quand ils s'en étaient chargés, les Forster ne frisaient pas encore l'impotence, ni, en ce qui concernait Albert, l'incontinence.

Cet après-midi-là, sur le coup de trois heures, et sans avoir pris de rendez-vous préalable, Herbert se rendit à la maison de retraite, se sentant d'humeur à obtenir une entrevue avec qui que ce soit. Finalement, on le fit entrer dans le bureau du directeur, un certain Stephen Culwart, homme svelte et chauve qui lui annonça sans ambages qu'il ne pouvait reprendre les Forster, faute de place. Évidemment, suggéra-t-il, M. Mac Intyre pouvait toujours entrer en contact avec le fils des Forster et trouver une autre maison de retraite ; cependant, désormais, la responsabilité de la maison de retraite était dégagée. Herbert repartit de là mécontent et passablement fatigué, tout en sachant sa fatigue plus nerveuse que physique et en s'efforçant de réagir contre.

Porte close, Loïs était en train d'écrire dans son bureau quand elle entendit un bruit de verre brisé dans le salon, où, devant les étagères jouxtant la cuisine, elle trouva Mamie, toute tremblante. Celle-ci lui expliqua qu'étant descendue au rez-de-chaussée pour aller aux toilettes, elle avait heurté par mégarde le vase qui se trouvait au bout d'une des étagères. Devant l'attitude de contrition et d'agressivité mêlées de Mamie, Loïs éprouva une fois de plus à son égard une véritable répulsion.

« Et j'aimerais pouvoir tricoter, ajouta Mamie d'une voix chevrotante.

— Tricoter ? » répéta Loïs en manquant de briser son crayon dans sa main, tant elle était bouleversée de voir en miettes, à ses pieds, son vase de Chine bleu et blanc. Bien que ce ne fût pas une pièce de musée, elle adorait ce vase, qu'elle tenait de sa mère et qui avait beaucoup de valeur pour elle. Le fait est que Mamie avait agi délibérément « Tricoter ? Vous voulez — de la laine à tricoter ?

— Ou-ii ! De plusieurs coloris. Et des *aiguilles,* dit Mamie d'une voix presque larmoyante, comme une misérable pauvresse demandant l'aumône.

— Très bien », dit Loïs en hochant la tête.

Mamie repartit de sa démarche laborieuse vers l'escalier. En haut, la télévision diffusait une musique gaie, celle d'un feuilleton de l'après-midi.

Loïs balaya les débris du vase, qu'il lui semblait impossible de recoller, pour l'instant. Néanmoins, elle les rangea dans un sac en plastique. A ce moment Herbert rentra. Il lui apprit l'échec de sa démarche.

— Nous devrions consulter un avocat, dit-il. Je ne vois pas ce que nous pourrions faire d'autre.

Afin de tenter de le calmer, Loïs lui prépara une tasse de thé dans la cuisine. Ils pouvaient encore essayer de joindre le fils Forster, suggéra-t-elle, alors que les services d'un avocat seraient onéreux et pas forcément couronnés de succès. « Tu sais, ils sentent bien que quelque chose se trame, déclara-t-elle en prenant une gorgée de thé.

— Comment ça ? Que veux-tu dire ?

— Je le sens. C'est dans l'air. » Elle ne dit mot du vase, en espérant qu'il ne remarquerait rien de sitôt.

Loïs écrivit donc à Christopher Forster. Mamie se mit à tricoter. Albert continua de mouiller son lit. Avec l'aide d'une jeune et adorable Portoricaine gaie comme un pinson du nom de Rita, Loïs passait son temps à rincer et changer les draps du lit d'Albert. Mamie lui offrit un napperon rond assez joli mais d'un violet que Loïs jugea affreux, à moins qu'elle ne le trouvât tel tout simplement parce que c'était l'œuvre de Mamie. Néanmoins, elle en félicita et remercia Mamie, et le plaça au centre de la table basse. Nullement touchée, en apparence, par ses remerciements, Mamie la gratifia d'un regard sourcilleux. A dater de ce jour, Mamie se mit à produire en série des horreurs multicolores — napperons, cache-théière et même des chaussettes. Devant une production aussi délirante, Herbert et Loïs étaient atterrés. On était à présent à la mi-juin. Christopher leur avait répondu que sa situation familiale ne s'était pas améliorée : il avait pris chez lui pour les vacances son petit-fils, âgé de quatre ans, dont les parents étaient en instance de divorce, si bien qu'accueillir son père et sa mère était bien la dernière des choses qu'il pût faire. Herbert alla consulter un avocat, qui suggéra que les Mac Intyre reconsidèrent la situation avec la Sécurité sociale et le fils Forster ou qu'Herbert cherche une autre maison de retraite — entreprise problématique, puisque n'étant pas apparenté aux Forster, il devrait toujours expliquer qu'il s'était engagé à s'en occuper.

Les voisins et amis des Mac Intyre les soutenaient moralement et les invitaient régulièrement pour les arracher à leur train-train monotone ; en revanche, nul n'offrait de les dépanner en prenant les Forster, ne fût-ce qu'une semaine. Loïs le fit remarquer à Herbert en manière de plaisanterie, et cette idée saugrenue les fit sourire : c'était trop exiger, y compris des meilleurs amis ; et même si ni les Mitchell, ni les Lowenhook, autres excellents amis, ne leur avaient pas fait une telle proposition, l'estime que leur vouaient les Mac Intyre n'en était pas diminuée. Le fait est que les Forster étaient une véritable croix, un calvaire, un enfer. De plus, désormais, les Forster menaient une guerre sournoise. Les Mac Intyre retrouvaient fréquemment des objets brisés. Loïs ne se souciait plus ni du matelas d'Albert, ni de la moquette de la chambre, ayant fait une croix dessus. Elle n'offrait plus à Albert de porter ses pantalons chez le teinturier : elle se moquait de leur état. Autant les laisser macérer dans leur jus, se disait-elle souvent en son for intérieur, sans jamais le formuler à voix haute. Elle craignait que les nerfs d'Herbert ne finissent par lâcher. Au début d'août, ils en étaient arrivés à un tel point qu'ils ne pouvaient même plus rire de leur situation, fût-ce par pur cynisme.

— Louons donc deux petits studios en ville pour pouvoir y travailler, Loïs, proposa un soir Herbert. Je me suis renseigné, il y en a deux de libres, pas chers du tout, dans un immeuble de Barrington Street, à Hartford. Cela vaut la peine, pour moi, du moins, et pour toi aussi, j'en suis sûr. C'est toi qui as eu la plus mauvaise part des choses.

Les yeux rougis de fatigue, il grimaça un sourire.

Loïs trouva l'idée géniale. Effectivement, ce n'était pas trop payer la paix de l'esprit et la possibilité de travailler. « Je laisserai leur déjeuner au chaud, tout prêt, avec des Thermos. »

Herbert se mit à rire, les yeux brillants de larmes de soulagement.

— Et je te servirai de chauffeur pour aller au travail et en revenir. Imagine un peu la *solitude* de nos petites cellules !

Dès le lundi suivant, Herbert et Loïs s'installèrent dans leurs studios d'Hartford, avec leurs machines à écrire, fichiers, dossiers, livres et, en ce qui concernait Loïs, son manuscrit en cours de rédaction. Quand, une semaine auparavant, elle avait avisé Mamie de leur déménagement imminent, celle-ci lui avait demandé qui allait les servir désormais. Loïs avait expliqué qu'elle serait là pour leur petit déjeuner et leur dîner et que, pour le déjeuner, ils auraient... un pique-nique, une surprise, avec une Thermos de soupe chaude et une autre de thé bouillant.

— Et l'après-midi... le thé ? avait lancé Albert, en fixant Loïs d'un œil accusateur.

— De toute façon, c'est *fait,* avait dit Loïs, qui n'aurait pu mieux dire, puisque Herbert et elle venaient de signer un bail de six mois.

La hargne que leur vouaient les Forster ne fit qu'empirer. Tous les soirs, en rentrant chez eux entre six et sept heures, les Mac Intyre trouvaient les draps d'Albert trempés et Loïs devait les changer avant de préparer le dîner. Herbert mettait un point d'honneur à les rincer et les étendre lui-même sur la corde du jardin ou de la cave, si la pluie menaçait.

« Devoir abandonner votre propre maison à ces gens-là ! s'exclama Pete Mitchell, un soir où Ruth et lui étaient passés prendre un verre. C'est un peu fort, tout de même.

— Mais au moins, on peut travailler, à présent, répliqua Herbert. C'est *déjà* ça. Pas vrai, Loïs ?

— Certainement. C'est évident », dit Loïs aux Mitchell, en voyant bien qu'ils n'en croyaient rien et s'imaginaient simplement qu'elle faisait contre mauvaise fortune bon cœur. Elle savait pertinemment que, depuis six mois que les Forster étaient installés chez eux, Herbert et elle n'étaient allés dîner qu'une seule fois chez les Mitchell, faute d'oser laisser les Forster seuls de huit heures du soir à minuit. Cela même, après tout, était d'ailleurs complètement idiot. Car désormais, les Forster étaient seuls à la maison de neuf heures du matin à six heures du soir. Aussi Herbert et Loïs finirent-ils par accepter l'invitation à dîner maintes et maintes fois renouvelée des Mitchell, au grand contentement de ceux-ci. Le dîner fut fixé au samedi suivant.

Le samedi soir, ou plutôt le dimanche matin, à une heure, quand les Mac Intyre rentrèrent de chez les Mitchell, tout était parfaitement normal dans la maison. Seules étaient allumées les lumières du salon, comme ils les avaient laissées, et la télévision bourdonnait dans la chambre éteinte des Forster. Herbert monta à leur chambre, éteignit la télévision et redescendit sur la pointe des pieds avec le plateau du dîner. Comme Loïs, il se sentait très détendu, ayant fait avec les Lowenhook chez les Mitchell un dîner fort bien arrosé.

Ils prirent un dernier verre dans la cuisine, tandis que Loïs lavait les couverts des Forster. Finalement, ils s'en tiraient assez bien, en dépit de toutes les plaisanteries qu'avaient faites les Lowenhook. Qu'avaient-ils dit, déjà ? « *Et si Mamie et Albert finissaient par vous enterrer les premiers ?* » Cette nuit-là, Herbert et Loïs en rirent de bon cœur dans la cuisine. Le dimanche, Mamie demanda à Loïs ce qu'ils avaient fait la veille au soir, alors que Loïs avait pourtant laissé aux Forster le nom et le téléphone des Mitchell. Mamie se plaignit que le téléphone eût sonné une bonne douzaine de fois, sans qu'elle eût jamais le temps d'aller décrocher dans la chambre des Mac Intyre, ni Albert, d'ailleurs, une fois Mamie fatiguée de courir.

Loïs ne la crut pas. Comment auraient-ils pu entendre sonner le téléphone, par-dessus le vacarme de la télévision ? « Tiens, c'est bizarre, remarqua-t-elle, personne ne nous a pourtant appelés aujourd'hui. »

Un soir de la semaine suivante, en rentrant de leurs « bureaux », Herbert et Loïs trouvèrent un gros pot de rhododendrons nains renversé, sans pour autant être brisé, sur le parquet du salon. L'ensemble était si lourd que personne n'aurait pu le jeter à terre en le heurtant simplement : c'était évident, mais ils n'en dirent pas un mot. Herbert empoigna balai et pelle et redressa le pot, laissant Loïs admirer la dernière merveille du salon, un napperon gaufré hexagonal d'un bon mètre de diamètre, laissé en évidence sur un des bras du canapé. Il alliait le turquoise, le bordeaux et le blanc.

— Cadeau de réconciliation ? minauda Herbert.

C'est vers sept heures, un beau vendredi soir du début de l'automne, qu'en rentrant chez eux, les Mac Intyre aperçurent de la fumée s'échappant de la fenêtre de la chambre des Forster. La fenêtre à guillotine était à peine entrouverte, mais la fumée semblait épaisse.

« Seigneur ! » s'exclama Herbert en bondissant hors de la voiture avant de se figer sur place, comme si, durant quelques secondes, il n'eût su que faire.

Loïs était sortie elle aussi. Un panache de fumée montait dans le ciel au-dessus des peupliers. Curieusement, Loïs se sentit également paralysée. Puis elle songea à son article inachevé, et aux quatre premiers chapitres du livre auquel, sans y travailler actuellement, elle devrait se remettre bientôt et qui se trouvait dans la pièce du bas, juste en dessous de la chambre des Forster. Elle sut alors immédiatement ce qu'elle devait faire. « Il faut tirer *nos affaires* de là ! », s'écria-t-elle en jetant son sac à main sur le siège de la voiture.

Herbert comprit immédiatement ce qu'elle voulait dire. Quand il ouvrit la porte d'entrée, l'odeur âcre de la fumée le prit à la gorge et le fit reculer, puis il prit une profonde inspiration avant de s'élancer à l'intérieur. Il savait que laisser la porte ouverte et créer un appel d'air était dans ce cas la pire des choses, mais il ne referma pas la porte. Il courut à sa pièce de travail puis, comprenant que Loïs était entrée derrière lui, rebroussa chemin pour la rejoindre dans son propre bureau, ouvrit une fenêtre et jeta sur l'herbe tous les papiers, dossiers et fichiers qu'elle lui passait. Cela prit quelques secondes à peine. Ils retraversèrent au pas de course le salon pour regagner le bureau d'Herbert, moins enfumé, quoique la porte en fût ouverte. Herbert ouvrit une porte-fenêtre et expédia sur la pelouse ses fichiers, dossiers, livres de référence, ouvrages préférés, sa machine à écrire portative et sept volumes d'une encyclopédie qui en comptait quatorze. Loïs, qui lui prêtait main-forte, finit par s'arrêter pour reprendre son souffle.

— Et là-haut, haleta-t-elle. Les pompiers ? C'est... sûrement pas... trop tard !

— Tout peut bien brûler !

— Les Forster...

Herbert eut un bref hochement de tête. Il avait l'air hébété. Il embrassa la pièce du regard, pour s'assurer qu'il n'oubliait rien, ramassa sur son bureau un coupe-papier qu'il empocha et ouvrit un tiroir. « Traveller's cheques, murmura-t-il en les empochant également. N'oublie pas que la maison est assurée, dit-il à Loïs avec un sourire. On s'en tirera. Ça en vaut *la peine !*

— Tu ne crois pas... qu'en haut... »

Avec un soupir excédé, Herbert traversa la pièce pour s'engager dans l'escalier. Une véritable avalanche de fumée vint à sa rencontre. Il battit précipitamment en retraite vers Loïs, en se masquant le visage avec sa veste. « Sors ! *Sors,* chérie ! »

Quand ils se retrouvèrent sur la pelouse, des flammes s'échappaient du haut de la fenêtre de la chambre des Forster. Sans un mot, Herbert et Loïs ramassèrent les objets qu'ils avaient jetés sur l'herbe. En dépit de leur hâte, ils entassèrent méthodiquement leurs possessions sur le siège arrière et dans le coffre de la voiture.

— *Ils* ont pu appeler les pompiers eux-mêmes, tu ne crois pas ? dit Herbert en levant les yeux vers la fenêtre envahie par les flammes.

Loïs et lui-même se souvenaient d'avoir noté le numéro des pompiers sur le téléphone de leur propre chambre, en prévision d'un quelconque accident. Maintenant, toutefois, les Forster devaient être suffoqués par la fumée. A moins que, tapis derrière les haies et les peupliers et prêts à se joindre à eux, ils ne regardent brûler la maison dans le crépuscule. Loïs espérait que non. En fait, elle pensait que non. Les Forster devaient être là-haut, morts déjà. « Où va-t-on ? » demanda-t-elle à Herbert, comme il engageait la voiture sur la route, dans la direction opposée à Hartford. Mais elle le savait. « Chez les Mitchell ?

— Oui, bien sûr. On appellera les pompiers de chez eux, si un voisin ne l'a déjà fait. Les Mitchell pourront nous héberger pour la nuit. Ne t'en fais pas, ma chérie. » Les mains d'Herbert étaient crispées sur le volant, mais il conduisait prudemment et en douceur.

Et que diraient les Mitchell ? songea Loïs. Probablement : « *Bien, très bien.* »

Le jardin des disparus

Titre original de la nouvelle
THE STUFF OF MADNESS

traduite par
MARIE-FRANCE GIROD

extraite de
LE JARDIN DES DISPARUS

LORSQUE Christopher Waggoner, à la fin de ses études de droit, avait épousé en justes noces Penelope — Penny —, il n'ignorait pas son amour des chiens et des chats, lequel était d'ailleurs une tradition familiale. Éprouver de l'affection à l'égard d'un animal qui faisait partie de la maison n'avait rien d'anormal. Christopher n'avait même guère prêté attention au corps empaillé de la petite Pixie, un loulou de Poméranie blanc aux yeux de verre noir qui trônait dans le bureau du père de Penelope, sur un socle portant la date de sa naissance et celle de sa mort. Il ne s'était pas plus préoccupé de Marmy, le chat roux et blanc identiquement conservé qui se tenait sur le sol, dans un autre coin de la pièce. Pendant ses fiançailles, un chien et un chat vivaient sous le toit des Marshall, il s'en souvenait, mais ils étaient rapidement tombés entre les mains du taxidermiste. Depuis, ils ornaient, l'un bien droit, l'autre assis, un affleurement rocheux du jardin du couple, dans le Suffolk. En fait, avec Pixie et Marmy, ils n'étaient pas les seuls à peupler — si l'on pouvait user de ce terme — le jardin de Willow Close.

Il y avait Smelty, le scotch terrier noir qui, une patte en l'air, montrait une dentition agressive, et puis Jeff, le berger irlandais dont la robe luttait de son mieux contre les éléments. Certains étaient là depuis deux bonnes dizaines d'années. Riba, le chat abyssin dont Penny avait choisi le prénom à la suite de quelque expérience mystique, était juché sur la branche d'un arbre, ses yeux mordorés fixant l'allée en dessous, comme prêt à assaillir tout arrivant. Christopher avait vu des visiteurs faire un bond en arrière, surpris par ce spectacle.

L'un dans l'autre, il y avait dix-sept à dix-huit chiens et chats empaillés disséminés dans le jardin, et un lapin. Les deux enfants des Waggoner, Philip et Marjorie, aujourd'hui mariés, les contemplaient d'un regard indulgent, mais Christopher se souvenait d'un temps où il n'en était pas ainsi. Par exemple, quand Marjorie refusait que ses petits amis pussent voir le jardin, malgré le nombre plus réduit de ses hôtes à l'époque. Ou lorsque Philip, alors âgé de douze ans, avait tenté de jeter Pixie dans un feu de joie et, surpris par Penny, s'était vu passer le plus sérieux savon de sa vie.

Actuellement, une crise s'était fait jour, dont leur chien Jupiter, un setter feu, et Flora, une douce chatte noire aux pattes blanches, étaient les témoins attentifs. Peu habitués à sentir une atmosphère tendue à Willow Close, ils ne pouvaient guère deviner qu'en fait Christopher tentait de les protéger d'une éternité empaillée et battue par les intempéries. Est-ce que tout animal, s'il avait pu choisir, n'aurait pas préféré, le moment venu, se décomposer à quelques pieds sous terre, comme toute chair ? C'est en vain que Christopher avait usé à plusieurs reprises de cet argument.

L'altercation qui l'opposait présentement à son épouse avait pour cause l'éventuelle visite de journalistes désireux de photographier les animaux empaillés et de faire un article sur le hobby de Penny.

— Mes petits chéris dans les journaux... disait-elle d'une voix implorante. Quel joli hommage à leur rendre ! Et puis le *Times* pourra en reproduire une partie, ainsi qu'une photo. Il n'y a aucun mal à cela.

Christopher répondit avec calme, mais en faisant en sorte que chaque mot porte.

— Le mal, en l'occurrence, c'est la violation de notre vie privée, la tienne et la mienne. Je suis un avoué respecté. Je continue à me rendre à Londres une à deux fois par semaine. Je ne veux pas que n'importe qui sache mon adresse. La plupart de mes clients et collègues ne connaissent que mes coordonnées londoniennes. Tiens-tu à ce que le téléphone sonne une vingtaine de fois par jour ?

— Oh, Christopher ! Tu sais bien que ceux qui le souhaitent l'obtiennent sans problème...

En pantoufles, pantalon confortable et sweater Christopher se tenait sur le carrelage de la cuisine, une liasse de feuillets dactylographiés à la main. Il venait de son bureau, pensant que le coup de fil donné par Penny quelques instants plus tôt pouvait bien avoir donné le feu vert aux journalistes. Penny, toutefois, l'assura qu'elle avait appelé son coiffeur à Ipswich pour obtenir un rendez-vous le mercredi.

Chris fit une nouvelle tentative.

— Écoute, il y a deux jours, tu partageais mon point de vue. Pour dire la vérité, je ne veux pas que mes associés pensent que j'habite un endroit aussi... aussi bizarre. » Il avait cherché le mot juste, abandonné le terme « macabre », mais peut-être eût-il été mieux approprié. « Pour beaucoup de gens, dont moi, quelquefois, il peut être un brin déprimant. »

Il vit qu'il l'avait blessée. Pourtant, il voulut profiter de l'avantage acquis avant qu'il ne soit trop tard. « Penny, je sais que tu aimes ces souvenirs dans le jardin, mais pour être honnête, Philip et Marjorie jugent nos vieux compagnons un peu fantomatiques. Marjorie a deux enfants, ils en rient maintenant, mais...

— Autrement dit, c'est pour mon seul plaisir.

Il prit une inspiration. « Je veux simplement que l'on ne fasse aucune publicité autour de ce jardin. Pense à Pixie et à ce vieux Marmy, ajouta-t-il avec un sourire, s'ils se voyaient ainsi dans le journal, ils pourraient bien ne pas être contents, eux non plus. C'est également un viol de leur vie privée. »

Penny tira nerveusement son tricot sur son pantalon. « J'ai dit oui à ces journalistes. Ils ne seront que deux, apparemment, le reporter et un photographe. Ils viennent jeudi matin. »

Seigneur, gémit intérieurement Christopher. Il regarda les yeux bleus écarquillés de sa femme. Innocents. Elle ne comprenait vraiment pas. Comme elle ne travaillait pas, elle s'était passionnée pour sa collection d'animaux empaillés et le tricot, pour lequel elle était douée et qu'elle enseignait à l'Institut des femmes. Elle ne pratiquait pas la taxidermie elle-même : c'était la tâche d'un homme de l'art londonien. Mais l'arrivée des journalistes représentait pour elle, en un sens, une consécration. Christopher, furieux, ne savait qu'ajouter. Comment décommander les journalistes sans paraître à couteaux tirés avec sa femme ou sans que le couple (à condition que Penny l'approuvât) semblât une paire de maniaques soucieux de respecter leurs défunts compagnons au point de ne pas les laisser photographier ?

— Ma carrière va en souffrir — gravement.

— Mais ta carrière est faite, mon chéri. Tu n'es pas en pleine compétition. Et tu dis souvent que tu es en semi-retraite...

Sa voie aiguë, claire, suppliait, pitoyable comme celle d'une petite fille quémandeuse.

— Je n'ai que soixante et un ans. Christopher rentra le ventre. A soixante-neuf, Hawkins n'a pas plus dételé que moi.

Christopher regagna son bureau, sa pièce favorite. Elle lui servait de chambre depuis deux ans, car il la préférait à la chambre conjugale et à la chambre d'amis. Il savait que les yeux de sa femme étaient pleins de larmes, mais il mettait celles-ci sur le compte de la frustration et de la fureur. Il aimait la maison, cette vieille demeure d'un étage construite en briques rouges, dont de la vigne vierge venait adoucir les surplombs du toit. Dans le jardin de derrière, il y avait un joli catalpa — où malheureusement Riba, l'abyssin, était installé d'un air menaçant — et un ravissant réseau d'allées dont Christopher connaissait chaque centimètre par cœur. Il s'y était promené un nombre de fois incalculable, réfléchissant à des points de légalité, ou se reposant de son travail en examinant de près un rosier ou un hortensia. Il avait pris l'habitude de ne plus prêter attention à la macabre — oui, macabre — apparence des bêtes qu'ils avaient tous les deux connues et aimées autrefois. Maintenant, tout ceci allait être envahi, livré aux regards étonnés ou moqueurs du public.

En fait, Penny avait-elle une idée de la façon dont les journalistes avaient l'intention de présenter leur article, qui serait d'ailleurs vraisemblablement en pleine page, puisque les animaux empaillés étaient, à leur façon, si photogéniques ? Qui avait glissé cette idée aux journalistes du *Chronicle ?*

Une des raisons de son angoisse, Christopher ne l'ignorait pas, était que son dernier acte d'autorité remontait loin dans le passé, à l'époque où Penny n'avait pas encore changé le jardin en nécropole. Penny avait toujours été une bonne épouse, au meilleur sens du terme. Une bonne mère également, une femme sans tache, fort jolie dans sa jeunesse et qui soignait toujours son apparence. Lui, en revanche, n'était pas sans reproche, il l'admettait. Il n'aimait pas trop s'aventurer du côté de cette époque de sa vie, lorsque Penny attendait Marjorie. Mais enfin, il avait quitté Louise. Louise aurait été actuellement auprès de lui, s'il s'était séparé de Penny. Combien son existence eût été différente, combien plus heureuse! Christopher l'imagina autrement plus enrichissante et satisfaisante, bien qu'il eût continué sa carrière juridique, évidemment. Louise était passionnée, imaginative. Quand Christopher avait fait sa connaissance, elle étudiait la pédopsychiatrie. A présent, elle avait une importante situation dans une institution pour enfants aux États-Unis. Christopher l'avait lu dans un magazine et, des années auparavant, il avait appris par le journal qu'elle avait épousé un médecin américain.

Brusquement, Christopher revit Louise aussi distinctement qu'elle lui était apparue lors de leur premier rendez-vous à la gare du Nord. Elle l'y attendait, car elle était arrivée à Paris quelques heures plus tôt. Il se remémorait ses yeux emplis de jeunesse et de bonheur, d'un bleu plus pâle que ceux de Penny, ses lèvres tendres et souriantes, le chapeau beige bordé de fourrure noire qu'elle portait et même son parfum. Penny avait découvert sa liaison, l'avait conduit à y mettre fin. Par quelles voies? Christopher ne se souvenait plus de ses paroles, mais il était sûr qu'elles ne comportaient ni menaces, ni chantage d'aucune sorte. Il avait accepté. Il avait écrit à Louise qu'il la quittait, puis il s'était effondré pendant deux jours qu'il avait passés au lit, épuisé, déprimé, si malheureux qu'il avait souhaité mourir. Avec les années, il se rendait compte que cet effondrement était un suicide symbolique. Tout bien considéré, il se trouvait plutôt content d'être resté ainsi au lieu de s'envoyer une balle dans la tête.

Ce soir-là, au cours du dîner, Penny lui fit remarquer son manque d'appétit.

— C'est vrai, excuse-moi, dit-il en chipotant sa côtelette d'agneau, je ferais aussi bien de la donner à Jupiter.

Christopher regarda le chien qui emportait la côtelette dans son coin, au fond de la cuisine. Dans un an ou à peu près, pensa-t-il, Jupiter serait planté sur trois pattes dans le jardin, figé à tout jamais dans un simulacre de course. Il souhaita ne pas vivre assez longtemps pour voir cela. Mâchoires serrées, il contempla le fond de son verre, dont il torturait le pied. Le vin lui-même ne parvenait pas à l'égayer.

— Christopher, je suis désolée pour les journalistes. Ils sont venus me chercher, ils m'ont suppliée. J'ignorais que cela te perturberait autant.

Christopher eut l'impression qu'elle ne disait pas la vérité. D'autre part, elle n'était pas méchante. Il se hasarda. « Tu peux encore les décommander, non ? Dis-leur que tu as changé d'avis. Inutile de parler de moi. »

Penny hésita, puis secoua la tête. « En fait, je ne veux pas les décommander. J'aime ce jardin. Cet article me permettra de le partager, en quelque sorte, avec des amis, ou des gens que je ne connais même pas. »

Elle s'imaginait recevant des lettres d'inconnus, prêts à utiliser sa méthode pour conserver leurs compagnons à quatre pattes chez eux ou — pire — dans leur jardin et demandant l'adresse de son taxidermiste. La volonté de Christopher s'affermit. Il lui faudrait endurer cela et il l'endurerait comme un homme. Il ne quitterait même pas la maison quand les journalistes seraient là, car ce serait lâche, mais il prendrait garde à n'apparaître sur aucune photo.

La journée de mercredi fut agréable et ensoleillée. Il ne posa pas le pied dans le jardin ; elle était gâchée pour lui. Les roses épanouies, le saule délicatement penché, d'un vert doré par le soleil, semblaient un décor de théâtre pour ces maudits journalistes. Il s'était donné beaucoup de mal pour apporter la beauté à ce jardin et voilà que ces malotrus allaient piétiner ses primevères et ses pensées en prenant du recul pour leurs stupides photos.

Quelque chose montait en Christopher, le désir de rendre la monnaie de leur pièce à Penny comme aux journalistes. Il avait envie de jeter une bombe dans le jardin, mais les plantes et peut-être une partie de la maison en souffriraient. C'était absurde. Pourtant, il bouillait d'une insupportable colère. Même de la fenêtre de la cuisine, on pouvait apercevoir le poil blanc de Pixie, à la gauche du catalpa. Et l'on voyait encore mieux Doggo, le collie brun et blanc posé sur un socle près du mur du jardin. Jusqu'alors, Christopher avait pu les abstraire de son champ de vision. C'était désormais impossible.

Lorsque, le mercredi après-midi, l'amie de Penny, Beatrice, vint la prendre pour la conduire chez leur coiffeur commun, Christopher monta dans sa propre voiture et se dirigea sans but vers le nord. Jamais cela ne lui était arrivé. En temps normal, il aurait considéré ce geste comme un gaspillage d'essence, car il n'avait pas emporté une liste de courses à faire. Son esprit demeurait fixé sur Louise. *Louise...* Il avait évité de prononcer ce prénom pendant des années ; la douleur était trop forte. A présent, il jouissait de cette souffrance dotée d'un pouvoir purificateur. Garder le souvenir de Louise dans le jardin, voilà ce que Penny aurait dû faire. Louise, créature à conserver entre toutes... Penny l'avait rencontrée une fois, lors d'un cocktail londonien, pendant leur liaison. Elle avait eu l'intuition de quelque chose et avait fait un peu plus tard une remarque à Christopher. Plusieurs mois après, elle avait découvert les trois photos de Louise. A son crédit, toutefois, il faut dire qu'elle ne fouinait pas, elle cherchait un bouton de manchette que Christopher pensait avoir égaré au fond de la commode. « Dis-moi, Christopher, avait-elle remarqué, c'est bien la jeune femme qui assistait au cocktail, n'est-ce pas ? » Et il avait avoué, spontanément, qu'il la voyait toujours. Penny enceinte, Christopher n'avait pas trouvé la force de se battre pour garder Louise. Il se le reprochait encore.

Christopher se dirigea vers Bury-Saint-Edmunds et gara la voiture près d'un grand magasin. De façon inhabituelle, il se sentait empli de confiance en lui. Il ferait comme il l'avait décidé et tout irait bien. En se dirigeant vers l'entrée du magasin, il regarda les vitrines : la mode d'été était présentée sur des mannequins aux jambes couleur chair, un sourire niais ou une moue stupide sur les lèvres, bras et mains tendus de façon racoleuse. Ce n'était pas ce qu'il cherchait. Puis il la vit. Elle était assise à une petite table ronde, jeune femme blonde vêtue d'un chemisier bleu sombre à col marin, d'une jupe marine et chaussée d'escarpins de cuir noir. Devant elle était posé un verre à pied vide. Des figures de cire masculines l'entouraient, pieds et torse nus, ou bien vêtus de pulls rayés bleu et blanc. Tous avaient des pantalons immaculés.

« Où puis-je trouver le gérant ? » interrogea Christopher. Devant la réponse évasive de la vendeuse, il décida de poursuivre seul ses investigations. Il tomba sur une réserve, près de la vitrine où se trouvait le mannequin.

Cinq minutes plus tard, il avait ce qu'il cherchait. Un jeune étalagiste du nom de Jeremy quelque chose la portait même jusqu'à sa voiture, elle, la jeune femme en bleu marine aux cheveux de paille ternes. Christopher avait proposé, pour une location de vingt-quatre heures, un dépôt de cent livres, dont la moitié serait restituée au retour du mannequin en bon état. Un billet de dix livres opportunément glissé dans la main de l'étalagiste avait conclu le marché.

Une fois le mannequin installé sur le siège arrière, Christopher retourna dans le magasin pour acquérir un chapeau. Il finit par trouver à peu près celui qu'il cherchait, blanc au lieu de beige et bordé de velours noir au lieu de fourrure. La ressemblance avec celui que portait Louise sur les photos était toutefois suffisante et il était sûr que Penny ne l'avait pas oublié. Quand il regagna sa voiture, un petit enfant dévisageait le mannequin avec curiosité. Christopher lui adressa un sourire aimable, recouvrit la silhouette de la couverture utilisée pour protéger le siège des pattes de Jupiter quand il allait subir ses piqûres contre l'arthrite chez le vétérinaire et démarra. Le temps lui manquait un peu et il espérait que Beatrice offrirait le thé à Penny chez elle et non l'inverse.

Il avait de la chance. Penny n'était pas rentrée. Une fois qu'il en fut certain, Christopher transporta le mannequin à l'intérieur de la maison par la porte de service. Il l'installa sur la chaise devant son bureau et s'offrit le plaisir d'imaginer un instant que c'était là Louise, avec sa jeunesse et ses joues pleines, qu'il pouvait lui parler, et qu'elle allait répondre. Hélas les yeux de la jeune femme, malgré leur forme et leur couleur, demeuraient vides. Seules ses lèvres arboraient un sourire vague, mais bien dessiné. Cela donna une idée à Christopher. Il monta l'escalier et alla prendre le rouge à lèvres le plus vif qu'il put trouver sur la coiffeuse de Penny. Puis, avec un soin infini, tentant de contrôler un tremblement comme il n'en avait jamais eu, il agrandit la lèvre supérieure du mannequin et accentua la courbe de la lèvre inférieure en son milieu. Les coins relevés de la bouche éclatante faisaient un effet superbe.

Il entendit soudain un bruit de moteur. Quelques instants plus tard, des portières claquaient, des voix s'élevaient : Penny disait au revoir à Beatrice, il le devina au ton employé. Christopher plaça le mannequin dans un coin sombre du bureau et le dissimula sous un couvre-lit emprunté au divan. De toute façon, Penny ne mettait jamais les pieds dans la pièce, se bornant à frapper à la porte pour annoncer que le thé ou le repas étaient servis. Christopher cacha au même endroit le sac contenant le chapeau.

Penny, qui était particulièrement bien coiffée, fut d'une excellente humeur pendant la fin de l'après-midi et la soirée. Christopher, lui, se comporta avec politesse, sans plus, mais il se sentait également, à sa façon, dans de bonnes dispositions. Il se posa la question de savoir s'il valait mieux placer l'effigie de Louise dans le jardin le soir ou le lendemain. Le soir, Jupiter pouvait aboyer, car, en cette saison, il dormait dans sa niche près de la porte de service. Si Christopher, ne trouvant pas le sommeil, s'offrait sur le coup de minuit une petite promenade au jardin et ordonnait au chien de se taire, Jupiter obéirait, mais s'il déambulait, encombré par son fardeau, bataillant pour l'installer correctement, le stupide animal, attaché la nuit, pouvait fort bien continuer à aboyer. Christopher décida d'agir le lendemain matin.

Penny se retira peu après vingt-deux heures, non sans avoir joyeusement assuré Christopher que tout serait si vite terminé demain qu'il ne s'en rendrait même pas compte. « D'ailleurs, précisa-t-elle, je leur dirai de faire attention et de ne pas piétiner tes plates-bandes. » Elle ajouta qu'elle le jugeait très patient à propos de cette affaire.

Dans son bureau, Chris dormit à peine. Il entendit chaque heure sonner au clocher du village jusqu'à quatre heures, quand l'aube apparut à la fenêtre. Il se leva, s'habilla. Il réinstalla Louise sur sa chaise et s'exerça à la coiffer du chapeau selon un angle désinvolte. Dépouillé du verre que le mannequin avait eu entre les doigts, son avant-bras pouvait fort bien tenir une cigarette. Christopher en aurait volontiers placé une dans sa main, mais ni Penny ni lui ne fumaient et il n'y en avait pas dans la maison. Ce n'était d'ailleurs pas plus mal, car ainsi Louise semblait faire signe à quelqu'un qu'elle viendrait d'appeler. Avec un feutre noir, Christopher maquilla ses yeux bleus.

Parfait ! Cela faisait ressortir leur regard, et les coins se relevaient un peu à présent, comme les commissures de ses lèvres.

Christopher, chargé du mannequin encore recouvert du jeté de lit, sortit par la porte de service. Il savait où il devait le déposer, sur un petit banc de pierre en partie caché par les lauriers dans la partie gauche du jardin. Les yeux de Jupiter et les siens s'étaient rencontrés un instant. Le chien dormait, le museau et les pattes posés sur le rebord de sa niche, mais il n'avait pas daigné lever la tête. Christopher épousseta le banc avec le jeté de lit, puis y assit Louise avec précaution. Il plaça une pierre sous l'un des escarpins noirs, car la chaussure ne touchait pas vraiment le sol. Louise croisait les jambes. Elle avait l'air charmant, infiniment plus charmant que Mao-Mao, le pékinois au long poil qui pointait le museau à travers le feuillage à la gauche du banc, comme s'il gardait la petite clairière. La langue de Mao-Mao, qui pendait sur cinq bons centimètres, avait été exécutée par le taxidermiste dans on ne savait quel matériau et, décolorée, elle était maintenant d'une couleur chair à vous soulever le cœur. Pour quelque raison obscure, Mao-Mao était depuis toujours la cible favorite de leurs chiens et son poil était dans un état lamentable.

Louise, elle... Louise était merveilleuse, avec son chapeau rond, son ensemble marine tout pimpant, son regard empli de bonheur dirigé vers l'accès au recoin où elle se trouvait. Avec un sourire de satisfaction, Christopher regagna son bureau, où il dormit profondément jusqu'à ce que Penny le réveillât à huit heures pour le petit déjeuner.

Le journaliste et le photographe devaient être là à neuf heures trente. Ils furent ponctuels. Penny descendit les accueillir à la sortie de leur Volkswagen grise et sale. Ils étaient jeunes et, Chris le remarqua depuis la fenêtre du salon, encore plus négligés qu'il ne l'avait imaginé, l'un avec un T-shirt, l'autre avec un polo, et tous deux en blue-jeans. La crème de la presse, vraiment !

L'esprit juridique de Christopher lui présenta deux raisons de rejoindre ce petit monde dans le jardin : d'une part, il ne voulait pas paraître fâché ou, qui sait, physiquement handicapé — puisque les journalistes n'ignoraient pas que Penny était mariée et avec qui — de l'autre, il tenait à être témoin de la découverte de Louise. Aussi resta-t-il dans le jardin, près de la maison, quand les journalistes se furent présentés.

— Jonathan, regarde ! s'écria celui qui n'avait pas l'appareil photo, en arrêt devant Jeff, le grand chien berger. Il faut le prendre !

Ses exclamations se firent plus perçantes encore lorsqu'il découvrit la vieille Pixie, dont l'effigie lui arracha un rire ravi.

Le reporter photographe mitraillait ici et là avec un appareil compact, qui émettait un léger ronflement suivi d'un déclic. Il y avait en fait des animaux empaillés un peu partout, plus voyants que les roses et les pivoines.

— Où faites-vous faire ce travail de spécialiste, madame Waggoner, si ce n'est pas indiscret ? Certains parmi nos lecteurs peuvent avoir envie d'adopter le même hobby...

— Oh, c'est plus qu'un hobby, commença Penny. C'est une façon de conserver auprès de moi mes chers compagnons. En gardant leur enveloppe charnelle à mes côtés, je souffre moins que ceux qui enterrent leurs petits amis dans le jardin.

— C'est exactement le genre de réponse que nous attendions, répondit le journaliste en prenant des notes.

Jonathan explorait maintenant le bas du jardin. Il y avait d'ailleurs un beagle baptisé Jonathan près de l'épine-vinette, se rappela Christopher, mais le journaliste ne le vit pas, ou bien il préféra des animaux plus spectaculaires. Le photographe se rapprocha de Louise, sans toutefois la voir. Il découvrit Riba dans le catalpa, fit un pas en arrière, manqua tomber et, en recouvrant son équilibre, il jeta un œil derrière lui, puis regarda de nouveau.

Penny était en train de dire au journaliste : « M. Taylor vaporise sur leur poil un produit contre les intempéries...

— Mike ! *Mike !* — cette fois une note aiguë de stupéfaction perçait dans la voix de l'homme — regarde !

— Eh bien, quoi ? Mike s'approchait d'un air amusé.

— Ah oui, c'est Mao-Mao, commença Penny en les suivant sur ses petits talons. Je crains qu'il ne soit pas dans un état...

— Non, non ! Le mannequin ! Qui est-ce ? » Le photographe arborait un sourire poli.

Le regard de Penny suivit la direction indiquée par le doigt de l'homme. « Oh !... Oh, *seigneur !* » Elle prit une profonde inspiration, poussa un hurlement de sirène et se cacha le visage dans ses mains.

Jonathan la retint par le bras lorsqu'elle vacilla. « Madame Waggoner... Que se passe-t-il ? Nous n'avons rien abîmé. C'est sans doute une de vos amies ?

— Quelqu'un que vous aimiez beaucoup ? ajouta Mike d'un ton empli de tact.

Penny avait l'air effondré et, pendant quelques brefs instants, Christopher jouit de ce spectacle. Louise était là, dans toute sa gloire, jeune et jolie, sûre d'elle, sûre de lui, en plein dans leur jardin. « Une tasse de thé, Penny ? » interrogea-t-il.

Ils accompagnèrent Penny dans la cuisine. Christopher fit chauffer la bouilloire.

— C'est Louise, gémit Penny d'une voix blanche en se renversant dans le fauteuil de bambou, affreusement pâle.

— Elle ne voulait pas qu'on la photographie ? demanda Jonathan. On ne le fera pas, bien entendu.

Christopher allait verser le thé quand Mike déclara : « Je crois qu'il vaudrait mieux appeler un docteur, monsieur Waggoner.

— Peut... peut-être. Christopher se rendit compte qu'il aurait pu réconforter Penny, lui dire que c'était une plaisanterie. Il ne l'avait pas fait. Et Penny n'était plus en état de l'entendre.

— Pourquoi a-t-elle été si surprise ? s'enquit Jonathan.

Christopher ne répondit pas. Il se dirigeait vers le téléphone, accompagné de Mike qui avait le numéro d'un médecin à Ipswich au cas où le leur ne pourrait pas se déplacer. Un cri de Jonathan les arrêta. Il avait besoin de leur aide pour transporter Penny sur un canapé, ou en un endroit où elle pourrait s'allonger. Tous trois la portèrent dans le salon. Son fard à joues tranchait sur la pâleur de son visage.

— Ce doit être une attaque, dit Jonathan.

Le médecin des Waggoner allait venir, car sa secrétaire savait auprès de qui il était actuellement en visite. Il serait là dans cinq minutes environ. En attendant, Christopher recouvrit Penny d'une couverture et refit chauffer de l'eau pour une bouillotte. Elle respirait maintenant par la bouche.

— Nous attendrons que le docteur arrive. Ou bien souhaitez-vous que nous la conduisions directement à l'hôpital d'Ipswich ? dit Jonathan.

— Non... non merci. Il ne va pas tarder.

Le Dr Dowes arriva peu après. Il prit le pouls de Penny et lui fit aussitôt une piqûre. « C'est une crise cardiaque, oui. Mieux vaut la transporter à l'hôpital. » Il alla téléphoner.

« Si cela était possible, monsieur Waggoner, nous aimerions revenir demain matin, dit Jonathan. Je n'ai pu prendre toutes les photos nécessaires et c'est impossible de le faire maintenant, car la journée est affreusement chargée. Pourrions-nous être là à neuf heures trente ? Une demi-heure suffira. »

Christopher pensa aussitôt à Louise. Ils ne l'avaient pas encore photographiée. Il tenait à cela et il savait qu'ils le feraient. « Certainement. A neuf heures trente. Si par hasard je n'étais pas là, passez par le côté. La grille du jardin n'y est jamais fermée. »

Ils n'étaient pas sitôt partis que l'ambulance arrivait. Le Dr Dowes s'était enquis des raisons de l'attaque, mais il avait deviné le motif de la présence des journalistes — il était bien sûr au courant des animaux empaillés — et il murmura quelque chose à propos de l'effort demandé au cœur de Penny par l'excitation à l'idée de montrer ses chers compagnons au public.

— Dois-je l'accompagner ? interrogea Christopher. Il n'en avait aucune envie.

— Inutile, vraiment, monsieur Waggoner. J'appellerai l'hôpital dans une heure environ, puis je vous téléphonerai.

— Est-ce grave ?

— Impossible de vous répondre, mais je pense qu'elle s'en tirera. C'est sa première attaque de ce genre.

L'ambulance partit, puis le médecin. Christopher se rendit compte qu'il lui aurait été indifférent que le choc du spectacle de Louise eût tué Penny. Qu'elle fût en ce moment même entre la vie et la mort ne lui faisait curieusement rien. Demain, Penny morte ou vivante, les journalistes viendraient prendre des photos de Louise. Si Penny s'en sortait, comment expliquerait-il la présence de l'effigie d'une jeune femme dans son jardin ? Christopher sourit nerveusement. Quelle que fût l'issue, il pouvait toujours téléphoner au *Chronicle* et demander l'annulation de l'article, compte tenu de la tension éprouvée par sa femme avec toute cette publicité. Mais ce n'était pas ce que voulait Christopher. Il voulait voir la photo de Louise dans le journal. Ses enfants, Philip et Marjorie, soupçonneraient-ils l'identité de Louise ou le rôle joué par elle ? Difficile à imaginer, puisqu'ils n'avaient jamais entendu prononcer le nom de Louise et jamais vu les fameuses photos bien-aimées avant que Penny ne lui demandât de les détruire. Quant aux voisins et amis, ils en déduiraient ce qu'ils voudraient...

Christopher se versa un peu de thé, ôta du salon la tasse de Penny encore pleine et emporta la sienne dans son bureau. Il avait du travail à faire et devait appeler Londres avant dix-sept heures.

A quatorze heures, le téléphone sonna. C'était le Dr Dowes.

« Bonne nouvelle, dit-il. Elle s'en sortira sans problème. Un infarctus. Elle devra passer une dizaine de jours au moins à l'hôpital, au repos total, mais dès demain vous pourrez la voir... »

Cette annonce déprima Christopher ; il prononça cependant les mots adéquats. Quand il raccrocha, flottant aux frontières terrifiantes de la fiction et de la réalité, il se dit qu'il fallait prévenir Marjorie sur-le-champ et lui demander d'informer son frère.

— Tu as l'air terriblement abattu, papa, dit Marjorie. Cela aurait pu être pire, après tout.

A nouveau, il prononça les phrases qu'il fallait. Marjorie promit que son frère et elle essaieraient de venir samedi.

A seize heures, Christopher fut en état de téléphoner à son bureau et d'informer Hawkins de la stratégie qu'il avait mise au point pour un client. Hawkins le félicita de ses suggestions. S'il remarqua le ton déprimé de Christopher, il n'en dit rien et celui-ci ne parla pas de sa femme.

Christopher n'appela ni le médecin ni l'hôpital durant la soirée. Penny allait rentrer, c'était le plus important. Comment le supporter ? Comment rapporter le mannequin — Louise — au magasin d'Ipswich, selon sa promesse ? Impossible de rendre Louise. Impossible. Et Penny pourrait bien la mettre en pièces, une fois rétablie. Christopher se versa un scotch, le but d'un trait, en sentit l'effet bénéfique. Cela l'aida à mettre ses idées en ordre. Dans son bureau, il écrivit une lettre à Jeremy Rogers, l'étalagiste dont il avait la carte de visite, disant que, compte tenu de circonstances indépendantes de sa volonté, il ne pouvait rapporter lui-même le mannequin emprunté. Celui-ci était disponible à son adresse et, pour le dérangement causé, il laissait la totalité de son dépôt. Il plaça la lettre dans la boîte, à la grille du jardin.

Le testament de Christopher était rédigé. Quant à ses enfants, ils seraient surpris. A quoi attribuer cela ? Pas à l'attaque de Penny, puisqu'elle s'en remettrait. Laissons Penny le leur expliquer, pensa-t-il. Il se versa un autre verre.

Boire faisait partie de son plan. Il n'y était pas habitué, et il en ressentit rapidement l'action lénifiante. Il monta à la salle de bains. Dans l'armoire à pharmacie, Penny gardait des tranquillisants divers. Christopher trouva quatre ou cinq flacons capables de servir son projet. Certains avaient dépassé la date de péremption, mais cela n'avait aucune importance. Il avala six ou huit comprimés, les fit passer avec de l'eau et du scotch, en prenant bien garde à penser à autre chose — son aspect extérieur, par exemple — de peur que l'idée de toutes ces pilules ne le fasse vomir.

Dans le miroir du vestibule, Christopher se coiffa, puis il enfila sa plus belle veste, un vêtement de tweed presque neuf, et continua à avaler des comprimés accompagnés de scotch. Il jeta négligemment les flacons vides à la poubelle.

Flora, la chatte, le regarda avec surprise lorsqu'il heurta un meuble et tomba sur un genou. Christopher se releva et lui prépara méthodiquement sa nourriture. Jupiter, lui, pourrait bien sauter un repas.

« Miaou », fit Flora, comme à son habitude, pour remercier de sa pâtée avant de l'avaler.

Puis, se cognant au chambranle, se traînant sur les marches, Christopher gagna l'allée. Il ne s'effondra qu'une fois. Quand il approcha de son but, son visage s'éclaira. Louise était là, dans un léger brouillard, mais avec le même air de dignité et de confiance. Vivante ! Elle lui adressa un sourire de bienvenue. « Louise », dit-il à haute voix et, péniblement, il rassembla ses forces et se laissa choir à ses côtés, sur le banc de pierre. Il toucha sa main fraîche et ferme, celle qui était tendue, les doigts légèrement écartés. C'était toujours une *main,* pensa-t-il. Un peu refroidie par l'air du soir, peut-être.

Le lendemain matin, le photographe et le journaliste le découvrirent. Il avait glissé de côté et se tenait, raide comme un mannequin, la tête posée dans le giron bleu marine.

Table des matières

Achevé d'imprimer en mars 1990
sur presse CAMERON,
dans les ateliers de la S.E.P.C.
à Saint-Amand-Montrond (Cher)
pour le compte des Éditions Calmann-Lévy
3, rue Auber, Paris 9e
N° d'éditeur : 11584/02.
N° d'imprimeur : 539.
Dépôt légal : mars 1990.